La guerre contre la société

une histoire vraie ...

Un livre de l'auteur Jesper Persson

De Smith au criminel et le chemin du retour.
(Uniquement en Suède)

Un grand merci à!

Les personnes suivantes m'ont beaucoup
soutenu pendant l'écriture. Merci à vous, pour
que je puisse écrire ma sombre histoire de vie!

Président de la fédération Christer K.
Comité directeur Lasse L.
Auteur Michael L.
Individuel Ingela L.
Individuel Mossan.
Individuel Lollo.

Mais le plus grand merci, bien sûr, je donne à
mes enfants Tobias et Alexander m'appellent
toujours papa!
Papa t'aime!
Je vais également remercier Anna un grand
merci, car vous avez élevé les garçons quand je
l'ai demandé. Anna Je veux aussi dire désolé
pour toutes les choses stupides passe fait au fil
des ans, où vous et Oure enfants ont souffert.

Aime Jesper

Je te raconte l'histoire de ma vie, une vie que vous n'avez jamais oubliée.

Je ne suis pas fier de ma vie ou de ce crime que j'ai commis. Mais je suis fier de mes enfants et je pourrais vous raconter toute mon histoire sur papier.

A vous qui êtes une personne sensible, je veux déjà avertir trop d'événements désagréables et effrayants dans ce livre.

Beaucoup de plaisir

Prologue

Beaucoup écrivent des livres pour gagner leur
vie, et l'ont comme leur, source régulière de
revenus, ce qui est une procédure normale.
Personellement, je l' ai écrit ce livre pour deux
diffrent raisons.

Vous voulez à travers ce livre fournir aux gens
tout à fait ordinaires une explication à quel point
les choses vont mal et à quel point il est difficile
de l'arrêter.

Ce livre expliquant à quel point nos principales
lacunes sont notre bonne société, et, comme ces
lacunes est en fait un facteur contributif majeur,
que de nombreuses personnes échappent au
système.

La société est basée sur un excellent tableau
pour les politiciens , qui connaissent la vérité,
mais se cachant derrière des statisticiens , qui
montrent maintenant que les taux de criminalité
tombent en phase avec leurs objectifs
vulnérables. La vérité en sait plus sur, et a
certainement déjà établi un rideau politique, car
seuls les politiciens ludiques doivent tremper
leur propre mauvaise conscience.

La deuxième partie, de ce livre, décrit mes propres engagements en tant que criminel, totale whitout de conscience et de l' empathie pour les autres. En lisant ce livre, vous verrez comment l'homme sort de plus en plus de la société, de manière lente mais brutale, à la fois mentalement et physiquement. Et ce qui est étrange, c'est qu'en tant que personne, vous ne le réalisez pas vous-même tant que vous ne vous tenez pas là comme le pire bus et détesté par la société.

Que j'ai rendu la vie malade pour beaucoup de gens est quelque chose que je dois vivre, avec le reste de ma vie, et ils sont exposés à leur misère. Dire que tout doit être fait serait juste un gros mensonge. Vous pouvez seulement essayer d'expliquer ce qui s'est passé et pourquoi. Probablement un mauvais réconfort pour une personne exposée, mais peut - être une aide pour mieux la comprendre, que pour penser que c'était personnel.

Beaucoup vont sûrement leur conscience en signant, son objectif Personnellement , je n'ai pas , mais je veux juste le dire avec mes propres mots. Ce que les autres aimeront de moi dépend d'eux. Je ne veux pas influencer leur attitude sur ce qu'ils pensent de moi.

Donc, si vous êtes un Smith ou une personne exposée, quel que soit votre profil, vous aurez une nouvelle vision de cette communauté juridique. Vous lirez par ces lignes, comment moi, en tant que personne, j'ai changé d'une personne ordinaire avec des maisons, des enfants, des chiens et pour être une âme empathique criminelle.

Chapitre 1

Je suis né et j'ai grandi au Royaume de Suède, dans le comté de Skane.

Déjà comme un petit enfant puissant j'ai eu une éducation spéciale, mes parents travaillaient chez mes grandspères, entreprise qui se faisait avec la tôlerie, je suis devenu

plus ou moins grandi dans l'atelier, ou à la maison avec ma grandmère qui a grandi jusqu'à moi pour la plupart, avec de bons résultats. Ma grand-mère a toujours voulu dire

incroyablement beaucoup, pour moi et mon éducation. Son était celle qui devait devenir parents, figure des thats ma mère et mon père aurait été dans les cas normaux.

 Ma grandmère n'a jamais hésité quand il s'agissait de moi, et toujours à portée de main pour me soutenir en toute sécurité. La plus grande partie de ma croissance a été avec ma grandmère.

Ma grandmère et mon grand-père dirigeaient une entreprise, et je les ai aussi souvent amenés à l'atelier, ce qui était un moment fort. Il y avait des machines géantes utilisées dans cette profession. Je me souviens d'un machine, comment vous appelez l'équipement de, bord et utilisé pour fissurer ou plier des morceaux de feuille.

Un machine incroyablement grand et grand, dans mon petit monde. C'était aussi ce machine dans mon grand-père m'a interdit de toucher, alors il y avait un risque élevé de serrant avec mes petites mains. Quand mon grand-père raconte quelque chose, tu ne l'as jamais oublié. Mon grand-père avait des sourcils extrêmement grands, qu'il rapprochait quand il était d' humeur plus déterminée. C'était une personne très gentille, mais déterminée, avec qui vous ne seriez pas en colère.

Il avait la capacité de simplement me regarder, et je sais qu'il aiguisé ou ses sourcils déterminés s'effondreraient d'une manière désagréable que vous ne demanderiez pas.

Puis j'étais chez moi avec mes, grands parents dans Theres la maison, j'ai eu par de pantoufles d'ornement, comme ma grandmère avait accroché sur le mur intérieur de la Portière ce, pantoufles que j'ai une mémoire claire.

J'avais toujours ça, des pantoufles quand je courais sur les mamies, la pelouse et jouais au football. J'en ai un fort souvenir car je tombais toujours quand je les avais sur moi

 Aussi clair que je me souvienne, ma grand-mère courait à chaque fois que je tombais, et cela m'a aidé à me relever. Que j'ai couru et tomber tout autour, probablement à cause du fait que j'étais un petit gars rond, avec quelques kilos en trop.

Et avec une couturière bleue, et splendide comme Thore Skogman ainsi qu'une jambe latérale avec laquelle il ne fallait pas jouer.

Des moments stupides, je me suis frappé et je suis devenu triste, toujours réconforté par ma grand-mère. C'est fini quand tu t'es marié!

J'étais chez mes, grands parents enfin de 6 ans à 12 ans. Je ne sais pas lequel se sent le plus ennuyeux, Chez, mes parents non, m'ont ramené à la maison ou ça, je n'ai aucun souvenir de ma mère faisant des activités avec moi.

Franchement, je ne peux rien faire de ma mère. Par exemple, une sortie ou un jeu joué. Il ne, compte maintenant, mais la question est de mes parents, la présence passive a créé un plus grand besoin pour moi d'être vu.

Une question que je me pose aujourd'hui?

Il y avait une activité que ma mère faisait, et c'était d'aller aux urgences au milieu de la nuit, dans le moindre cas. Je ne sais plus combien de nuits je suis assise dans une salle d'urgence, à cause de son état infecté de maladie.

 Mais j'ai eu, pour mon père, un petit éloge quand il est allé au tivoli, au cirque et à plusieurs voyages au Danemark avec moi. Maintenant, je ne suis pas convaincu que les voyages au Danemark étaient pour moi. Peut-être parce que la bière s'était terminée à la maison.

Je ne sais pas maintenant? Avec ma main dans la main, je ne peux pas dire que nous avons tant fait ensemble.

Mais mon père n'avait pas été si facile à la maison quand il était enfant. Rien de ce que j'ai recherché, c'est plus un sentiment. Il est né pendant les années de guerre et ce n'était pas si facile à l'époque. Lorsque vous écrivez votre propre livre, vous avez beaucoup à penser.

Je ne peux pas féliciter mes parents, ils ont certainement fait de leur mieux pour m'éduquer. Mais je suis déçu par beaucoup de choses, puis ils ont dit que j'étais bon avec ma grand-mère et mon grand-père. Il y en a beaucoup qui ont eu plus de difficultés dans leur éducation.

C'est le manque de pesence de mes parents qui ressemble à un grand écart, même si mes, grands-mères s'en préoccupaient. Il en va de même pour les parents, qui sont à la base de la sécurité des enfants.

Ma grand-mère avait probablement un ulcère gastrique, maintenant qu'elle sait comment ma vie avait été, pas une vie après ses études. Mes parents ont travaillé très, dur pour nous soutenir les enfants. Ma mère a travaillé dans l'entreprise de mes, grands-pères pendant un certain temps. Puis elle est devenue comme beaucoup d'autres mères, femme au foyer qui pouvait être à cette époque. Bien que ma mère soit devenue femme au foyer, je suis restée avec ma grand-mère et mon grand-père, et c'est toujours une question à laquelle je n'ai jamais reçu de réponse. Pourquoi ils ne m'ont pas ramené à la maison. D'après ma grand-mère, c'était la raison pour laquelle ma mère était souvent malade.

 Maintenant, après, je sais shes un hypocondriator qui a un journal plus épais que, passé avec le livre du vent. Peut-être difficile à dire, mais malheureusement la vérité sur mes mères, les progrès de la santé.

Mon père était un travailleur, car je sais à peine à quoi il ressemblait, alors qu'il n'était presque jamais à la maison avec sa famille. Il était encore moins avec ma grand-mère, c'est- à- dire avec ses beaux-parents. Ce qui m'a fait très peu le voir, a probablement été assis dans son genou 10 fois pendant toute ma grouth. Mon père a toujours eu beaucoup d'émotion, il n'a rien montré du tout. Ils étaient ma grand-mère pendant des milliers.

À l'école, j'étais un enfant à problèmes, je ne veux pas aller à l'école, je n'avais pas d'amis mais je n'ai pas été victime d'intimidation ou exposée, probablement je n'étais pas une personne qui brûlait pour l'école, Je me sens comme une rébellion, j'ai suivi mon propre chemin et je me suis étranglé chez les autres.

 Vous pouvez dire que lors de ma naissance, la première graine était empathique. Cette graine a évolué tout au long de ma vie grandissante et développée ce que je suis aujourd'hui. Mais comme tout graines, il doit avoir quelque chose qui se nourrit et qui le fait pousser. À savoir ma semence de vie, est comme dans la vie réelle d' un mélange de nombreux ingrédients, tout comme l' homme qui mange une nutritions alimentation. Ce que je veux dire, c'est qu'il y a beaucoup de choses qui m'ont poussé sur la voie criminelle.

 Bien sûr, moi et 5 autres enfants avons été autorisés à aller dans la classe spéciale, l'endroit où l'école a placé des enfants en désordre, nous n'avons donc pas dérangé les autres enfants. Au cours de ma vie d'adulte, j'ai rencontré notre professeur spécial à un moment donné, il a ensuite confirmé que l'école classait les enfants par parenté familial, plus on était riche, mieux on vous considérait.

Si vous étiez un enfant à problèmes, vous n'en valiez pas la peine. Maintenant, 20 ans plus tard, il pensait que c'était mal, mais c'était le cas, vrai ou faux, qu'en pensez-vous?

Quand vous pensez à la société à cette époque, vous vous demandez peut-être comment ma scolarité est venue avec d'autres conditions, si l'école pouvait m'aider chez un individu et de manière de soutien, j'aurais eu une meilleure opportunité.

 Mais non, ce ne sont pas les écoles, faute de quoi je suis entré sur la scène du crime. Ce que je veux dire, c'est avec un meilleur accompagnement pour se développer en tant qu'individu, et avec une meilleure plateforme cela pourrait se transformer en de plus grandes opportunités de travail, peut-être aider l'enseignement secondaire ou l'enseignement professionnel.

Chapitre 2

Bien que j'ai aujourd'hui une formation dans la construction de l'entreposage de feuilles. Mon père a veillé à ce que je reçoive l'éducation, il a embauché un professeur professionnel d'une école secondaire dans le domaine de la construction. C'était cette personne qui était responsable de ma formation professionnelle.

Je travaillais dans mes, grands-pères, société, que mon père a repris quand mon grand-père a pris sa retraite. Quand j'ai terminé mes études en tôlerie, qui consistaient en 6800 heures de formation, j'ai travaillé dans l'entreprise pendant quelques années, jusqu'à ce que mon père emmène mon frère dans l'entreprise, même s'il n'était pas intéressé à y travailler, mais nous aurions dû un même salaire. Il ne coûte que 15 suédois couronnes suédoises entre nous, tout à fait tort, mais mon père bien qu'il avait raison. Mon frère ne savait pas ce qui se passait ou non, mais nous devrions avoir le même salaire. Donc, à cause de mon agacement sur ma famille, nous nous sommes effondrés. Dans la même veine, nous avons déménagé ailleurs.

J'ai dû quitter les amis que j'avais et en trouver de nouveaux. Peut maintenant découvrir que le déménagement a réussi, mais j'ai fait quelques protestations inutiles. Juste alors j'ai détesté mes parents juste parce que, ils voulaient changer leurs maisons.

La nouvelle ville était une banlieue de Malmö, et là vivait un cousin de nid pour moi, et nous avons commencé à traîner ensemble. Cela m'a ouvert à un nouveau cercle de connaissances.

Là, je rencontre Anna qui était une fille à 22 ans. Elle était mignonne, mais j'ai eu plus ou moins de chance pour elle, lorsqu'elle fréquentait des garçons plus âgés, mais nos, routes devraient être traversées.

Un jour, je suis allé chez mon cousin de nid sur ma moto, puis je devrais rentrer chez moi, ma moto était partie.

Je ne croyais pas à mes yeux, mon vélo a été volé. Mais après 1 notre il est venu une fille conduisant avec. C'était Anna.

Elle avait emprunté mon vélo pour quitter un film alors qu'ils l'avaient regardé la veille.

Elle n'avait actuellement pas de véhicule, alors elle a pris mon vélo. Elle a dit merci pour le prêt, Je me tenais comme une grande statue et je n'ai pas entendu de son. J'étais complètement silencieux. J'étais comme des nuages flottants, je ne pouvais penser qu'à Anna.

 Dans le sommer, nous avions un parti, dans mon nid maison cousins, un parti, pris fin avec certains hes parents pensaient irrecevable. Et puis, le soir venu, nous nous endormons dans une tente dans le jardin. Quand les heures du matin sont arrivées, je me réveille et mon cousin nid est couché sur mon épaule tout le long du chemin.

La raison en était à la nuit où Anna était entrée dans notre tente, elle était couchée entre moi et ma cousine de, nid, et elle n'avait qu'un t-shirt fin qui ne maintenait pas ses seins en place. Son seul sein était sorti du t-shirt. Imaginez-vous, deux mecs et une jolie fille de 22 ans avec les seins sur l'éventail. Il y avait encore une tente avec des étalons de testostérone.

Ce n'était pas simple quand Anna s'est réveillée et Je me suis demandé si nous voulions le petit-déjeuner, curieusement, ni moi ni mon cousin de nid ne veulent de la nourriture. Anna est allée manger, tout ce que nous voulions c'était un sac de glace pour refroidir une partie du corps.

Pour Anna c'était cette fête, seulement une fête où elle dormait dans notre tente, mais pour moi qui étais complètement amoureuse de cette fille, ce n'était pas si facile.

Je pensais qu'elle était venue dans notre tente pour moi, mais ma cousine de nid pensait qu'elle était venue pour lui. Bref ... au bout de quelques jours, on s'est rendu compte que ce n'était pas le cas.

A un moment été obligé de rentrer chez mes parents, puis je ne pouvais pas être chez ma cousine de nid tout le temps, quand je rentre à la maison, je rencontre ma mère et elle se demande pourquoi je n'étais jamais à la maison? J'ai expliqué que c'était l'été et que nous étions en camp comme tous les autres jeunes.

Une déclaration qu'elle a acceptée, est entrée pour emballer de nouveaux vêtements, devrait repartir le lendemain matin. Quand j'ai fini, je suis sorti, dans le jardin pour garder mon calme, je rencontre mon père et il s'est demandé pourquoi je n'avais pas travaillé toute la semaine?

J'ai expliqué que je me sentais injustement traité, étant donné que mon frère avait autant que mon salaire.

Mon père a dit que nous étions une entreprise familiale et que je pouvais profiter à mon frère.

Ma réponse à mon père était, alors mon frère pourrait faire le même travail que moi, mon père s'est mis en colère et est entré et a pris une bière pour être calme, pour se contenter de ma réponse.

Mon père est ressorti, au même moment, un ami est venu vers lui, ils se sont assis à notre table de jardin avec les bières de qui. Je suis allongé dans un hamac entre deux arbres. Au bout d'un moment, ma mère est venue à ma lettre, une lettre rose, qui m'avait envoyé une lettre? Je l'ai ouvert et il s'est tenu,

VOUS M'AVEZ EMBARQUÉ, et puis il y avait un hameçon. Je n'ai rien pris, probablement j'étais purement fier de ma première lettre d'amour.

Je n'ai pas compris ce que signifiait le crochet, je me suis allongé dans le hamac, et je regarde la lettre que quelqu'un m'a envoyée, quand mon père s'est demandé qui l'avait envoyée? Je ne sais pas maintenant! Ma réponse lui était-elle et que je ne comprenais pas ce que cela voulait dire? Merde ... tu peux lire il a dit, oui, j'ai dit mais je ne peux pas comprendre. Je me suis approché de lui et lui ai montré la lettre, mon père a crié tout de suite ... tu es stupide? VOUS M'AVEZ SUR LE CROCHET!

Tu te sens bien, et mon ami papa en riant, j'ai dit ... Je suis bien tombé, Non, je ne t'ai pas cru, dit-il. Il m'a demandé si j'étais amoureux? Oui, j'ai dit, mais le problème était simplement que je ne savais pas qui l'avait envoyé. Cette nuit-là, je n'ai pas pu dormir, j'ai juste pensé à qui pouvait envoyer la lettre. Tous mes amis étaient aussi curieux quand je leur en ai parlé. Tout le monde a essayé de savoir de qui il s'agissait, mais sans résultats.

Un soir, Anna va au camping où nous étions, et elle m'a demandé si j'avais sa lettre? Mon monde entier s'est arrêté ... ehh oui, j'ai trébuché! Bien dit Anna, parce que je t'ai envoyé ça, j'étais purement choyé ... qu'est-ce que je dirais? Elle regarde s dans mes yeux avec un léger sourire sur les lèvres. Et la question suivante était, si je vais rentrer chez elle en t sa soirée? Oui, j'ai dit, mais où habitez-vous? Juste en face de votre maison de cousin de, nid. Okey ... à quelle heure? Venu quand tu veux, je fais une sallade on peut manger si tu en, as envie?

Clairement, je voulais me rencontrer, plus que bien. A 18h00 du soir, se tenait devant sa porte, n'avait même pas acheté un fleur, probablement mon âge, a quelque chose à voir avec ça pourrait, à peine penser en termes romantiques. Elle non, est venue à la porte quand j'ai appelé, j'ai entendu une voix qui disait, entre! Anna se tenait dans la cuisine, avec la salade qu'elle prépare.

Comme Anna vivait avec une personne âgée, qui était assez riche, de beaux meubles et un meuble de bar bien approvisionné, il était donc devenu plus facile de parler à Anna après quelques tours au bar.

La liqueur avait l'avantage d'alléger l'ambiance et la soirée se termina à souhait dans la chambre avec Anna. C'était le même voyage la nuit suivante, J'ai commencé à comprendre que nous avions une relation de type plus sérieuse, peut-être trop sérieuse, car deux semaines plus tard vient Anna et me dit qu'elle est enceinte! Et elle, veut garder l'enfant. Je ne savais pas quoi répondre, pensai -je avec une boule, dans la gorge.

Capther 3

Je serais papa? J'avais seulement 17 ans et j'allais
devenir parent. Pas exactement ce que je
pensais, même pas dans mon imagination la plus
folle, le temps s'est complètement arrêté pour
moi, je n'ai pas eu d' answar à Anna, qui se
demandait si je me sentais bien? Oui, je suis bien
tombé, mais j'ai besoin de réfléchir à la chose! Je
suis rentré chez moi pour réfléchir à la question

et promis, d'entendre parler de moi plus tard.
J'avais vraiment besoin d'y réfléchir
tranquillement, que diraient mes parents? Et j'ai
déjà eu des problèmes avec mon père!

Quoi que j'aie pensé, je n'ai rien remarqué de
sage, mon père aurait probablement une crise
cardiaque. Mais, comme d'habitude, la vérité est
meilleure dans toutes les situations!

Bien que ce ne soit peut-être pas plus facile à
faire, vous dire de devenir parent à l'âge de 17
ans pour vos parents.

Le soir, quand mon père est venu à la maison
après son travail et ma mère avait la nourriture
prête, donc je leur dis une chose qui est arrivé,
ma mère était, anxieuse l'âme a immédiatement
commencé à penser que quelque chose de
terrible était arrivé.

Oui, je serai papa, mon père m'a regardé avec un regard fixe, tout le monde s'arrête pour manger.

Mon père a probablement mis la nourriture dans sa gorge, parce qu'il a commencé à tousser, ma mère était cadavérique et ils n'ont rien trouvé. Ma mère a voulu épeler quelques mots ... Est-ce que c'est entré là-dedans, alors laissez-le sortir. Puis tout le monde est resté silencieux toute la nuit.

Ma, mère veut speek avec moi le matin alors que mon père est allé au travail, elle se demandait qui était la jeune fille, et pourquoi je ne lui présenter pas à eux. j'ai essayé de expliquez que tout est allé si vite, que je ne l'ai pas pris moi-même, mais ma mère a continué à poser beaucoup, des questions auxquelles je ne pouvais pas répondre. Compris qu'Anna serait rencontrer mes parents, c'était bien certain, comment maintenant ça devait se passer, alors j'ai connu ma mère.

Avec ses questions embarrassantes, qui pouvaient apparaître à tout moment. Anna est venue quelques jours après que je leur ai dit, ma mère l'avait invitée à la maison et elle était curieuse alors elle craquait, mon père était calme comme un bunker.

Anna est entrée, à la maison et mon père a commencé à lui parler directement, il n'avait jamais l'habitude de parler aussi spontanément, peut-être sa façon de gérer la situation.

J'étais un peu timide parce qu'ils pouvaient apprendre, se connaître un peu mieux et ne pas avoir de questions difficiles. La soirée s'est très bien déroulée, un succès, à mon grand soulagement.

Une vie plus adulte a commencé à prendre forme, alors que je n'avais que 17 ans, je me suis inconsciemment battue contre cette forme de vie d'adulte, je voulais faire la fête et m'amuser.

Anna et moi avons réalisé que nous devions commencer à chercher une maison, nous devrions avoir des enfants dans un proche avenir. Mais trouver un logement, avec nos revenus, ce n'était pas le plus facile.

Nous avons dû chercher un bon moment et pas avant trois semaines avant de nous nourrir, nous avons reçu un bail, donc nous étions en train de déménager, personnellement, je n'avais pas de meubles, Anna avait un canapé, une télévision et des ustensiles de cuisine. Mais le pire était qu'Anna était très rapide et ne pouvait pas aider avec le déménagement. Mes amis et mon cousin de nid ne comptaient pas sur eux, ils vivaient et conduisaient une moto. Moi-même, j'ai dû vendre ma moto, et acheter une poussette avec des freins sans blocage, estiment que la plupart des gens peuvent penser qu'il n'y a pas eu de coup majeur, pour remplacer le vélo par une poussette.

Ce que je n'ai pas compris, c'est que je me suis lentement effondré, ou plutôt, ma personnalité normale en tant que jeune homme dans sa meilleure année de jeunesse. De toute évidence, je me sentais mal, mais en même temps, je pensais que ce serait excitant d'être papa, même si j'étais trop jeune. Le temps a manqué, et quand j'y ai le moins pensé, Anna a commencé à ressentir la première douleur. Elle est devenue très inquiète quand ça lui faisait si mal. Anna a dit qu'elle ne pouvait même pas imaginer une telle douleur, comme elle la ressentait maintenant. Nous avons pris la décision trop appeler Annas mère, que je connaissais à peine. Mais elle est venue nous chercher, je n'avais pas de permis de conduire. Alors emprunter une moto pour conduire, sa fille enceinte à sa mère, n'était pas une option.

Anna a commencé à se calmer lorsque sa mère est entrée dans notre appartement, Anna était la première née et n'avait aucune expérience de la naissance d'enfants.

La seule routine que nous ayons eue était les essais de soins de maternité que moi et Anna avons fait un certain nombre de fois. Nous l'avons eu une fois! Lors d'une réunion de maternité, suivez une salle d'accouchement à Malmö! Les souvenirs que j'ai de cette visite d'étude ne sont en fait que deux! La sage-femme voulait respirer au rythme de Walter quand la douleur a commencé! Mais aussi, le soi-disant gaz pétillant qu'il fallait essayer! C'était un véritable ascenseur dont je ne voudrais pas lâcher prise! Et il y avait en fait un papa qui riait! Et il n'avait pas l'intention de le quitter en aucune façon! Ils pourraient plus ou moins l'arracher de lui pour qu'il puisse se calmer. Mais comme je l'ai dit! C'était la seule expérience que nous ayons eue. Il y avait une chose à laquelle je réfléchissais souvent lorsque nous étions en maternité. Et c'était tous les autres hommes et des femmes impliquées, comme si elles devenaient parents! Cela aurait pu être mes parents pour toujours. Plusieurs fois, c'était très étrange de suivre ces exercices comme nous l'avons fait! J'avais l'impression qu'il y avait une grande maman autour d'un! Et pas les filles dans ce sens. C'est la différence d'âge qui a créé ce sentiment! Mais maintenant je me tenais avec la mère d'Anna dans le hall et une fille anxieuse qui allait nourrir notre enfant! Quelque chose qui a presque créé une forme de sentiment surnaturel! Nous avions des escaliers en bas et un bon peu à la voiture. Une distance parcourue en moins d'une minute dans des cas normaux. L'étirement est devenu beaucoup plus difficile lorsque vous avez une femme résistante à porter! Mais après beaucoup d'efforts, nous sommes arrivés à la voiture, et nous n'avons pu nous asseoir à ses parents et attendre que quelque chose se passe. Ce fut une longue et bonne soirée. La mère d'Anna pensait que c'était une fausse alerte, alors elle était calme! Bien qu'Anna ait sauté de haut en bas sur le canapé comme un ECG!

Personnellement, je suis devenu nerveux à propos du comportement dérangeant et douloureux d'Anna! Tout était normal! Mais je n'avais pas d'expérience dans ce domaine. Quand il a commencé à approcher la nuit, l'eau s'est remplie et elle est devenue la pleine résurrection. Tout le monde a couru autour comme Ya des poulets et Anna m'a demandé tout le temps où ce sac était, qu'elle avait été emballé depuis si longtemps. Un sac avec le plus nécessaire si nous devions nous rendre rapidement à l'hôpital! Maintenant, c'était ce qu'on appelle le mode Sharp et je voulais juste faire monter Anna dans la voiture! Sa mère nous a conduits à l'hôpital et nous sommes arrivés à temps. Les salles m'ont rendu très nerveu! Puisque je n'aime pas les choses, je ne peux pas influencer. Une fois à l'intérieur du service d'obstétrique, nous rencontrons une infirmière qui était plutôt gentille! Mais à l'exception de sa question de savoir si le père était là aussi, même si je me tenais à côté d'elle! Oh quel jeune papa! Eh bien, je viens de penser! C'était comme si un commentaire était totalement redondant! Être jeune ne faisait aucun doute, mais en entendant cette infirmière dire, j'ai eu un autre penseur sur ce que c'était vraiment! La résurrection tout était comme si je dans un mauvais film B! Et là, j'ai pensé, comme j'avais un biroll. L'infirmière m'a dit, à moi et à la mère d'Anna, que nous devions nous asseoir sur un banc et attendre pendant qu'ils préparaient Anna pour la naissance! La mère d'Anna, qui avait donné naissance à plusieurs enfants, a déclaré que cela prendrait du temps et qu'elle était rentrée chez elle pendant si longtemps. Bien! Vas-tu me demander? Avec une voix plus ou moins désespérée! J'ai pensé ainsi elle a dit. Mais attendez ici! Ensuite, vous pouvez m'appeler lorsque quelque chose a commencé. Quand Anna est sortie de la pièce où ils l'avaient préparée. A-t-elle découvert que sa mère était partie, alors elle est devenue à la fois déçue et effrayée. Elle voulait que j'appelle l'amie avec laquelle Anna vivait auparavant, a dit et fait! L'amie d'Anna est sans aucun doute entrée à l'hôpital, pour soutenir Anna. Un soutien avec lequel je pense que sa mère aurait dû être utile. Mais les choses me viennent rarement à l'esprit, dans ce cas, c'est Anna, en particulier, qui a été trahie par sa propre mère. Mais ils n'ont jamais eu de bonnes relations et c'était beaucoup parce que la mère d'Anna a eu un nouvel homme et que cet homme est devenu le beau-père d'Anna. Un homme au total sans empathie.

Mais assez à ce sujet! Il était maintenant temps d'entrer dans le lieu de naissance où notre enfant serait, né et j'ai senti à quel point le pouls commençait à augmenter considérablement. Oh! Quelle nervosité j'étais! Voilà comment vous pourriez presque totalement battre. Une fois à l'intérieur, il est devenu vrai. Je ne sais pas si c'était l'odeur des hôpitaux ou de tous les instruments techniques trouvés dans une salle d'accouchement! Mais j'ai été touché par ça, il n'y avait aucun doute! Et tous les sentiments qui m'ont traversé en quelques secondes sont quelque chose qui est presque impossible à décrire avec des mots! Vous devez en faire l'expérience pour comprendre ce que vous ressentez. Anna a dû s'allonger sur un lit de bébé avec beaucoup d'oreillers. Anna a vraiment passé un mauvais moment! C'était pour qu'une personne sourde puisse même entendre ses tourments!

Pour moi qui suis resté là LIVE, c'était un vrai thriller! Se tenir là et ne pas pouvoir faire une blague pour qu'elle se sente mieux. Je réfléchissais à ce que je pourrais faire pour lui faciliter la tâche! Mais comme je l'ai dit! Alors tu étais presque superflu! Anna a davantage parlé avec son amie, même si elle avait donné naissance à un enfant à plusieurs reprises! Et maintenant, vous pouvez comprendre un peu mieux maintenant! Je pouvais à peine répondre aux questions des autres, que je le veuille ou non! C'était clairement quelque chose auquel les femmes ne pouvaient que répondre. Mais j'ai fait de mon mieux pour l'aider. Anna a été très agressive à plusieurs reprises! Ce qui était dû à sa contraction récurrente constante. Ce n'était pas que j'étais directement jaloux d'elle! Oui! Ce serait parce qu'elle devait utiliser du nitreux autant qu'elle en voulait! Ou nécessaire! Mais ce ne serait que pour ça alors! La contraction a pris beaucoup de temps, et la sage-femme venait de temps en temps pour voir combien Anna avait ouvert!

Ce dont je me souviens aurait-elle ouvert 10 cm avant que sa sage-femme ne veuille qu'Anna exploite ses courbatures et crie ainsi notre enfant! Après 8 heures, notre enfant était sur le point de sortir! Puis soudain, la sage-femme ne pouvait plus entendre le pouls du bébé! En raison du calme sage-femme, je ne me regarde pas! Lorsque la sage-femme confirme que le pouls de l'enfant est faible! N'était-ce pas sans que mon propre pouls devienne beaucoup plus excité! La sage-femme prend alors un électron! Comme un autocollant avec une aiguille hélicoïdale. Et à l'autre extrémité de cette aiguille, il y avait un cordon qui était connecté à un boîtier électronique! Cette aiguille doit être vissée dans la tête de l'enfant pour permettre l'enregistrement du pouls de l'enfant. Cela semble terrible sans, grand problème! Sans cela, c'était une procédure plus facile.

Quand cet électron était en place! nous avons vu le pouls de l'enfant sur un écran et nous nous sommes sentis beaucoup mieux. Je ne savais pas avec sagesse une extrémité dans laquelle vous devriez vous tenir! Anna avait dit qu'elle voulait que je filme l'accouchement! Le problème était que je ne pouvait pas être à deux endroits en même temps! Mais Anna n'avait pas une meilleure compréhension! Puis elle a voulu que je lui tienne la main pendant une seconde! Et dans la seconde suivante, elle s'est demandé si j'avais filmé? Alors qu'elle a dit que je filmerais merveille qu'elle était l'enfer que j'étais? Je filme! Tu vas être là, hurle-t-elle! Ah, je vois! D'accord! Je suis là maintenant! Donnez-moi le plaisir de me donner le gaz pétillant!

Tout devrait apparemment être fait maintenant! Films que vous avez demandé à Anna! Non, je suis là! Mais vous devriez filmer c'est pourquoi nous avons acheté le caméscope! J'étais très près d'obtenir un coup de foudre pour elle frustrée réclamations, b ut il vient de mordre et d' essayer d'être aussi comprendre que juste allé! Puis j'ai su qu'elle était blessée et effrayée! Après avoir beaucoup pleuré, je pouvais maintenant regarder la tête de notre enfant! Voir que votre enfant est né est une expérience incroyable à laquelle je souhaite que tout le monde puisse se joindre! Quand je me tenais là, regardais et filmais! J'étais complètement paralysé par la façon dont le corps d'une femme peut amener un enfant! Incroyable! Ce n'était pas une belle vue que je veux dire! Quand vous voyez comment elle se brise, plus notre enfant sort. Honnêtement, elle ressemblait à un steak mariné au fond. C'est comme ça que ça m'a fait mal! Maintenant, la tête était sortie, et il était difficile de dire qu'un nouveau-né est beau! Je n'ai jamais compris comment les gens peuvent dire ça! Anna a commencé à crier vraiment fort! J'étais comme un petit enfant debout là avec un caméscope et tremblant comme une gousse de pois! La sage-femme enlève l'électrode qu'elle y avait précédemment placée pour enregistrer le pouls de l'enfant! Voici l'enfant dit sage-femme! La caméra vidéo a tremblé comme si c'était un réalisateur de la maladie de Parkinson! Tout mon corps avait l'impression d'être dissous dans des molécules! La sage-femme se tourne vers moi et me dit que c'était un garçon. C'était comme si quelqu'un m'avait hypnotisé! Anna était si heureux, et j'étais avec! Tobias alors que notre enfant avait chaud était très poilu!

Ce qui m'a fait réfléchir un peu à savoir si c'était mon enfant, Anna avait été avec un Grec juste avant de se retrouver avec moi! Donc, il était clair que je soupçonne quand l'enfant était très sombre et poilu! La sage-femme vient me voir et me demande comment je me suis rencontrée? Oui, je vais bien, absolument parfait! Elle se demanda si je voulais donner un bain à mon fils,

ce que je ferais bien sûr! Ça allait en enfer! Puis
j'ai déposé mon fils dans le baljan où il allait se
baigner! Il n'y a aucun danger a dit l'infirmière
qui m'a aidé! Elle a vu que j'étais tout sauf
participante! Choqué, je voudrais dire après.
Quand j'ai baigné Tobias, j'ai été autorisé à le
coucher dans un petit lit à roulettes et je l'ai
conduit à la chambre d'enfant où Anna s'est
allongée et a récupéré après l'accouchement!
Anna se lèverait du lit! Avec quoi son amie l'a
aidée! Quand Anna a commencé à partir, il a fait
couler du sang sur le sol! La sage-femme entre
en même temps et me voit marcher après Anna
et essuyer le sang sur le sol avec des serviettes!
Elle me crie dessus! Bonjour! Oui, j'ai répondu!
Je pense que tu devrais me prendre un moment,
dit ma sage-femme! Comme je le pensais, le
papier était rempli. Mais ce n'était pas le cas!
Elle est sortie avec moi pour prendre l'air!
Maintenant, asseyez-vous un moment et respirez
un peu d'air frais, a déclaré la sage-femme! Cet
air frais pourrait être si bon que je n'aurais
jamais pensé. Après un moment, la mère
d'Annas est venue quand Anna l'avait appelée.
Elle n'avait pas dit à sa maman ce que c'était au
téléphone! Peut-être était-ce parce qu'elle
voulait être sûre de vraiment entrer dans BB.
Quand la mère d'Anna est arrivée à l'hôpital, elle

m'a vu assise là à regarder droit dans le bleu! Elle me demande ce que c'était? J'ai maintenant appris que je lui avais répondu!

C'ÉTAIT UN GREC! Cela semble étrange! Mais c'est probablement là que j'ai eu mes soupçons contre le dernier gars d' Anna qui est Grec. Anna serait transférée dans une maternité où ils seraient quelques jours. En grande partie parce qu'ils verraient Anna allaiter et Tobias notre fils allait bien. Pourtant, il allait bien! Ce qui est vite devenu apparent après quelques jours où il a eu du lait maternel et la première surprise dans la couche a été livrée à un inconnu! J'étais rentré, dans notre appartement pendant la nuit et je suis venu saluer ma nouvelle famille, qui s'était agrandie avec une personne. Juste jusqu'à ce que je vienne! Mon fils avait-il réussi à remplir cette couche avec de la pulpe jaune moutarde qui sentait autre chose que Hallon! Ce fut une expérience désagréable que je peux dire. J'ai probablement pensé que c'était encore plus dégoûtant parce que j'étais si jeune! Changer son fils, ce n'était pas comme changer l'huile sur l'autoroute! Mais j'avais assez chaud, même si ça sentait mauvais! Bientôt, tous les parents sont venus voir les merveilles et féliciter les parents. C'était très stressant pour tout le monde de venir! C'est vrai qu'en même temps je dirais que

je vais montrer mon fils! Ensuite, c'était sans
doute parfois difficile. Moins difficile, cela ne
s'est pas produit lorsque la mère s'est mise à
côté d'Anna! Venir à nous pour regarder Tobias!
Tellement gentil petit gars que tu as!
Personnellement, j'étais si contente que les
larmes coulent! Mais ces larmes ont disparu
assez rapidement! Quand cette mère dit que
c'est si mignon quand un frère est aussi ému que
moi! Quoi?! Frère et soeur qu'est-ce que cela
signifie stupide. Et, bien sûr, je suis obligé de
demander ce qu'elle voulait dire, Oui! Je te verrai
en larmes! Bonjour! Je suis papa, Tobias! La
mère était complètement bouleversée et s'est
tellement excusée! J'ai alors réalisé que ce
n'était pas la dernière fois que j'entendais des
commentaires similaires de l'extérieur! Après
quelques jours, il était temps pour la famille de
rentrer à la maison. Tobias allait devoir dormir
dans son nouveau lit, que j'avais foiré selon
toutes les règles de l'art. Comme tout les autres
parents, bien sûr, nous avions un téléphone
portable sur le toit avec toutes sortes de
personnages qui donneraient à notre fils un
environnement apaisant!

Il y avait beaucoup à penser maintenant que vous étiez le parent et la grande responsabilité que cela signifiait d'être un parent. Anna a fait face à un grand changement en tant que personne! Quand elle était plus maman! Et maintenant, elle avait plus de nuit, le temps où Tobias mangeait toutes les quatre heures! Bien sûr, ce garde les a rendus très unis! Le fort instinct de maman qu'Anna a! Est-ce que je me sentais comme papa? J'ai exclu en aucune façon! C'était peut-être juste un sentiment! Mais le plus rejoint Anna et Tobias sont devenus! Plus je me sentais comme papa dehors! Je pense que beaucoup de nouveaux papas éprouvent cette excitation au début! C'était comme commencer une nouvelle vie! Et moi et Anna venions d'être ensemble depuis quelques semaines avant de tomber enceinte! Quand je suis assis et que je réfléchis! Anna et moi n'avons jamais eu ce temps ensemble comme tous les nouveaux couples le font avant de décider d'avoir des enfants!

Nous aurions dû être ensemble depuis au moins quelques années avant même de penser à avoir des enfants. Ensuite, vous pouvez facilement constater que j'étais trop jeune pour cette responsabilité. Comme cela signifie être parent! Je ne regrette pas mes enfants, bien au contraire! Ce sont les meilleures choses qui me soient arrivées tout au long de ma vie. Anna et moi avons fait ce que nous pouvions pour que notre famille soit aussi bonne qu'elle venait de passer! Beaucoup de parents viendraient avec de soi-disant bons conseils! La mère d'Anna était probablement celle qui marchait le moins avec le pointeur! Parce que c'est probablement l'esprit de ma mère! Ce qui a créé des conflits entre Anna et ma mère! Cela pourrait être assez génial pour ces jours où Anna vient de dire ce qu'elle pensait de ma mère! Puis ma mère a été violée d'après ce qu'elle a dit elle-même! Mais il n'en fallait pas beaucoup pour se mettre le nez dans le temps!

Chapitre 4

Oui, c'était comme si mon monde entier s'était effondré! Et maintenant, vous n'aviez plus qu'à vous ajuster autant que vous le pouviez! C'est étrange! Mais vous adaptez réellement! Avez-vous de jeunes enfants, alors soyez vif et n'hésitez pas à la bagatelle lorsque les problèmes vont et viennent tous les jours! Un problème certainement très courant! Est-ce que la vie sexuelle dont on peut s'occuper dans le bleu! Anna était tout sauf intéressée par notre vie sexuelle! Mais c'était moi! Tu as 17 ans, tu te réveilles avec la couverture dans le toit tous les matins sans problème! Mais croyez moi! Il n'y avait rien dont je me servais! Bien sûr, je peux maintenant le comprendre un peu mieux. Mais pour avoir 17 ans, alors il faut dire ça! Je pourrais manger la perte si je n'avais pas de relations sexuelles! Mais autant que j'en avais besoin, Anna n'en voulait pas. C'était un gros problème pour moi! Beaucoup de femmes ne se sentent pas frais quand ils sont l' allaitement, et ils ont été contraints de faire le tour, avec les conséquences! Alors bien sûr, je peux maintenant le comprendre un peu mieux! Tobias a bien grandi et il était en parfaite santé. Vous devriez vraiment être heureux! Lorsque nous avons appris plus tard qu'une personne du groupe de prophylaxie avait une fille atteinte de spina bifida qui n'est pas une maladie ou un handicap non compliqués. Donc, par rapport à cela, nos problèmes semblent être extrêmement petits! Mais vous êtes le plus proche de vous. J'ai travaillé les jours de mon père, même si c'était contre! J'ai été fouetté pour amasser des fonds pour la famille quand c'était cher avec les enfants et constamment de nouvelles dépenses! Anna était à la maison avec Tobias pendant un an avant de commencer à travailler un peu plus! Elle travaillait régulièrement à la poste, ce qui lui rapportait un revenu sûr. Bien que nous ayons deux revenus, nous n'avons pas pu économiser d'argent. Si vous avez un peu plus d'un mois, ils D isappeared dans le mois suivant. Nous n'avons jamais eu d'argent pour aucun plaisir! Bien que j'aie travaillé plus, ils ont disparu sans aucun problème. Et puis notre vie a continué pendant plusieurs années! Mon revenu était mauvais, et Anna a commencé à parler de Tobias frères et soeurs! Un frère qui signifierait que nous devions déménager! Mais avec mes revenus, aucun logement plus grand ne serait une alternative. Anna a commencé à me dire que je demanderais une augmentation de salaire à mon père! Rien que d'entendre le mot augmentation de salaire, c'était presque rire! Puis j'ai connu mon père, qui n'augmenterait pas mon salaire! Mais j'ai en fait interrogé mon père à ce sujet. Mais la réponse était, comme je l'ai dit, non à cette question!

Avoir une fille qui aurait un frère ou une sœur et un faible revenu! Soyez prêt pour un conflit! Pendant un moment, Anna l'a oublié avec ses frères et sœurs, et personne n'était plus heureux que moi! Après quelques mois de plus, c'était comme si une cloche biologique lui rappelait un seul frère! Nous avons tous les deux convenu que nous n'avions pas assez de grand appartement pour un enfant! Mais aussi, que nous n'avions pas de salaire pouvant couvrir un plus grand espace de vie! La situation a commencé à devenir intenable! Et il fallait faire quelque chose! J'espérais au départ qu'Anna se rendrait compte que ça n'irait pas! Ensuite, nos conditions étaient complètement fausses! Élever un enfant jusqu'à maintenant signifierait des changements majeurs et des demandes de revenus plus importants! Nous avons pensé à quelques semaines et au meilleur que nous pouvions obtenir! Où créer votre propre entreprise afin que je puisse obtenir quelques milliers de pièces de plus ce mois-ci. Mais tous ceux qui sont ou ont été leurs propres entrepreneurs savent déjà que ce n'était pas une proposition brillante! Si vous voulez gagner de l'argent, vous, en tant que propriétaire de votre entreprise, travaillez plus ou moins 24 heures sur 24! Pour y arriver! Même moi, je devrais m'en rendre compte lorsque je grandirai dans des maisons de commerce. Ce n'était pas un hasard si mon grand-père et mon père travaillaient 24 heures sur 24! Mais d'une certaine manière, c'est que vous n'avez pas pris cette information, ou je ne m'en rendrais pas compte! Alors j'espérais probablement que ce serait calme dans ma propre famille et qu'Anna aurait l'enfant tant attendu! Apparemment, l'identité de sa mère a complètement crié après. Maintenant, je peux penser que cela semble ridicule! Lancer votre propre entreprise! Ainsi, nous pourrions changer de, logement et avoir un frère à Tobias! Mais la vie est évidemment un cas difficile à résoudre! Mais c'est le défi de la vie! Et il n'y a pas toujours l'intention de prédire la vie. Même si vous pouvez parfois le souhaiter! La décision était prise! Anna et moi démarrons leur propre entreprise dans la construction d'un entrepôt de tôles. Le fait était que j'étais sur le papier, et j'étais la principale responsabilité de l'entreprise! Ce qui était peut-être assez donné alors j'étais le métier de client. Ce n'était pas une grande idée de laisser Anna se tenir dessus! Comme elle l'a dit, elle a travaillé dans le courrier! En raison du fait que j'ai ouvert ma propre entreprise dans l'entrepôt de feuilles de construction, cela a créé un conflit majeur entre moi et mon père! Cela a été très déçu de moi! Parce qu'il avait pensé que je reprendrais ses affaires! Comme on l' appelle ainsi. De vrais conflits et discours de haine ont été parlés entre lui et moi! C'est même allé si loin que mon propre père parlait de moi! Sur le bâtiment où il était et travaillait.

Une grande partie de ses mauvaises manières était probablement due à la déception que mon père connaissait maintenant! Certes, je peux le comprendre dans une certaine mesure! Mais il savait en même temps que j'allais dans son entreprise sous-payé! Et que j'avais besoin de changer de, logement! Honnêtement, il aurait pu augmenter mon salaire de quelques milliers, par mois! Mais mon père l'a vu avec d'autres yeux. J'ai travaillé dur pour mon entreprise pour faire le tour et créer une large clientèle! Avec mon père dans les talons! Ce qui ne m'a en aucun cas ouvert la voie!

Au contraire! Tout était difficile au début quand je contactais des grossistes et ils me demandaient des références, même s'ils savaient qui j'étais! Et que j'avais été dans leurs magasins et que j'avais fait de nombreuses fois. Mais ils

avaient l' obligation de vérifier les nouvelles
entreprises qui ont commencé à faire des achats
dans leur entreprise! Mon entreprise était
nouvelle et avec quelques références. Mais ce
n'était que pour commencer, faire des achats en
espèces et après six mois, faire ses achats
pendant 30 jours de facture.

J'ai pris soin de payer toutes les factures aussi
vite que possible. Mes clients ont dû payer en 15
jours, et ce n'était pas toujours comme ça!
Ensuite, mon entreprise travaillait parfois pour
de plus grandes entreprises et payait en 30 jours.
Ensuite, le crédit de chèque est devenu chaud, je
dirais! J'étais tout le temps dans un état
extrêmement vulnérable et j'ai prié pour que les
entreprises payent leurs factures! Du coup, j'ai
réussi à pousser les factures, ce qui n'était pas
assez inhabituel dans le secteur de la
construction. Certes, je connaissais
fondamentalement les prérequis de l'industrie!
Je n'ai jamais dessiné une seconde pour
démarrer mon entreprise! Bien sûr, il y avait
beaucoup d'enthousiasme, ouvrant une
entreprise et tout autant, les inquiétudes sur la
façon dont il est parti! Encore une fois, je pense
que mon petit âge a eu sa part, dans cette
affaire! Ensuite, je n'avais pas beaucoup
d'expérience de vie. Anna était plus âgée que

moi et peut-être que je voulais être pathétique, montrez-moi que j'étais assez pour diriger ma propre entreprise! Mais c'est le cas! Sa virilité fière se montrerait! Même s'il a brillé par sa grande absence! Anna avait certainement des attentes pour moi et pour l'entreprise! Ce fut un résultat positif dans le portefeuille, raison pour laquelle j'ai lancé ma propre entreprise. Une entreprise qui était censée résoudre nos gros problèmes! Cela a commencé à générer de grosses sommes d'argent grâce au travail effectué par mon entreprise.

Je pensais souvent qu'il y avait des sommes incroyables que vous avez obtenu le plaisir, de la facturation. Ce que j'ai oublié, c'est! Qu'il Pour, la plupart, l'argent et la TVA du fournisseur ont ensuite été amèrement dettes payables aux fournisseurs et à l'Etat. Mon entreprise a réussi à obtenir beaucoup de travail! Et c'était amusant pour ma famille, qui s'inquiétait de la façon dont cela se passerait! Pas des moindres pour ma mère qui sonnait souvent pour savoir si tout allait bien! Mon père n'a pas appelé. Mais je pensais à peine que cet homme plierait le cou et serait heureux pour moi! Non, il semblait qu'il pensait qu'il valait mieux être amer. Alors laissez-

le rester assis là et aigre! S'il pensait maintenant
que c'était amusant!

La vie de ma famille continue comme d'habitude!
Mais Anna et moi n'avions pas beaucoup de
temps l'un pour l'autre, alors que ma vie était
principalement au travail! Et c'est un syndrome
courant chez les nouveaux entrepreneurs. Vous
n'avez pas le réseau social autour de vous que
vous avez lorsque vous êtes salarié! Être malade
n'était guère une option car une indemnité de
maladie serait très faible par jour. C'est bien le
dos d'être propriétaire de votre entreprise! Je
voulais évaluer le plus faible revenu possible.
Idéalement, il irait plus moins zéro lorsque tout
serait payé. Maintenant, j'avais plus de F-impôt,
ce qui signifiait que je payais le même impôt, que
j'aie un revenu d'un mois ou pas! Le travail ne
semblait en aucun cas se terminer.

Anna et moi avons décidé d'acheter une maison!
Ensuite, nous nous sommes sentis plus couverts
maintenant, pour une vie plus grande! Et nous
avons également dû trouver un autre membre
de la famille! Anna était de nouveau enceinte! Et
elle en était très contente! J'étais aussi content!
Mais il y avait beaucoup d'autres choses que je
pensais devoir découvrir! Le travail avait
beaucoup augmenté et, comme je l'ai dit, je

travaillais moi-même dans l'entreprise. L'embauche d'une personne coûterait cher, et je ne savais pas combien de temps les bons de travail arriveraient au rythme qu'il a fait ces derniers temps. Je n'avais que deux options! soit, j'ai dû embaucher une personne ou annuler mon, travail! Mais en tant que nouvel entrepreneur, un non ne serait pas si bon pour un client, alors je décide d'embaucher un gars sur rendez-vous! Je n'ai pas osé embaucher une personne à plein temps.

Maintenant, ce n'était pas seulement beaucoup de travail, mais en même temps je devais trouver un bon, gars qui pourrait faire son travail et pas seulement écrire malade dès que la personne en question avait un problème! Mais où trouvez-vous une telle personne? J'ai ressenti beaucoup de pression! Et même si je n'étais pas si vieux, nous n'en avions pas moins les exigences. Anna a essayé d'aider au recrutement autant qu'elle le pouvait. Elle ressemblait plus à un soutien, car je ressentirais moins de pression! Mais pas fan, j'ai ressenti moins de pression! Les quelques heures que j'ai passées loin du bâtiment, le téléphone a chauffé. Les clients ne veulent pas attendre leur tour. Tout travail commandé le jour même serait mieux la veille! Une mission impossible en d'autres termes! Après beaucoup de travail, j'ai trouvé un jeune homme qui était allé à la ligne de construction. Il n'était pas un créateur de disques, mais il semblait être capable de faire quelque chose pour la construction, cela fonctionnait plutôt bien avec ce type! Comme j'aidais maintenant, c'était vraiment ce qu'était le travail du garçon, de m'aider à garder les choses là où il fallait être deux.

Anna avait commencé à grossir et il ne restait plus beaucoup de temps avant qu'elle naisse notre deuxième enfant! C'est devenu comme un souci dans ma vie de tous les jours! Je ne pouvais pas être à la maison car cela coûterait trop cher et le travail ne pouvait pas attendre! J'espérais qu'Anna pourrait nourrir un vendredi après 16h00! Cela aurait été génial! Non non! Elle ne pouvait pas le faire! Elle allait se nourrir en milieu de semaine quand c'était le plus à faire! J'avais fait l'acquisition d'un chercheur, pour qu'elle puisse me fouiller quand il était temps de me rendre à l' hôpital.

J'ai commencé à avoir de la routine dans ce domaine! Mais comme on dit habituellement, n'est-ce jamais une naissance comme l'autre? Je viens d'arriver à l' hôpital, alors c'était clair! C'était une mauvaise vitesse cette fois. Mais ce n'était pas plus de 2 ans entre les naissances! Et ils disent généralement que vous ne serez pas rétablie en tant que femme dès les sept premières années après la dernière naissance! Anna n'était pas pire avec elle. Après la naissance, nous étions maintenant quatre dans la famille. Une famille avec deux mecs! Anna avait espéré une petite fille, mais c'est devenu un vrai garçon suédois cette fois! Je pensais que c'était absolument parfait. L'un d'eux pensait que c'était plus facile avec les garçons. Mais cette science a construit la plupart de ce que les hommes du bâtiment avaient dit pendant les pauses! Et c'était probablement la meilleure chose! Peut - être qu'il est plus facile quand les enfants sont les adolescents avec un gars. Mais il y a d'autres problèmes avec les gars. Mon travail a continué et les gars se sont bien développés, donc je n'avais rien à redire. Peut-être un peu de cohabitation! Entre moi et Anna. Mais former une famille et créer des entreprises leur soutenait! Mais tu as aussi une capacité humaine à t'apitoyer sur toi-même, Sur cette question, je ne fais pas exception! Anna voulait rénover notre maison, ce qui à certains endroits était plus que nécessaire. J'ai pensé que nous rénoverions le toit du garage qui avait commencé à fuir. Nous avons proposé un toit en tôle à double rouleau! Cela augmenterait alors la valeur de notre maison et constituerait un bon investissement pour l'avenir. J'ai même installé le panneau dans la cuisine pour la rafraîchir un peu, et un toit en tôle noire sur le garage pour que tout le monde soit heureux. Le gars qui travaillait dans mon entreprise était vraiment fiable et j'ai vraiment eu beaucoup de confiance pour lui, à tous points de vue! Il s'est toujours levé et a travaillé! Que ce soit le week-end ou tous les jours! Je pensais le renvoyer.

Chapitre 5

Ensuite, cela ne s'est absolument pas produit!
Deux clients n'avaient pas payé leurs factures.
J'ai immédiatement contacté ces clients et je me
suis demandé pourquoi ces factures n'avaient
pas été payées? Un client a répondu qu'il
vérifierait le travail de mon entreprise avant le
paiement de la facture. Ensuite, ils ont souligné
qu'il ne fallait que 15 jours sur la facture. J'ai
commencé à me demander pourquoi ils ont
soudainement commencé à discuter du nombre
de jours sur la facture, j'ai commencé à sentir
que quelque chose n'allait pas. Mais en même
temps, je ne le croirais pas! Il y avait assez de
peur quand j'ai eu ces pensées. Le lendemain,
nous étions dans un bâtiment plus grand, où je
savais que vous étiez toujours payé pour leur
travail! Cela pourrait prendre un peu plus de 15
jours! Avant que je sois payé! Mais toujours
payé. Quand le petit déjeuner est arrivé, nous
sommes allés au magasin que le constructeur
avait mis là pour les ouvriers, et là, moi et le gars
le gars avons même mangé notre petit déjeuner.

Nous nous sommes assis là et avons discuté de
beaucoup de choses différentes quand un autre
artisan a regretté de ne pas avoir été payé par un
client! Il s'est avéré que c'était le même client

pour lequel je n'avais pas été payé! Imaginez que le monde est petit! L'entrepreneur nous a dit qu'il avait un très gros montant facturé à ce client en particulier, et il craignait que la facture ne soit jamais payée! Cet entrepreneur était un entrepreneur bien établi et était inquiet! Avais-je vraiment raison de m'inquiéter!

 C'est devenu une période d'incertitude, qui est devenue pire qu'on ne pouvait l'imaginer! Il s'est avéré que l'autre client qui n'avait même pas payé sa facture était plus compliqué et concernait essentiellement un client qui l'avait mis dans un système de non-paiement! Le client a réclamé la propriété. Ce que je savais était complètement faux. Je l'ai même prouvé en contactant le à savoir que mon entreprise avait causé un plus grand dégât d'eau dans leur sous-sol, lorsque nous avons réaffirmé leur municipalité.

Parce que j'ai vu qu'il y avait un très ancien dégât d'eau sur le mur de leur sous-sol, est-ce que je voulais qu'un géomètre vérifie les présumés dégâts d'eau que le client a prétendu avoir causés par mon entreprise. Le client a pris votre inspecteur et j'ai également pris votre mien. Ainsi, nous aurions deux déclarations indépendantes l'une de l'autre. Même lorsque les géomètres vérifiaient la quantité d'humidité dans les murs! Ensuite, leurs instruments ne faisaient pratiquement aucune différence. Tous les sous-sols ont un peu d'humidité et sont tout à fait normaux. L'inspecteur du client a informé le client qu'il était normal avec cette humidité, ce qui a permis au client de commencer à se méfier de son propre inspecteur choisi. Mon inspecteur d'entreprise ne pouvait que dire la même chose que le leur! Pour décrire à quoi cela ressemblait sur place, on pourrait dire qu'il y avait une petite cave avec un plafond bas. Sur les murs du sous-sol, ce qu'il a peint avec de la peinture plastique vert olive qui avait éclaté et qui avait pénétré par les murs. La peinture qui avait été libérée était si sèche que vous pouviez la casser avec vos doigts, et elle ne parle pas directement car le sous-sol aurait récemment été endommagé par l' eau.

L'inspection s'est poursuivie dans une pièce attenante au sous-sol où le client avait sa lessive dans cette pièce non seulement la couleur avait séché, mais le mur du mur était également tombé. Au point appartiennent! Le fait que le client ait signalé que les dommages causés par mon entreprise se trouvaient dans la pièce précédente où l'humidité était quasi inexistante.

Mais dans la salle, nous sommes maintenant entrés, il y avait des valeurs nettement plus élevées comme les géomètres pouvaient s'enregistrer avec leurs instruments! Mais si les valeurs étaient plus élevées, c'était dû à une vieille blessure et c'était à la fois le point de vue des téléspectateurs. Parce que leurs opinions étaient si similaires, j'ai pensé que le client paierait désormais sa facture.

Mais non! Non, ils ont emmené votre inspecteur. Une personne qui a par la suite semblé être liée au client. Bien sûr, il a affirmé que les dommages étaient survenus en raison du fait que les tuyaux avaient été enlevés pendant que nous montions une nouvelle gueule de bois pour la lumière du jour. Lors du démontage d'un drain existant, tuyau pour drainer l'eau dans le sol! Si vous installez un tuyau temporaire qui, entre-temps, remplit la même fonction qu'un tube goutte à goutte, faites les cas habituels. Mon client a alors affirmé que le serpent temporaire avait été relâché pendant le week-end et qu'il y avait beaucoup de pluie ce week-end. C'était juste fou! Maintenant, j'ai commencé à me mettre en colère. J'ai moi-même été recherché pour avoir payé les fournisseurs pour le matériel qu'ils livraient à ce bâtiment particulier.

Maintenant, je me tenais devant un temps long et destructeur! Où mon entreprise devait envoyer des rappels au client et qui se rendrait plus tard au tribunal de la Couronne. Le client se tourne alors vers un avocat afin de faire le bon choix dans son cas. Je savais que nous n'avions pas causé ce dommage à leur propriété. Mais maintenant, je devais me transformer en personne morale!

Pour rencontrer le client. Le client a reçu une aide juridique dans cette affaire. Je n'ai pas compris! Ensuite, j'étais commerçant! Bien qu'il y ait eu de l'aide de l'Organisation nationale, il me semblait que je devrais payer moi-même la plus grande partie!

Maintenant, j'étais vraiment confronté à de gros problèmes. Pourrais-je dire à Anna ce qui s'est passé, non! J'ai pris la décision de l'attendre alors que nous venions d'avoir des enfants et qu'elle dormait mal ces derniers temps. Donner à Anna un tel message ne ferait que la rendre plus insomnie, ce qui était absolument inutile! En ce moment, je vivais avec l'espoir que tout ira bien. Certes, je regrette maintenant de ne pas avoir dit directement à Anna ce qui s'était passé. Mais je voulais juste que ma famille se sente bien, avec tout ce que cela signifiait! Tous les problèmes qui se posent maintenant! Est-ce que je devais soudainement vivre une sorte de double vie! Ensuite, je ne lui ai pas raconté ce qui s'était passé! Oui! Vous faites beaucoup de choses personnalisées lorsque vous vous trouvez dans ces situations.

Vous avez un instinct de survie humain, où vous aimeriez être dans une forme de déni de la vérité. Les problèmes semblaient juste disparaître! Et comme vous le dites habituellement! Un accident arrive rarement seul! Donc, c'était dans mon cas aussi! Ensuite, il s'est avéré que même l'autre client qui paierait après 30 jours à la fin n'avait pas de couverture pour les travaux qu'il avait commandés. Nous étions trois entreprises différentes qui ont subi d'énormes pertes. Les entreprises les plus développées avaient au cours des années un tampon de liquidités. Mais mon entreprise a des problèmes bien plus importants! J'ai dû essayer d'expliquer ce qui était arrivé à Anna! Ce jour - là les pensées allaient mon esprit, comment pourrais - je expliquer th à elle? Que deux clients n'ont pas payé leurs factures! Je ne voulais pas m'inquiéter pour elle, mais maintenant je devais juste l'informer de ce problème. Très bien, elle est devenue inquiète à ce sujet et a commencé à discuter qu'elle irait chercher les clients. Ce qui ne serait pas si bien, car il y avait déjà des avocats sur ces questions! Mais pour voir son désespoir, déchire-moi complètement! Nous qui avions été si bons et les garçons qui nous sentions si bien.

Est-ce que toute notre vie juste aller à la forêt maintenant? Tout simplement parce que deux clients n'ont pas payé. Plusieurs fois, vous oubliez la pression mentale qui se produit lorsque vous avez des problèmes financiers avec ce calibre! Cela nous a clairement touchés à tous les niveaux! Et les usures qui se sont produits alors devenus comme une grande ouverte blessure entre moi et Anna! Et comme je le dis d' habitude! La plaie guérit et la croûte se retire! Mais la cicatrice consiste. Bien sûr, les cicatrices s'estompent également avec le temps. Mais le temps était quelque chose que ni moi ou Anna avait, ce que nous avions là - bas contre! Soyez les autorités et les grossistes qui seraient se payés par nous, ou plutôt, par ma société. Cela a commencé à être un grand écart entre moi et Anna. Ce qui, à son tour, a commencé à conduire à l' désaccord entre nous, quand il a été beaucoup d' argent, le total perte était plus d' une centaine et demi! Un montant qui est important lorsque l' entreprise a été redémarré, je désespérément commencé à redistribuer les disponibles montants que la société avait. Je devais d' attendre avec la TVA, donc je pouvais payer les grossistes. Sans les grossistes, j'avais pas eu aucune matière à travailler avec. Ensuite, je ha d pour remets affaires fiscale. Alors je commence à pousser le trésor, où le gars serait obtenir son salaire! Il, ne pas avoir à souffrir parce que les clients ne pas payer. Je ne pas veux quelqu'un à souffrir! Désespérée comme j'étais! Puis j'ai pensé que tout se résoudrait! Seulement, il est devenu un règlement dans un tribunal arbitral. Oui, il est tout à fait étonnant que vous pouvez être si putain naïf de croire une telle stupide chose.

Anna était en fait moins naïve que moi! Elle a dit très tôt que ce ne sera pas résoudre, dans une bonne façon! Je me suis tout à fait convaincu que ce serait être bien. Je reçus malgré tous les problèmes et contraintes continuent à travailler autour de l' horloge. J'ai essayé de travailler sur les pertes, ce qui était tout à fait impossible! Il est devenu comme l' ensemble de la société est venu à de la phase. J'ai volontairement soumis des devis moins chers pour les emplois sur lesquels je comptais! Dans le but d' obtenir plus d' emplois qui pourraient couvrir les pertes. Il était impossible mission que ne serait ont réussi!

Mais alors je suis encore fatigué presque 24 heures par jour.

Maintenant, il était temps de rencontrer les clients dans l' arbitrage, tribunal pour obtenir des choses à droite. J'ai pensé! Ce n'était pas le cas. Un client a manqué au total le paiement capacité et il y avait d' autres qui se tenaient devant moi pour me payé. Surtout les banques! Alors que procès a pris fin avec avoir fait un bon travail, mais le client a manqué au total paiement d' options! Donc, ma société n'a pas obtenir une couronne. Pas facile quand il n'y a pas de propriété mesurable. En pur suédois, je n'étais pas payé pour mon travail. Quant à l' autre client qui a affirmé que mon entreprise avait causé de l' humidité dans leurs sous-sols. Ensuite, comme mentionné, le client s'est tourné vers un autre inspecteur qui avait confirmé sa réclamation, et comme nous l'avons affirmé, il avait tort! Et ce qu'ils avaient une relation à travers leur relation. Ce que le droit devrait être considéré comme défi. La défense de mon entreprise avait même vérifié avec la municipalité plus soigneusement si la municipalité avait eu des tuyaux qui fuyaient à ce moment - là. Ce qui a été documenté et présenté au tribunal. Le district judiciaire néanmoins se sur le du demandeur de l' histoire et signifiait que la raison était due à la serpent

qui avait sauté pendant le week - end pluvieux et
ce fut la cause du dommage!

Le client m'aurait appelé! Puis ils ont vu que l'eau
coulait sur la façade la plus éloignée! Quand ma
défense a estimé que le couple devrait essayer
de se mettre à nouveau la gorge! Pour éviter
leurs dommages perçus. Le droit signifiait que le
client serait considéré comme un profane et
j'étais un travailleur qualifié. Parce que j'ai perdu
dans le district judiciaire.

Chapitre 6

Je pensais que je serais être fou! Nous avons eu
deux inspecteurs impartiaux qui ont confirmé
que mon entreprise était innocente! Mais aussi
une bonne documentation de la municipalité qui
ils avaient une grande fuite de quelques années
plus tôt, comme si beaucoup de propriétaires
dans cette rue ont été touchés par!
Honnêtement! Je ne comprends pas aujourd'hui
comment ils ont pu juger cela! Quand mon
avocat et moi avons estimé que nos preuves
étaient absolument énormes! Mais
apparemment, ils pourraient le faire. Mon avocat
a dit que nous devrions faire appel à cela! Oui,
cela semble facile! Mais étant en processus, est
pas directement libre, parce que les avocats
coûtent un grand nombre. Je compris dans cette
seconde que maintenant il était en cours d'
exécution! Et c'est vraiment bien! Anna ne se
une crampe quand elle a trouvé sur ce. Mais elle
avait le droit de savoir ce, bien qu'il ne fait rien!

Perte totale! Soyez maintenant un fait et il était
également notre relation comme il a pris d'
assaut fortement autour quand Anna voulait me
de faire quelque chose au sujet de lui. Mais que
pouvais- je faire? Seulement pour se rendre
compte de la perte, Qu'est - ce d' autre pouvais -

je faire? Anna pensait que nous allions communiquer avec la banque à l' ordre d' augmenter le courant chèque crédit! En d' autres termes, elle voulait nous de prêter nous sortir de la problème. Les prêts sont certainement pas la solution si vous avez ces questions que nous avions. Quelle une banque avait rapidement trouvé et donc je ne pas considérer ce une bonne, solution! Les pensées ont commencé à devenir destructrices à tous les niveaux, et le désespoir que je ressentais maintenant était lourd à supporter! Maintenant, il se sentait comme l' enfer a éclaté et juste tout était allé à l' enfer! C'est même pour que, après toutes ces années, je me souvienne à quel point je me sentais mal, maintenant que vous êtes assis ici à écrire ces lignes. Oui usch! Anna était aussi changée! Et il est difficile de lui en vouloir. J'ai commencé à travailler de plus en plus noir. Ce qui n'a pas profité directement à ma famille ou à mon entreprise. Anna était déçu a souligné que je suis devenu si passif quand je ne me souciais plus de mon entreprise. C'était comme j'avais abandonné au total et juste arrangé pour que nous puissions bien vivre, sans payer d'impôts! J'étais devenu haineux pour la société à cause de ces épreuves très malsaines qui ont complètement mis mon entreprise hors, service!

On dit généralement que la vengeance est le plus ancien motif du monde! Aujourd'hui, je peux vraiment dire avec conviction que j'étais extrêmement vengeur envers tout et tout le monde en dehors de ma famille! J'ai commencé à me méfier de tout. Je viens de faire ce qui est tombé! Personne ne pouvait m'influencer dans mes décisions, j'étais fatigué d'être gentil avec tout et tout le monde. Maintenant, c'était moi qui dirigeait mon propre navire! Mon propre navire peut dire que c'était peu de temps après, quand Anna a voulu se séparer.

Elle voulait dire, t chapeau qu'elle ne se sentait pas comme tomber, elle ne pense pas que nous avions une bonne, relation non plus! Mais tous les contes de fées n'ont pas toujours une belle fin! Il n'avait pas notre relation, et je ne le promets pas. Nous avons lancé l'entreprise ensemble et je me suis assuré que notre famille avait tout ce dont elle avait besoin. Mais quand tout allait dans les bois, Anna ne voulait pas connaître mon entreprise, mais voulait juste déménager et je faisais une pause à tous les niveaux! Elle n'était pas paniquée sur ce que serait la vie, elle n'était pas la seule à l'être. Mais elle était terriblement déterminée à ce moment-là et il était absolument impossible de discuter de ce sujet avec elle! Anna voulait que nous

vivions séparément et que nous vendrions
ensemble notre maison. Bien! Maintenant, nous
devrions clairement vendre la maison que nous
avons autrefois achetée! Mais nous étions tous
les deux sur la maison et je ne voulais pas
vendre, il fallait que je la lâche! Ce qui il n'a pas
été une bonne possibilité quand ma compagnie
avait la grande perte dans mes, bagages. Mais
demander à Anna d' attendre le déménagement,
comme demander à l' église d' arrêter de dire
Amen! La haine entre moi et Anna a commencé à
croître de manière significative et est oon j'étais
dans un nouveau conflit avec les avocats qui
pourraient diviser notre logement et l'
équipement. Nos enfants ont même remarqué
que quelque chose était mal entre papa et
maman! Ce qui rendait souvent notre petit fils
Alexandre triste. Lui, s'est toujours demandé où
on était quelque part! Bien que je et Anna eu un
conflit, nous a fait tout pour nos enfants à ne pas
entendre nous quand nous cassé. Mais ce n'est
pas toujours facile lorsque vous êtes en colère et
déçu par votre partenaire. Les enfants toujours
s'en une certaine façon quand les parents,
décident de se séparer. Je sentais que je n'étais
pas plus le genre et attentionné personne que je
une fois eu. J'avais honte à chaque fois que mon
grand, garçon Tobias demandait pourquoi

maman devrait bouger! Il, souvent demandé où papa serait vivre, un e qu'ils obtiennent les mots mon fils a dit à moi, comme un couteau droit dans la moelle sur moi! J'ai ressenti un sentiment terriblement inconfortable de trahison envers mes propres enfants. Et les larmes étaient impossibles à retenir, h omment puis - je pardonner à moi - même? A la même époque, je devais de défendre moi - même purement mentalement par la pensée de ces deux clients qui ne pas paient leurs factures et qui était en fait la racine de tout le mal! Mais expliquer pour son propre enfant que papa affaires avait été dupé sur de grandes sommes d' argent était pas, alternative. Ils étaient tout simplement trop, petits pour comprendre une telle chose! Beaucoup de mes pensées étaient comment à se sortir de cette misère. Le plus de temps passé et je vu comment Anna emballé leurs affaires sont devenus les plus idiotes pensées, tout à coup complètement brillants plans! L' homme est étrange que moyen! On commence à penser et à agir comme le pire homme des cavernes. Je viens voulais d' aller chez ces clients et d' expliquer avec un arbre de balle ce que je pense et assurez - vous qu'ils ont payé. Mais j'étais encore trop civilisé pour faire quelque chose comme ça! Mais alors j'ai pensé qu'un tel acte pouvait résoudre le problème! Je n'ai vu aucune sanction qu'un tel acte pourrait mettre fin! Mais merci, je n'ai rien fait, croyez, que mes enfants m'ont fait penser à d'autres pensées. Je ne voulais pas les manquer car j'aurais fait quelque chose de mal. Mais dire que ces pensées n'existaient pas était un mensonge. Anna commencerait à emménager avec sa mère pendant quelques semaines jusqu'à ce qu'elle ait un rez-de - chaussée. J'aurais aimé qu'elle reste avec moi jusqu'à ce qu'il soit temps d'emménager. Je n'ai même pas, pensé à l'idée que mes enfants ne seraient pas à la maison dans notre maison. J'étais totalement craqué! J'avais l'impression de rompre et je pense que je pouvais tout faire pour que ma famille reste entière! Quand vous aimez votre famille! Soudain, c'était comme je représentais tous les sentiments de la famille. Ensuite, je pense principalement à Anna. Les enfants montrent toujours leurs sentiments. Ils étaient souvent tristes de ce qui allait se passer! Je ne pourrais rien faire! Plus que d'accepter que j'étais maintenant sans famille et que je serais bientôt assis dans une maison! Tous les tableaux qui remplissaient leur place et tous les souvenirs avec eux étaient comme partis! Il restait quelques tableaux, mais c'était très vide! Tout à coup, les choses n'étaient jamais réglées auparavant! Mais seulement maintenant, ils avaient été dignes d'or. C'était un souvenir! Tous les problèmes vous ont fait sentir diviser. Anna, que j'aimais tant! Déteste-moi en tant que beaucoup maintenant, sinon plus!

Chapitre 7

Il était maintenant temps de saluer sa famille!
Les larmes se sont complètement estompées sur
mes joues! Je ne les ai pas essuyés et je m'en
fichais non plus! J'ai secoué tout mon cœur du
chagrin que j'ai ressenti! Parce que c'était
exactement ce que c'était! Chagrin! J'avais perdu
ma famille d'une manière ou d'une autre. Mes
enfants ont crié à l'arrière de la voiture comme
s'ils partaient. Si vous n'avez jamais eu une telle
séparation, il est difficile de comprendre à quel
point c'est chargé émotionnellement. J'étais un
homme brisé pour dire un peu!

Je suis juste resté là et j'ai vu comment mes
enfants m'ont disparu! C'était comme tirer le
bouchon dans une baignoire pleine d'eau. Tout
ce que je représentais s'est enfui en quelques
secondes. Je me suis senti complètement ému et
juste à ce moment! Peu importe si le monde
entier était parti! C'était assez que mon monde
soit allé en dessous. Être triste tout en se sentant
totalement émotif était quelque chose qui
m'inquiétait beaucoup! Mentalement, j'avais
l'impression que mon corps était sur le point de
se diviser en deux parties différentes! C'était
comme avoir l'ange maléfique sur une épaule! Et
le bon ange de l'autre. Que m'arrivait-il? C'était

extrêmement difficile à ressentir. J'avais une
éducation que l'on avait appris à être une
personne bonne et gentille. Mais c'était tout sauf
ce que je ressentais maintenant! Alors que tout
le bien a disparu de moi! Est-ce que c'était
comme si quelque chose de mauvais et de
fantôme s'était envahi dans l'autre partie de
moi? J'étais fatigué de toutes les décisions
lourdes entre moi et Anna dû pousser mon
entreprise, même si c'était la dernière chose que
je voulais faire. Le gars qui travaillait avec moi
avait un préavis d'un mois et il a dû résilier.
Ressenti comme une autre trahison de ma part!
Le gars était préparé pour ça et a juste dû être au
chômage pendant quelques jours. Mais c'était
toujours si mal. Mon entreprise devait lui verser
un dernier salaire, mais aussi une allocation de
vacances. Le caissier de l'entreprise était
embauché dur, et j'ai dû me payer un salaire!
Ensuite, j'ai eu beaucoup de frais sur la maison!
Le prêt que nous avons partagé, nous en étions
pour la moitié chacun, donc c'était un peu
mieux! Mais il était le plus, reste fou. Mon
entreprise avait un soi-disant accord sur la
gueule de bois avec le syndicat, ce qui devait être
pour pouvoir travailler avec de grands
entrepreneurs, car ils étaient entièrement
affiliés! Cet accord sur la gueule de bois était

également une forme de garantie pour les autres entrepreneurs et particuliers que les entreprises remplissaient les exigences qui existaient pour les entreprises avec des employés. L'accord donnerait également l'indication que l'entreprise n'était pas simplement une soi-disant «entreprise en poche», ce qui était bon dans ce secteur.

Maintenant que tout le reste s'était effondré, le syndicat serait payé pour tous ces frais, qui existaient grâce à cet accord! Comme mon entreprise l'avait signé il y a plusieurs années. Mais maintenant, ils n'étaient pas aussi gentils à faire avec ça! Comme quand je signe l'accord! Étant donné que mon entreprise avait beaucoup d'autres dépenses, cette cotisation syndicale était quelque chose qui devait simplement attendre. Ils ne pouvaient en aucun cas imaginer, même s'ils savaient ce que mon entreprise avait vécu! Après quelques mois de frais impayés au syndicat, j'ai reçu un appel pour une audience devant un tribunal de district. Lorsque je viens au tribunal de district, je siège avec le médiateur avec qui j'ai signé un jour l'accord. Il a à peine dit bonjour! Mais quand il a signé l'accord, il avait une pâtisserie avec lui! Mais maintenant, nous nous sommes assis au milieu l'un de l'autre et nous nous sommes regardés de près, comme

nous avons toujours été infidèles. Maintenant,
on nous demandait une règle extrêmement
petite. Aucune négociation majeure là non. Juste
une table allongée avec des chaises, puis un banc
d'un modèle un peu plus grossier où l'arbitre
était assis avec une secrétaire.

L'arbitre me demande si j'ai l'intention de payer
ces frais. J'ai répondu que je le ferais dès qu'il y
aurait une opportunité économique pour cela. Le
représentant syndical dit alors au juge qu'il ne
peut voir un accord que pendant la journée,
sinon le syndicat souhaiterait que mon
entreprise soit en faillite avec effet immédiat.
L'arbitre ask ed moi encore! Mais complétez leur
question directe si je voulais payer aujourd'hui.
J'ai répondu qu'il y avait des choses beaucoup
plus importantes que mon entreprise devait
payer, comme les fournisseurs. Le médiateur
syndical n'a pas été touché. Le juge était assis
avec un crayon à la main, je m'en souviens! Il
s'est assis là et l'a fait tourner et le faire tourner
d'avant en arrière. Un stylo qui symboliserait un
club de président. Après une brève discussion
entre le juge et le secrétaire, le juge a décidé de
mettre ma société en faillite parce qu'ils
pensaient que ma société était en faillite, comme

on l'appelle ainsi. En d'autres termes! Un juge
met mon entreprise en faillite. Ma société pour
laquelle j'avais porté ma haie. L'arbitre me
regarde puis frappe le crayon qu'il a eu dans sa
main pendant toute l'audience dans la table! En
tant que tel, tous deux fixent le jugement et
mettent fin à ce débat.

J'étais assis là et j'ai été totalement humilié au
maximum par un juge qui avait au moins 60 ans
et un représentant du syndicat qui ne semblait
pas faire preuve de la moindre compréhension.
Tout entrepreneur qui avait le choix de payer ses
fournisseurs ou son syndicat avait choisi les
fournisseurs. Sans aucun fournisseur, vous étiez
de toute façon hors du marché. Le syndicat
pourrait donner un sursis plus long avec ces
paiements. Il n'y avait pratiquement aucun
besoin au syndicat. Mais il s'agissait simplement
d'un pur abus de pouvoir où ils montraient que
vous ne vous embêtez pas avec le plateau. De
nombreux entrepreneurs ont été confrontés aux
abus syndicaux qui, en vertu de la loi, ont
complètement écrasé les entrepreneurs qui ne
dansaient pas après leur pipe! Je n'étais pas sur
cette question particulièrement unique! Quand
beaucoup avaient acquis leur pouvoir
inconscient dans notre société. Vous vous

demandez si je pouvais obtenir plus bas le fond
de s ociété.

Ensuite, j'avais tout perdu dans ma vie. Sans
même être le moins filandreux. Ma vie avait été
totalement brisée par de nombreux facteurs.
J'aurais peut-être dû agir différemment. Oui,
c'est difficile à savoir! Ensuite, je n'ai plus vu
d'opportunités ni d'avenir meilleur. J'avais
maintenant environ 22 ans et j'étais déjà
totalement ancrée dans la société. Mon jeune
âge en a fait des pensées destructrices, a
commencé à acquérir un pouvoir tout autour de
ma personnalité! Ce qui était juste avant des
pensées horribles a commencé à créer une toute
nouvelle personne. Une personne qui a été
moulée dans une coquille de plomb. Un boîtier
qui garantissait de ne pas émettre d'émotions.
J'ai commencé à ressentir une haine en moi! Cela
ne sortirait pas initialement, de ce tablier de
plomb du corps humain. Angry a une nouvelle
marque, le visage pour moi! Et dès qu'une
société ferait connaissance. La même
communauté qui a été avec et a créé cette
personne d'appel glaciale et émotionnelle! Moi
qui avais à peine conduit le feu rouge toute ma
vie, je faisais face à une toute nouvelle vie! Une

vie très destructrice. On dit généralement que c'est une attente ou une anxiété qui est difficile. Les pensées sont allées à mes, garçons que je ne pouvais pas supporter. Tout était parti! Beaucoup peuvent penser à être si stupide que vous devenez un criminel. A toi je veux juste te dire! Que vous vous arrêtez les yeux une seconde et que vous pensez si quelqu'un vous a enlevé la vie. En tant que personne, faites-vous tout votre possible pour être à la fois un bon père et un bon citoyen en tant que commerçant. Les questions qui se sont posées dans ma tête étaient, pourquoi toutes ces conneries m'arriveraient à moi et à ma famille. Était-ce le destin? À peine! Mais un certain sens doit avoir eu, même si ces objectifs étaient extrêmement impossibles à interpréter. Certaines personnes croient que l'on peut contrôler le destin dans une certaine mesure. C'est quelque chose dont je suis sceptique!

Ensuite, je vois à quoi ressemblait ma propre vie ces 15 dernières années. "Que pouvais-je faire?" À soi-disant, contrôlé mon destin? Il aurait été que je sautais le criminel peu dans ma vie.

Mais cela semble facile et c'était tout sauf ce que c'était.

Si vous vous tenez sans avenir, vous obtiendrez
un avenir, que ce soit lui est bon ou mauvais.
Moi seul pourrais survivre. Beaucoup étaient
rouges là où ma conscience avait pris la route.
Ma conscience avait commencé à me quitter.
Quand il s'agit d'éthique et de moralité, quelle
est la fin d'un morceau. Mon ancien j'ai
commencé à effacer progressivement, lentement
mais sûrement.

Anna a remarqué que j'avais beaucoup changé.
Elle n'aime plus ce qu'elle a vu maintenant. Mais
que faisait donc Anna? D'après elle! A-t-elle senti
que mon action en manipulant les formulaires de
TVA me rendait coupable de crimes, mais c'était
de l'histoire maintenant! Je n'avais plus mon
entreprise. Pourquoi le ramasser maintenant?
Quand je l'ai fait, elle n'a pas triché lorsque
l'argent de la TVA nous est parvenu. Je ne crois
pas ce que tu dis, lui ai-je répondu! Puis elle dit
que j'ai travaillé le noir à cent pour cent! Et
c'était vrai, ce qu'elle disait maintenant! Mais je
ne pouvais pas voir cela comme un crime majeur,
quand j'ai affirmé que la moitié de la Suède le
faisait tous les jours. Mais maintenant je me
rends compte que ces emplois noirs étaient un
pas de plus vers le crime. En justifiant un travail
non imposable, vous commencez à accepter des
poursuites. Même s'il s'agit d'une forme de crime

plus facile, c'est une introduction à la scène du crime. Même si cela semble stupide, le cerveau humain commence à s'habituer à accepter ce qui ne va pas. J'ai commencé à mentir à la fois pour moi et pour mon environnement. Les mensonges sont un déni qui aide quelqu'un, pour ne pas être mauvais, à ce que vous faites! Plutôt que de prendre un comprimé contre les maux de tête qui soulage la douleur. Mais la vérité en est malheureusement une autre. Est - ce que vous mentez ou prenez des antalgiques, juste tapi votre propre cerveau pour croire que la douleur est partie , b ut tout dans la vie est connecté d'une manière ou d'une autre , j uste comme antalgique est terminée, il est tout aussi sûr que vous va bientôt devoir créer un autre mensonge pour faire face à votre vie! Et couvrez-vous du mensonge que vous avez dit auparavant. Ce n'était pas seulement Anna qui avait remarqué mon nouveau comportement destructeur. Pas toutes nos anciennes connaissances communes, comme nos amis l'avaient même remarqué maintenant. Des amis qui ont eu des enfants du même âge que nous. Ils ne disaient pas, grand-chose au début quand ils ne voulaient pas descendre et encore moins impliqués. Ils ont été surpris! Anna m'a-t-elle dit! Qu'ils étaient étonnés, je pouvais comprendre quand ils se sentaient comme une personne gentille et très attentionnée. Une personne pouvait appeler le milieu de la nuit si elle avait besoin d'aide. Il y avait même ces amis qui pensaient que j'avais une forme plus légère de psychose. Ensuite, mon nouveau comportement était comme la différence entre le jour et la nuit. Que j'ai probablement été choqué de voir comment tout était allé en enfer, je ne doute pas de moi. Mais ce n'était pas une psychose. Non! Je voudrais dire que c'était un instinct de survie humain intégré. Un instinct qui se renforçait de manière destructrice chaque jour qui passait. Que je ne pouvais pas le voir moi-même! Maintenant, après tout, c'est une pensée horrible que je veux juste oublier. Anna savait que je ne mettrais pas mes enfants en danger. C'est quelque chose qu'elle n'a jamais blâmé. Mais avoir une pensée destructrice le week-end, puis être papa le week-end était un défi. Les enfants demandent souvent avec quoi papa travaille. Que devez-vous répondre? Papa est probablement un putain de criminel! Non! Aucune bonne, suggestion tout de suite. Les enfants étaient encore assez petits. Ce qui signifiait qu'ils ne se tenaient pas contre le mur avec leurs problèmes. Mais avoir à mentir pour ses propres enfants n'avait pas d'importance à tous points de vue! Le sentiment, que j'avais commencé à être un mauvais père a commencé à venir ramper. Un sentiment que je l'ai fait tout à nier, quand il simplement devenu trop difficile de penser au sujet! Je me sentais mal de juste la pensée. Je suis un bon père j'ai pensé des milliers de fois! Puis j'ai assombri mon mauvais côté purement mentalement.

Ce sont les enfants qui ont tenu leur nez sur la surface de l' eau. Tobias, mon grand, fils est né avec une mauvaise audition! Ce qui signifiait beaucoup de jours dans les hôpitaux et où l' audition des tests étaient à être menées et plus tard a causé lui à être utilisé! Ils fonctionnent dans de petits tubes dans ses oreilles. Ils ont fait que de drainer le liquide qui a été rempli derrière ses muqueuses membranes. Parce qu'il avait il de naissance, ce fut son discours assez puissant! Puis il était essentiellement sourd. Anna et je ne découvre ce quand il regardait un dessin animé sur la télévision. Il, presque toujours eu ce à la plus haut le volume. Mon petit fils a souffert de la même problème, mais il nous pourrait vérifier cela plus tôt, quand nous savions qu'il était probable que qu'il avait lui! Les médecins ont dit les enfants étaient de plus en plus de ce problème, ce qui était correct.

Que mes enfants avaient besoin de son père, il était sans doute au sujet que. Ils seraient comme à dire sur les différents contrôles de temps en temps. Mais combiner mon moi sauvage avec le fait d' être un père disponible n'était pas la tâche la plus facile. Comme beaucoup d' autres criminels, je l'ai fait tout pour cacher le mauvais côté. Mais j'avais pas venu à la conclusion que j'étais un criminel. Je me voyais probablement plus comme un artiste vivant. Mais mon entourage, disons, parents et amis avaient une autre idée à ce sujet. Beaucoup m'ont demandé de quoi je vivaie. Mes réponses étaient toujours les mêmes. FOI, ESPOIR et MAUVAIS D'AMOUR! Oui, vous entendez à quel point cela sonnait déjà mal. Mais l' homme est une vierge et le fait est que, après 21 jours, vous obtenez utilisé pour elle, si elle de quelque chose que vous aimez ou pas! Mais alors est en fait l' homme funted. Qu'est-ce que je veux te dire alors? Eh bien, je me programme pour accepter ce qui se passait, même si c'était un pur enfer. J'ai changé d'avis inconsciemment et j'ai lentement coulé dans mon nouveau costume. Depuis que je travaillais beaucoup quand j'étais moi employé, j'ai commencé à se agiter, et t ici est un autre signe d'avertissement. J'étais déjà un travailleur à cette époque. Le problème était simplement que je n'avais pas de travail. Mais j'avais beaucoup de haine, de vengeance et beaucoup d'autres conneries à l'intérieur, qui essayaient maintenant plus agressivement de pénétrer la personnalité en plomb, dans laquelle j'étais maintenant devenue! C'est tout ce que la merde voulait en un et en même temps. En même temps, j'étais une personne prudente, peut-être du genre Angel ne m'avait pas complètement abandonné. Mais le mal était le plus fort. Ce que j'ai commencé à remarquer, parce que je ne me sentais plus si mal de mes pensées et idées destructrices. J'ai commencé à me demander comment obtenir un retour sur la société que je pensais m'aurait laissé dans la merde! Il était maintenant temps d'abandonner deux fois!

J'ai toujours été très intéressé par la technologie. La musique a également joué un rôle important dans ma vie, maintenant je joue du piano depuis 29 ans. Mais même les ordinateurs ont été quelque chose pour lequel j'ai toujours brûlé.

 Malheureusement, je n'ai pas saisi l'opportunité quand, en tant que jeune musicien, j'ai reçu une bonne offre. Non! Ensuite, il n'y avait que des emplois et des ordinateurs en question. Mais soudain, j'ai commencé à réaliser ce qu'un ordinateur pouvait faire pour des choses efficaces. J'ai vraiment travaillé sur l' analyse des différents systèmes informatiques, t - il devant tous les systèmes ne fut plus aussi intéressant, t poule j'ai été très engagé dans le cœur des systèmes. Je voulais simplement voir le code source de ces différents programmes qui étaient maintenant très intéressants.

La plupart des systèmes informatiques ne sont pas ouverts, le code source. Et le code source était l'arrière du front de programmation différent où tout s'est passé. L'arrière était si intéressant que j'ai commencé à lire sur la langue. Si vous n'avez jamais vu de code source, je peux vous le dire, à première vue de ces codes source. Est aussi désordonné et insensible que de voir un document écrit en, latin. Vous ne voyez que beaucoup de personnages que vous ne comprenez pas le moins du monde. C'était comme lire une pulpe de texte cryptée en marsien.

Mais malgré ces signes et points insensibles, j'étais déterminé à apprendre cette langue. J'apprendrais dans un premier temps à comprendre la signification de ces signes, j'ai commencé à lire des livres sur un langage de programmation appelé C +. Un langage de programmation extrêmement sophistiqué et appelé plus tard C ++. Il m'a fait presque fou quand je ne comprenais pas la merde. Mais je n'ai pas abandonné pour cela. Alors je suis une personne extrêmement têtue.

J'ai commencé à contacter des personnes qui partagent ma grande passion! Données! Mais quand j'ai expliqué ce que je faisais, ils étaient plus ou moins disposés à me conduire à la LIVRAISON JAUNE! À la psyché en d'autres termes. Lorsqu'ils considéraient que l'apprentissage de cette langue était un travail énorme et qu'il n'y avait aucune raison de le faire. Je ne chercherais guère du travail en tant que programmeur. Mais j'avais tout autre projet pour l'apprentissage du langage des langages de programmation. Je voulais un exutoire pour ma demande de vengeance. En écrivant ces lignes, je réalise à quel point j'avais tort. Mais c'est ainsi que j'ai pensé et, surtout, agi. Ce que j'ai fait était mal! Mais c'est exactement de quoi parle ce livre.

Les jours où je n'avais pas mes enfants, je me livrais à cent pour cent à la lecture et à l'apprentissage, tellement je me suis dépêché pour ce nouveau monde de hackers noirs. Un futur outil de représailles que je n'ai pas dessiné le moins du monde à apprendre. Ce sentiment de vengeance était si énorme! Donc, j'ai été plus ou moins forcé d'appliquer toutes ces pensées de vengeance. Mais avant que la vengeance ne vienne! Dois-je savoir comment manier cette armeefficace à cent pour cent. On sait maintenant que les crimes violents sont souvent fondés sur des actions impulsives alors que la crise économique est généralement basée sur la planification. Maintenant, ce n'est pas une moyenne générale mais pure. Mais vu ce que je fais depuis près de 15 ans! Alors je sais que l'éco-vol n'est pas basé sur des décisions impulsives. Nous quittons la pièce théorique.

Tout au long de ma période d'enseignement que vous êtes allé sur beaucoup de coups inutiles, erreur je devais regretter à plusieurs reprises. Mais l'exercice vous donne des compétences. Cependant, il est associé à de nombreux exercices coûteux et embarrassants. Mais renoncer à ce retour sur investissement n'était pas une alternative. La force motrice que je portais était forte et persistante! Une persévérance comme jamais sous l'âge de 15 ans affaiblit les plus petits. Alors vous pourriez mieux comprendre à quel point ma haine était forte. Quand, après un certain temps, j'ai commencé à m'habituer au fonctionnement de ces différents langages de programmation, c'était comme un pur poison.

Chapitre 8

J'ai analysé et analysé jusqu'à ce que les yeux soufflent. Pendant un moment, j'y étais! Donc, j'ai vu le code source que j'ai soufflé. Toutes ces informations, je les ai recueillies sur moi, puis j'ai commencé à créer de petites applications ou en langage clair! Petit programme. Ces petits programmes n'avaient pas de caractéristiques majeures. Mais c'était sans aucun doute un coup de pied lorsque vous avez fait rouler ces codes en tant que programme, même si cela n'avait aucun but à ce moment-là. J'ai commencé à créer de plus gros programmes pour voir si je pouvais le faire fonctionner! La plupart du temps, la forêt était nettoyée. Mais c'était seulement pour continuer jusqu'à ce que ça marche.

Maintenant, beaucoup de gens se demandent ce qu'il était pour se reposer et essayer de faire beaucoup de différents petits programmes car il n'y avait pas de sens avec ce, t - il raison était d'apprendre comment les programmes ont été construits et que les faiblesses du système avait différé. En fait, aucun programme n'est sûr à 100%. Tous les systèmes et programmes ont une faiblesse! Cela ne s'applique qu'à trouver la faiblesse. Un travail énorme et chronophage.

Pour tout le monde, comme une sorte de film, il s'agit d'entrer dans un système et il y a quelqu'un qui essaie de casser le système en écrivant beaucoup de mots de passe différents. Je peux vous dire, t chapeau ne fonctionne pas. Toutes ces combinaisons se chiffrent à des millions et sont totalement impossibles à gérer pour le cerveau humain. Ce serait si la personne a de la chance et réussit à écrire le mot de passe correct. Mais la réalité est complètement différente. Les applications très sophistiquées nécessitent différentes combinaisons. Un tel programme peut prendre plusieurs jours à plusieurs semaines, et s'il s'agit de serveurs plus gros, vous pouvez craquer cela peut prendre des mois!

Ce que j'ai fait ces petits programmes était d'acquérir des connaissances sur la façon de créer des virus. Beaucoup ne savent pas qu'un virus, en fait, est un petit programme, et sa petite tâche est de mener des actions illégales. Le premier objectif était d'apprendre à créer des chemins d'entrée dans les différents systèmes. De nombreux systèmes sont aujourd'hui protégés par des pare-feu. Mais comme je l'ai dit! Tout se passe si vous le souhaitez.

Il existe des moyens plus simples d'accéder à différents systèmes. Mais il est basé sur la connaissance de certains prérequis pour exactement ce que vous voulez entrer. De nombreux développeurs de systèmes programment ce que l'on appelle des portes dérobées dans leur propre système. Une forme de sécurité pour l'auteur ou l'entreprise à ne jamais être exclu de son propre produit. Ce qui serait terrible! Mais ces portes dérobées représentent malheureusement un risque de sécurité dont le client n'a jamais conscience. Ainsi, la plupart des entreprises achètent un produit d'entreprises bien établies affirmant que leur système est très sécurisé. Mais ce n'est pas plus sûr que le fabricant peut entrer, quand il le souhaite! Juste pour donner un exemple de ceci est le système d'exploitation Windows. Un système d'exploitation que de nombreux particuliers et entreprises utilisent dans leur vie quotidienne. Le fait est que chaque licence d'un système d'exploitation a une série. Et chaque série de ces systèmes d'exploitation a une clé d'or. Cette clé en, or ne le dit pas au fabricant.

C'est tellement mauvais! Que vous pouvez facilement télécharger ces clés d'or via Internet. Si sûr! Vous ne pouvez jamais être lorsque vous avez habituellement un ordinateur dans votre vie quotidienne. Mais comme je vous l'ai dit, l'homme ne peut pas gérer ou combiner tous ces millions de mots de passe et de noms d'utilisateur différents. Par conséquent, mon objectif était de créer différents types de petits programmes ou virus qu'une personne ordinaire avait perçus comme. Entrer dans l'ordinateur de quelqu'un d'autre! Être une condition préalable pour pouvoir le vider sur leurs informations les plus importantes.

Mais pour obtenir ces informations, j'ai dû entrer inaperçu. Entrer via Internet n'était pas un simple match au début. Ensuite, Internet consistait en une connexion via le téléphone ordinaire. Ce que la plupart des gens savent signifiait que vous deviez composer un numéro de téléphone. Un soi-disant numéro de pool de, modem et beaucoup n'avaient pas le système AX connecté à leur téléphone. Ce qui signifiait que l'on ne pouvait être qu'un sur la ligne. De nombreux foyers ont dû fermer pour passer des appels réguliers. Ce qui n'a pas rendu l'accès si facile! De nombreuses attaques ont été menées la nuit alors que la plupart des gens dormaient. Ensuite, le problème suivant était de résoudre. Les gens éteignent souvent leurs ordinateurs la nuit. Donc, c'était au début.

Aujourd'hui, avec le haut débit, les ordinateurs
sont généralement 24 heures sur 24! Puis de
nombreuses pensées à la maison, films et
musique la nuit. Mais le bon vieux temps de
pirate, avec comme que le piratage qui en valait
la peine le mot! Au moment où il faut vraiment
travailler pour entrer dans un système. Pas
comme aujourd'hui, t poule il y a beaucoup d'
outils illégaux en ligne à télécharger. Des outils
que je pourrais développer si je devais pouvoir
entrer dans différents systèmes. Avec les
connaissances que j'ai aujourd'hui et avec les
programmes modernes et sophistiqués qui sont
disponibles! Si j'avais été un danger social
extrême, car je pouvais faire beaucoup de dégâts
dans différents systèmes. Mais revenons au bon
moment encore ...

Entrer inaperçu est plus facile à dire qu'à faire. Il
me suffisait de saisir un fichier dans l'ordinateur
de l'utilisateur, trouvant ainsi des informations
qui rendraient cette infraction possible! En
créant un virus ou une forme de cheval de Troie.
Un cheval de Troie est dans de nombreux cas
une véritable nuisance pour entrer dans son
ordinateur. Pour décrire ce petit buisson, vous
pouvez dire! Que le pirate programmé dans ce

fichier est activé par différentes commandes de l'utilisateur lui-même. En même temps, je ne voulais pas que cet utilisateur suspect tout mauvaise administration dans ce fichier (virus) pour créer des commandes d'activation simples. Un classique envoyait un e-mail. Lorsque l'utilisateur a vu le courrier et appuyé sur pour l'ouvrir. S'il y a un signe avec le texte, vous voulez ouvrir ce courrier car il peut contenir des fichiers malveillants qui pourraient endommager votre ordinateur.

Bien sûr, l'utilisateur ne ferait pas cela, comme on l'appelait. C'était juste la chose que l'utilisateur appuierait sur le bouton NON! Le bouton non a été programmé pour signifier OUI! Mais cela n'apparaissait que dans le code source lui-même. Sur le panneau que l'utilisateur a vu, c'était comme d'habitude. Ainsi, il pensait que l'utilisateur avait interrompu l'ouverture du courrier uniquement et que c'était comme ça. Aucun courrier n'a été ouvert mais maintenant le virus lui-même a été activé en arrière-plan. Ce que le virus ferait dépend de la personne qui a créé le virus. Le plus souvent, on disait de trouver des mots de passe importants ou autre chose de valeur pour le pirate informatique.

De nombreuses heures étaient prévues pour qu'un petit programme fonctionne et à ce stade, il y avait beaucoup de coups de pied. J'en avais tellement marre de la société, alors j'ai presque tout fait! Donc, je pouvais me sentir vivant. Mais même coups de pied est terminée, et vous devez faire pire des choses tout le temps pour maintenir ce sentiment de coup de pied. Mais lorsque vous êtes au début de sa carrière de hacker, vous serez également exploré jusqu'à ce que vous puissiez partir. Ce qui signifie qu'aucun virus agressif ne pourrait le faire, au début! Les virus peuvent être divisés en deux catégories. Agressif et indésirable. Afin de comprendre la différence entre ces deux virus, on peut dire que les virus agressifs peuvent effacer tout votre disque dur tandis qu'un virus indésirable ne peut afficher que des signes indiquant que votre dysfonctionnement capillaire est en train d'être éradiqué.

Un virus indésirable est inoffensif, mais il peut être extrêmement ennuyeux car il peut même produire des centaines de pupups sur lesquels vous pouvez avoir moins de pause. Mais ils ne peuvent pas endommager directement votre ordinateur.

Ce serait si le virus indésirable est programmé pour lancer un programme massif et que l'ordinateur est en si mauvais état. Peut-être alors? Mais d'ailleurs tout à fait inoffensif. Comme tout le monde, j'ai essayé d'attraper des virus aussi agressifs que possible. Quand j'ai commencé une fois, il y avait entre 50 et 70 virus diffusés sur Internet au cours du mois. Maintenant, il y en a beaucoup plus. On estime qu'il libère actuellement 400 à 800 virus par mois. Bien qu'il ait connu une croissance si spectaculaire, ce n'est que quelques-uns par an qui se font entendre et qui ont causé des dégâts importants. Ce que je veux dire avec! Eh bien, il est extrêmement difficile de créer un virus qui traverse tous les systèmes de sécurité, ce qui à son tour crée des dommages majeurs.

Même si je savais que c'était extrêmement difficile avec ces virus, je ne l'ai jamais dit comme jamais auparavant, je ne sais pas si c'était juste le lecteur élevé sur moi? Il y a eu de longs délais entre Annas et ma séparation et mes progrès dans les données. Mais il y avait clairement la force motrice de la haine qui me anime. J'ai commencé à faire des choses dans un circuit fermé de nerd, ce qui a créé beaucoup de

rumeurs. Des gens en ma présence, ainsi qu'ils
étaient dans la même industrie destructrice! J'ai
vu que j'avais fait des trucs sympas. Pouvoir
accéder à l'ordinateur de quelqu'un d'autre était
à l'époque des choses lourdes et plus Internet
dev el oped, plus il y avait de réseau au menu.
C'était presque la veille de Noël tous les jours
quand Internet n'était que l'enfant!

Chapitre 9

Dès que je suis devenu habile, sur le terrain! De
plus en plus, les différents ordres sont devenus. Il
n'y avait pas de marché uniquement pour le
virus. Pas dans ce pays! Mais pour ouvrir
différentes couches qui étaient en ligne, plus la
demande était grande. Je voulais avoir un nom
sur ce marché et il n'y avait qu'une seule façon
de l'obtenir. Faire un bon travail! Un bon travail
consistait à découvrir où étaient les choses. Par
exemple, dans n'importe quel port. Dans quel
conteneur se trouvaient ces marchandises.
Ensuite, vous deviez corriger les bons de livraison
en fabriquant de faux. Donc, avant qu'un travail
puisse être fait, il y avait beaucoup de
préparation à tous les niveaux. Il n'y avait pas
d'alternative au hasard lorsque vous aviez le
devoir ou la police dans la haie. Au cours de ma
soi-disant année de pratique, lorsque je n'ai
appris que comment les systèmes
fonctionnaient, j'ai fait beaucoup de ratés. Ce qui
m'a grandement profité de travailler dans une
position pointue! Quand j'étais dans une position
forte, il n'y avait pas de place pour ces erreurs!
J'ai travaillé pour ne pas être visible, pour
pouvoir travailler en toute tranquillité. Travailler
dans un système piraté signifie généralement
que vous ne disposez que de quelques minutes!

Pour planter des virus, dans ce système.
Quelques minutes pourraient être des vacances
propres. Habituellement, c'était très en sueur. Je
devais toujours avoir un deuxième plan, si vous
aviez besoin ou par hasard de mettre mes
empreintes dans leur système. Bien sûr, je mets
toujours une impression car nous sommes dans
le monde numérique et nous touche. Mais la
question était de savoir quelles impressions on y
mettrait. Afin de vous expliquer facilement qui
ne sont pas si familiers avec les données, je vais
vous expliquer ici un peu plus en détail.

Tous les ordinateurs ont un numéro IP, et un
numéro IP est équivalent au numéro de sécurité
sociale d'une personne. DNS est le nom d'un
serveur informatique. C'est l'équivalent du nom
d'une personne. Ensuite, l'ordinateur a
également un MAC unique non. Macnr est
l'équivalent d'un ADN humain. Bien plus, vous
n'avez pas besoin d'expliquer, de comprendre ce
qui suit.

Lorsque vous interférez avec les données de
quelqu'un d'autre ou dans un réseau qui
comprend plusieurs ordinateurs, vous laissez une
impression sur leur système.

La piste que vous laissez toujours est l' IPnr de votre ordinateur. L'adresse IP peut être suivie. Mais pour éviter que cet ipnr ne laisse des traces qui vous mènent directement, beaucoup de gens utilisent un faux Ipnr. Ce qui signifie que l'IPN qui devient l'empreinte elle-même mènera alors à un ordinateur complètement différent et à un pays différent, où que vous soyez. Comment faire cela n'est pas un secret direct. Mais je peux dire dans ce livre ce que fait le plus courant.

Vous utilisez simplement un programme plus petit qui manipule l'adresse IP de votre ordinateur. En utilisant ce programme, votre ordinateur fonctionne sur Internet via un autre ordinateur. Dans les langages commerciaux, un tel serveur est appelé serveur proxy. En pratique, c'est assez simple. Vous parcourez simplement l'identité d'un autre ordinateur. Une fois que vous avez enfreint les systèmes d'autres personnes par ce moyen, il est très important que vous utilisiez un tel serveur proxy situé dans un pays qui ne coopère pas avec ce pays. Pour que les autorités parviennent à suivre ce serveur proxy, elles peuvent demander, de quel pays et quel numéro IP il se trouve sur ce serveur. Alors, quelle est la vraie IP. Le numéro de sécurité sociale de votre ordinateur! Il est donc extrêmement important de choisir soigneusement le serveur proxy que vous utilisez. Ensuite, cela peut être absolument crucial à la fin. Faites, vous choisissez un pays ce n'est pas divulguer vos informations, vous pouvez faire des choses amusantes, mais gardez à l' esprit! Ce cette manière est pas le plus ultime. Cependant, quand vous avez ce que un emploi, vous devrez de faire mieux contrefaçon que les ci - dessus exemple montre lorsque vous travaillez avec le contrôle et non avec confiance. Il y a, comme mentionné, certaines de base des règles que tous les pirates travaillent avec. De Bien sûr, on est pas à être découvert. Être découvert est presque toujours, mais où cela mène est une question complètement différente. Mais avant que je dis pourquoi vous Chatter quelqu'un d'autre les ordinateurs de la prochaine façon. Je voudrais aussi que d' expliquer à tout le monde qui est en train de lire ce livre, pourquoi cela arrive! Peut-être que j'ai un désir de contribuer quelque chose pour la prévention. Le problème dans le monde du piratage est bien connu! Quoi de plus frustrant! Est-ce que de nombreuses personnes qui utilisent le haut débit aujourd'hui ont également entendu parler de ce problème. Il a également été soulevée par la masse des médias grâce à une courte informations.

Il est à propos Bredbands routeur que vous tous avez, un s maintenant, plus ont à large bande au lieu d' un traditionnel téléphone modem. Le marché vend ces routeurs avancés. L' une meilleure que l' autre, et avec un grand nombre de fonctionnalités comme ordinaires des gens n'ont la moindre idée de ce que ces différentes caractéristiques devraient être! Ce qui crée un grand danger public alors ces personnes et, pas des moindres, pour leurs informations que leur magasin d' ordinateurs! Le fait que ces routeurs sont obtiennent mieux tout le temps est sans doute. Mais avec une nouvelle technologie, ordinaires personnes devraient également être mis en, garde contre une plus claire façon. Les fabricants supposent que c'est seulement à brancher dans leur routeur, donc il est prêt! Rapide et facile. Personnellement, je voudrais vous à dire effrayant! En tant que client, simplement insérer ce routeur pour être en mesure de partager l' Internet à plus d' ordinateurs dans votre maison.

Avez - vous exposez tous vos ordinateurs à grand danger! Vous avez ensuite installé un routeur qui est dans ce que l' on appelle le mode usine ou dans la langue par défaut. Lorsque votre routeur est dans cet état, cela signifie que les noms d'utilisateur et les mots de passe sont les mêmes sur tous les routeurs de ce fabricant. Commencez-vous à voir où je veux venir?

Beaucoup utilisent également des réseaux sans fil. Le sans fil prend aujourd'hui en charge la plupart des nouveaux routeurs. Ce qui constitue une menace encore plus grande lorsque votre routeur est en, mode usine. Certains fabricants ont désactivé uniquement la fonction sans fil lorsque le routeur est en, mode usine. Mais de nombreux internautes utilisent aujourd'hui sans fil et activent cette fonctionnalité. Ce que vous en tant que client avez alors soudainement! Est un réseau sans fil non protégé, dont beaucoup de gens ne prennent pas plus de sérieux. Leurs commentaires les plus courants étaient! Pour qu'ils aiment pirater mon ordinateur, je n'ai rien dedans de toute façon. Non, ils peuvent ne pas avoir d'informations importantes dans l'ordinateur, car ils manqueraient si elle disparaissait! Mais s'ils savaient qu'ils pouvaient être soupçonnés d'une intrusion illégale dans une banque, suis-je cependant convaincu qu'ils avaient changé d'avis. Exactement maintenant!

En lisant ce livre, votre ordinateur peut être coupable de nombreux crimes différents. Crime dont vous n'êtes pas au courant. Le pire, c'est que vous ne remarquez rien. Si vous avez de la chance, le hacker est compétent et peut-être même vous protège. Mais probablement pas.

 Comment ça va? Bien sûr, vous utilisez un ordinateur différent lorsque vous sortez. Mais contrairement à vous, vous êtes assis avec un ordinateur portable. Ensuite, vous recherchez un réseau sans fil. L'ordinateur portable que vous utilisez doit être un ordinateur soi-disant propre. Ce qui signifie que le système d'exploitation Windows ne doit pas être enregistré auprès de quiconque ou de quelque chose qui pourrait dériver de vous.

Mais plus important encore, vous n'avez pas de fichier ou quoi que ce soit qui pourrait dériver de vous personnellement.

Une fois que vous avez satisfait à ces éléments de base, vous devez trouver un serveur proxy sécurisé pour naviguer en toute sécurité. En utilisant un réseau sans fil, comme toute autre personne est propriétaire de! Avez - vous diriger les soupçons directement à cette personne. Donc, vous piratez le réseau de quelqu'un d' autre et à l' intérieur du réseau, vous commencez à surfer sur l' ordinateur de cette personne! Donc, vous maintenant avez un proxy serveur pour manipuler votre ordinateur IPnr (personnel ordinateur) Lorsque vous naviguez à travers l' autre de la personne de l' ordinateur, il signifie que vous utilisez ce comme un hôte ordinateur. Déjà maintenant, vous bénéficiez d' une protection raisonnable. Mais comme je l'ai dit! Vous ne travaillez pas sur la confiance mais avec le contrôle. Grâce à cet hôte ordinateur vous serez être connecté en pour au moins 3 ordinateurs. Lorsque cela est fait, il est temps de faire l' attaque contre l' exposition cible. Juste pour rendre cela un peu excitant et intéressant, je vais vous parler ci-dessous d' une attaque complète contre une plus grande entreprise.

La société a de grandes économiques muscles et la plus banale chose au sujet de cette entreprise était que ils étaient en train de faire IT opérations. Mais le plus le défi d' obtenir. Mais honnêtement, il était pas un gros boulot. A la fois, je ne veux à dire que ce fut facile soit. Mais tout est plus facile quand vous pouvez faire cela indépendamment de l' industrie. Nous avions fait des mois d' enquête dans l' entreprise. En faisant différentes demandes de la de la société divers produits, nous avons testé à la fois remplir dans leurs Web formulaires et envoyer nous régulièrement courrier à la société. J'ai vite découvert que leurs formulaires Web étaient tout sauf sécurisés, car beaucoup présentaient de graves lacunes en matière de sécurité.

Ces vulnérabilités ont fait il possible de contrôler où la demande était à terre. Cependant, le contrôle de l' ensemble de leur questionnaire doit être facilement noté. Ensuite, je crée simplement une copie de tous leurs courriers à partir de ces questionnaires.

Ce qui pourrait ne pas être noté s'ils ne pas aller dans le courrier serveur statistiques. Ensuite, ils pouvaient voir qu'il y avait eu, un grand nombre de courrier basé sur leur messagerie serveur. Mais ils ne semblent pas faire cela, car nous pourrions continuer à collecter le courrier. Que pourrions- nous alors raisonnablement tirer de ces informations? Comme je l' ai dit avant, la clé de la réussite est la précision et le contrôle. Dans la même seconde que vous pensez de la parole confiance dans ce mode de, vous êtes conduit. Simplement fumé et vous pouvez alors réaliser que vous êtes dans le mauvais secteur. La confiance est un mot que vous avez pas de succès, avec, dans cette industrie. Une autre commune erreur beaucoup font ou souffrent de est Greed! En faisant toutes les grandes interventions dans leur entreprise, le plus le risque d' être découvert. Il faut se concentrer sur la prise de certains, mais par de nombreuses entreprises différentes à la place. Mais pour asseoir avec une de la société de dollars en contrôlant les via votre propre clavier à l' désiré destination, semble presque irréel. Il est beaucoup plus basique travail nécessaire avant que vous pouvez faire cela du tout. Mais nous allons venir à cela plus tard.

A travers différents dialogues avec la société, nous avons été en mesure de fournir des clés les gens qui étaient en mesure de vous asseoir sur d' importants mots de passe et noms d' utilisateurs qui pourraient être utiles. Mais pour discuter avec une entreprise que vous devriez vider de dollars et autres objets de valeur, il faut un certain acte de talent. Je ne pas envie de soulever un soupçon à l' entreprise. Cependant, en aidant nous avec l' entreprise, nous avons été en mesure de trouver les personnes qui traitées Web pages et serveurs. Mais comment ne vous faites cela? Oui! Il suffit d' ouvrir jusqu'à pour un dialogue. Mais beaucoup peuvent se demander maintenant, comment de manière crédible initia te une telle discussion. Oui! Vous allez dans la de la société Web page pour trouver tout d' orthographe des erreurs sur leur côté ou d' autres dysfonctionnements. Ces erreurs possibles sont des entreprises très reconnaissantes de leur découverte. Ensuite, les web, pages constituent la de la société visage vers l' extérieur vers les clients. Une entreprise sérieuse ne veut pas de dysfonctionnement sur le site. De plus, beaucoup de fautes d' orthographe de ce côté donnent une impression moins sérieuse sur un client. Cela pourrait être perçu comme n'étant pas le personnel, ou l'entreprise peut épeler. Et le fait est qu'une entreprise n'est pas plus forte que le maillon le plus faible. En envoyant un courrier à l'entreprise au sujet de ces erreurs, nous nous sommes adressés à la bonne personne au sein de l'entreprise. J'ai envoyé un courrier complètement conscient à la mauvaise personne, dans l'entreprise, à propos de cette erreur ou de ce problème. La raison en était que le personnel, par exemple, travaillait avec le service client ne pouvait pas faire ce qui était applicable à la page Web! Mais merci beaucoup d'avoir été utiles en leur faisant prendre conscience de l'erreur. Et ils se réfèrent à la bonne personne. J'ai simplement obtenu le nom de la bonne personne, mais c'est souvent qu'elle envoie également avec l'adresse e-mail de la personne dans le courrier d'information.

Pour le service client, il était normal de répondre au client qui envoyait le courrier. Mais pas pour moi! En répondant à différentes personnes, je pourrais les répartir entre les différents réseaux et dans quel groupe de travail ils appartenaient. De cette façon, je pourrais facilement isoler ces personnes qui étaient importantes. De nombreuses grandes entreprises disposent d'un service d'assistance. Mais cela ne veut pas dire qu'ils sont dans le même local ou même au même endroit. Ainsi, cet isolement était important car je pouvais facilement attaquer l'ordinateur de la bonne personne.

Cette industrie n'est pas connue pour donner une seconde chance! Si vous avez échoué. Non! Ce sont des règles assez simples qui s'appliquent dans ce domaine. Je voudrais simplement IN & OUT! De cette façon, c'était assez simple.

Lorsque j'ai planifié les différents réseaux et connecté IPnr avec leurs ordinateurs respectifs, j'ai commencé par l'étape suivante. J'ai dû commencer par vérifier si toutes ces IP étaient actives en envoyant un appel sur leur IP. En langage professionnel, on appelle RECHERCHE un ordinateur ou plutôt un IPnr. En effet, tous les ordinateurs du réseau sont protégés par de nombreux routeurs et pare-feu. Lorsque vous envoyez des appels à ces pare-feu, il sera interrompu. Ce qui est inclus depuis le début! Mais à travers différents programmes, vous obtenez le type de pare-feu contre lequel vous vous battez et pouvez commencer à travailler pour briser le pare-feu! Briser un pare-feu, c'est comme jouer à une loterie. Vous ne savez jamais combien de temps il faut avant de recevoir un dividende. Ensuite, c'est un processus de programme qui laissera toutes ces combinaisons possibles. Au cours des rallyes, on envisage de travailler à préparer comment et où envoyer ces actifs liquides ou autres biens d'équipement. Mais une règle de base sur laquelle vous n'obtenez JAMAIS le pouce! Est de comprendre de la moindre manière, si c'est presque inoffensif. Le contrôle est conseillé!

Chapitre 10

Lors de la direction des choses, vous avez ajouté, il doit être envoyé ou déposé sur des comptes bancaires dans des pays qui ne fournissent aucune information à la Suède! Lorsque vous êtes actif dans ce secteur, vous avez déjà de nombreuses entreprises étrangères. Les entreprises qui n'ont pas l'État suédois ont la moindre chance d'atteindre le bras de l'équipe. L'insérer en Suède serait un travail invalide. Même si vous ne le mettez sur aucun compte qui vous mènerait personnellement! Donc, cela doit conduire à quelqu'un qui, à son tour, doit retirer l'argent. Et puis vous avez ce que vous appelez un maillon faible! C'est pourquoi ce n'est pas un bon moyen d'aller tout le temps et de s'inquiéter du moment où cette personne devrait divulguer des informations (Bavader). Il pourrait également y avoir une pression de la part de cette personne pour qu'elle veuille un plus gros morceau de gâteau. S'ils n'obtenaient pas une plus grande partie du gâteau, une telle personne pourrait fuir, juste pour rester coincée. La cupidité est une maladie dangereuse avec laquelle je n'ai jamais négocié. Mais traîner de grosses sommes est associé à de gros problèmes et à beaucoup de travail. Beaucoup ont utilisé un gardien de but pour retirer l'argent. Un gardien de but est une personne qui ouvre un compte bancaire et prend le coup quand la police est arrivée. Cela leur rapportait beaucoup d'argent. Habituellement, pour un croquis, la plupart des gardiens de but mettent sur le banc de l'équipe A de la ville. Ensuite, ils avaient de la nourriture et un logement pendant l'hiver, et ils étaient également payés pour cela.

Personnellement, j'avais tellement peur de ce qui s'était passé plus tôt dans ma vie, ce qui signifiait que je ne faisais confiance à personne. Même pas sur ma propre image miroir, cela pourrait être bogué. J'ai fait de petites applications (petits programmes) qui ouvriraient différentes cartes de crédit fictives. La création d'une carte de crédit prend environ 10 à 15 secondes, puis elle est pleinement utile.

Vous pouvez ensuite l'échanger sur Internet sans le moindre problème. Faire une carte de crédit était moins difficile que de savoir où envoyer les dollars. Assez pathétique car beaucoup de gens ne savent pas comment reconstituer leurs comptes. Mais comme je l' ai toujours dit tout au long de mon temps actif comme un criminel, t - il problème était pas comment obtenir l'argent. Non! C'était plutôt comment les envoyer et comment les garder en toute sécurité sans obtenir une invasion des autorités dans la haie. J'ai créé 20 à 30 cartes de crédit différentes pour pouvoir effectuer de nombreux demi-achats. Il était important que vous utilisiez différents numéros de carte de crédit, mais il était tout aussi important que vous utilisiez différents fournisseurs de cartes. Ainsi, vous avez créé des cartes avec des fonctionnalités Visa et des Mastercard. Tout pour cela aurait l'air tout à fait normal. En principe, vous pouvez utiliser les numéros de carte sur les montants maximums. Mais pourquoi utiliser des limites maximales, alors vous n'obtenez qu'un chèque supplémentaire du fournisseur de la carte. Vous ne devriez pas en faire trop, comme on l'appelle sagement. Une fois le pare-feu cassé, il suffit de planter un petit fichier pour savoir quelles URL le personnel responsable a accepté. Une fois le fichier en place, retirez-vous, quelques jours plus tard, pour récupérer le fichier qui a sauvé les informations que je trouverais. Aujourd'hui, ces virus sont appelés SPY PROGRAM. Et c'était exactement ce que c'était. Grâce à ce petit programme, j'ai pu lire le fichier par la suite. Tapez comme un petit clip vidéo. Le programme visait uniquement à enregistrer les principales pressions exercées par la personne. Ainsi, il était très facile de voir où ils naviguaient et quels mots de passe et noms d'utilisateur avaient le personnel compétent. Une fois que j'ai eu cette information, l'étape suivante a commencé.

Vous devez maintenant prendre le contrôle des serveurs de messagerie sans vous faire remarquer afin d' éliminer les éventuels avertissements des sociétés de cartes de compte. En créant de nouvelles adresses e-mail et en transférant des courriers importants qui pourraient rendre l'entreprise suspecte. Lorsque vous avez accédé à ces serveurs de messagerie, vous étiez auparavant à la première étape des informations sur la personne. Si vous savez comment fonctionne un serveur de messagerie, vous savez également qu'il utilise généralement des ports standard. Les ports comme 25 et 110 sont des ports dits standard. Mais sur ce serveur, j'avais le contrôle des e-mails de l'entreprise à 100%. Cette étape n'était qu'une étape préparatoire mais aussi une sauvegarde supplémentaire en cas de problème. Cette vérification de l'email vous permettrait de gagner quelques minutes. Des minutes décisives, si cruciales que vous avez toujours eu ce contrôle. Maintenant, vous pouvez vous poser la question de savoir si aucune société de cartes de crédit n'a un téléphone ordinaire et pourrait donc appeler et avertir pour ces achats, alors soyez directement illégal. Certainement, ils le feraient. Mais le truc c'est ça! Cette responsabilité des achats appropriés est partagée entre trois parties différentes. A savoir, t - il compagnie qui vend les produits a des obligations à être sérieux. Ce qui signifie que l'entreprise doit être exempte d'irrégularités afin d' utiliser ce service, dans l'entreprise qui installe ces magasins en ligne. La société qui, ouvre la boutique en ligne assure qu'ils sécurisent sécurisés paiements en ligne aux sociétés de cartes de crédit. Cela prend généralement plusieurs jours avant que cela ne soit découvert. En raison du fait, que toutes les entreprises veulent fournir au client des solutions simples et intelligentes, il ouvre à ces, la fraude.

Du fait que ces solutions intelligentes sont gérées par des ordinateurs, vous pouvez manipuler ces systèmes. Pour une chose est sûre! L'ordinateur est une machine logique. Yat - il pas d' obstacle, effectuez la demande informatique, vérification et sortants e-mail a été une bonne, arme avec vec cette vérification, vous pouvez facilement supprimer tous les comptes e-mail, avec laquelle avait rendu encore plus difficile pour la police et l'entreprise pour enquêter sur le crime, Il est prouvé qu'en tant que personne, vous ne lisez que les premières lettres d'un seul mot.

Ensuite, le cerveau lui-même relie le mot. En utilisant cette manipulation, vous pouvez facilement créer des adresses e-mail similaires sur le nom de domaine de votre entreprise. Exemple: lars.arvidsson @ företagetsnamn.se alors vous pouvez facilement créer une adresse e-mail qui devient lars.arvidsson@företagsnamnet.se ou vice versa.

Si vous envoyez un message depuis webmaster@företagsnamnet.se, c'est une faute d'orthographe courante. Beaucoup ne pensent même pas que deux S sont faux. Mais encore moins faux, ils pensent que l' orthographe est correcte. webmaster@företagsnamnet.se. En fait, l'important est le début et la fin. Ensuite, ils voient que le courrier provient du serveur de leur propre entreprise. Et c'est le nom de domaine de l'entreprise. Donc, rien d'étrange.

Mais quelque chose qui a fait un grand, succès a été de lire le courrier du principal responsable. Surtout le courrier sortant comme l'a écrit le responsable lui-même. La raison était d'apprendre le vocabulaire de ce vocabulaire car un tel e-mail de ce gestionnaire pouvait être révélé en écrivant les mauvais types de phrases. L'homme est, comme on l'a dit, une personne ordinaire et utilise sans le savoir les mêmes mots ou phrases noirs en continu. Vous développez votre propre façon d'écrire. Le patron peut souffrir de problèmes de poignard. Ensuite un E-mail sans, fautes d'orthographe serait complètement dévastateur. En particulier, si le patron a précédemment envoyé un e-mail à la personne en question, celle-ci devrait maintenant l'utiliser. Il était opposé au directeur des ventes car il souhaitait surtout prendre le contrôle. Ceci afin de vérifier si un employé avec moins de pouvoirs demanderait ou ferait simplement un échantillon dans le système qui inciterait l'employé à se renseigner auprès du directeur des ventes s'il pensait que l'achat serait effectué. Cette approche était la plus utilisée lorsqu'il était question d'un paiement de facture. Toutes les formes de fraude reposent sur la manipulation d'une manière ou d'une autre. Par exemple, utiliser des imperfections humaines. En tant qu'être humain, votre cerveau lit au moins 3 - 4 mots en 0,25 seconde, ce qui signifie que même si vous lisiez plus lentement en prononçant le mot, votre cerveau n'inclurait pas plus d'informations. Ainsi, une faiblesse de l'homme et des faiblesses est fondamentalement ce sur quoi se fonde la fraude. Fournir peu et de bonnes informations avec des informations incomplètes. Si les informations étaient complètes et correctes, la violation n'aurait pas été possible.

Si vous essayez simplement de récupérer le grain d'or dans une fraude, vous pouvez être exposé assez tôt, lorsque les gens n'aiment pas quand tout est trop beau. Non! Il est vrai que dans la vraie vie, pour équilibrer et créer un mélange de bonnes et de mauvaises conditions. La plupart des gens s'accrochent au saut! Lorsque la fraude est généralement basée sur le fait, que la victime est de faire une sorte de financier, le gain. Lors de la présentation d'un magasin, il est important de présenter des papiers beaux et précis. Les papiers doivent être si bons qu'ils sont fondamentalement meilleurs que le papier original. Vous devez être en mesure de donner à la personne exposée la possibilité de vérifier elle-même les informations lorsque vous les présentez. Cela peut être une forme de contact bancaire ou une autre forme de références.

Si vous êtes euprophique, vous comptez à froid sur la vérification de vos données dans les coutures. Évidemment, ce n'est pas un problème car le package que vous présentez est soigneusement et soigneusement planifié. Lorsque vous vivez de ce genre de travail, il est extrêmement important que vous soyez compétent dans le domaine, car un manque de connaissances pourrait révéler votre entreprise. Beaucoup de choses peuvent être planifiées, mais certainement pas tout. Certaines choses comme les questions directes des personnes vulnérables doivent toujours être traitées de manière calme et stressée.

Vous ne devriez jamais perdre votre visage, quel que soit le type de question. Personne n'est si bon que vous ayez une réponse à vos questions. Mais même cela est supposé en ayant des réponses de réponse! Vous pouvez dire que je vais vérifier tout de suite. Il se peut que vous puissiez appeler une banque étrangère. Puisque vous avez déjà des sociétés étrangères, vous avez également un contact bancaire étranger.

Mais maintenant, il s'agit vraiment de convaincre le client que vous appelez la banque étrangère ce que vous dites que vous devriez faire. Par exemple, vous demandez au client si vous pouvez emprunter son téléphone résidentiel pour passer cet appel. Si ça va! Ensuite, il sera coûteux de passer un appel téléphonique. Bien sûr, vous pouvez passer des appels depuis leur téléphone personnel. Vous appelez et demandez à quelqu'un qui peut répondre aux questions que la victime peut avoir. Lorsque vous entrez en contact, avec ce banquier ou cette femme, dites bonjour et prononcez le nom du banquier fort et clairement pour que le vulnérable note le nom.

La raison en est de planter une graine et de donner une impression sérieuse! Ensuite, la personne exposée a le sentiment direct que cela est réel. La raison pour laquelle vous appelez et utilisez le téléphone exposé est de donner à la personne la possibilité d'appuyer sur la touche recomposition lorsqu'elle la quitte. Ou pour eux à une date ultérieure, pourrait vérifier leur facture de téléphone sur où appeler. Ensuite, ils obtenaient des informations confirmant que j'avais appelé la banque et combien de temps l'appel durait. J'ai compté si froid que le client a appelé la banque et vérifié si l'employé de la banque existait! Donc, c'est devenu une évidence. Les travaux en cours peuvent être décrits comme la construction d'une maison. On part du terrain, car c'est une condition préalable pour réussir. Mais mais! Nous laisserons l'affaire pendant un moment pour un retour à l'entreprise.

Lorsque vous devez manipuler une personne en toute sécurité, vous devez disposer d'une première pierre. Cette fondation est basée sur certains faits et documents que la personne a initialement obtenus lors de la présentation de l'affaire! Et ces tâches seront très importantes. Nous contactons la société informatique pour faire une présentation détaillée de notre entreprise et de ce que nous représentons. Après avoir laissé des données de base telles que le numéro d'entreprise et le nom de l'entreprise, il était maintenant temps de donner l'impression que nous n'achèterions que du matériel informatique pour notre entreprise! Et il a été déclaré une fois que ce n'était qu'un petit investissement sur 30 ordinateurs et écrans. Ce qui n'est pas très grand nombre d'entreprises, il suffit de commander ça de haut en bas! La psychologie arriérée était à propos!

Lorsqu'un vendeur entend parler de ces quantités, il devient très intéressé car il paie souvent une commission en fonction du montant qu'il vend. Après avoir reçu l'attention du vendeur, il s'est vu attribuer des informations directement pertinentes pour ce vendeur. On pourrait dire que c'était une forme de diaporama mental court et concis. En lui demandant son adresse e-mail, vous pourriez envoyer rapidement et facilement tout type d'états financiers, de tableaux financiers ou de diaporamas. En attendant simultanément que ce vendeur reçoive le client par la poste, discutez de la difficulté du marché. Ensuite, il y avait beaucoup de concurrents! A travers ces discussions, j'ai réalisé que ce vendeur était d'accord pour dire que je savais de quoi je parlais.

Ce qui a rendu ce vendeur encore plus intéressé à laisser un devis aussi bon que possible à notre entreprise. Je savais que l'homme avait des défauts extrêmes lorsqu'il s'agissait de gérer un grand nombre d'informations en même temps. Une personne ne peut pas gérer un diaporama en mouvement tout en recevant des informations orales. Afin de bloquer, cette information en tant que vendeur en même temps, regardait son écran! J'ai parlé de choses similaires avec le vendeur au téléphone.

Cependant, l'information est manifestement disparue de la personne dans les 15 à 20 secondes. Si vous ne le saisissez pas à plusieurs reprises. Les informations, un vous est d'attribuer à deux différent façons ent en même temps. Vient en, premier lorsque vous vous en souvenez par exemple! Quand est activé la mémoire à long terme du cerveau, et la personne est rappelé ce qui a été dit auparavant. Maintenant, vous vous demandez peut-être pourquoi vous dépensez autant d'énergie pour un tel travail. Vous faites cela pour ne pas y aller après le travail. Ensuite, tout vient à la surface! Alors le travail ne sera pas meilleur que le maillon le plus faible. Je ne voulais pas m'exposer à ces éventuels problèmes! Quant à ce genre de business, c'est comme un ECG! Je veux dire qu'il peut tourner rapidement dans la mauvaise direction. Mais avec un accord soigneusement planifié, il est impossible de le prouver. Alors l'équipe est prête sur ce point! Il incombe au procureur de prouver qu'un crime a été commis. Mais avec une telle planification, il est extrêmement difficile pour un procureur de prouver!

Un procureur a aussi son devoir d'objectivité à prendre en compte, avec des moyens hich que le procureur doit également prendre en compte quelque chose, dans le cas! Parler à l'avantage du suspect. Une fois que vous avez reçu le devis, envoyez simplement une confirmation à l'entreprise! Que nous acceptons leur offre, et également confirmer l' endroit où envoyer l'équipement. Quand il f ou la confirmation lui - même, vous avez utilisé le secrétaire à l' emploi par la poste de l' entreprise au secrétaire! Lorsque vous demandez ce disque, confirmez la confirmation et envoyez-le par fax. Quelle était la manière courante de confirmer une commande sur! La véritable signature fait de votre soi-disant secrétaire qui ne sait pas ce qui se passe! Il ou elle signe en écrivant votre nom par nom. Ainsi, le nom du PDG apparaît sur les papiers mais est signé par le secrétaire. Supprimez ensuite le courrier envoyé à la secrétaire en accédant au serveur de leur propre entreprise! Ainsi! Aucun ordre n'a été reçu du PDG responsable au secrétaire. Ainsi, il y a eu un doute car ce n'est apparemment pas le PDG qui a écrit la commande télécopiée à la société informatique. Ensuite, un procureur doit prouver qu'un crime a été commis. Ou y a-t-il eu une faute ou un malentendu? Vous ne pouvez pas le prouver. Ainsi, un tribunal ne peut pas, juger puisqu'il ne fait aucun doute qu'un crime a été commis.

Une fois l'ordre ordre avait été confirmé comme ci - dessus, en principe, le travail a été achevé. Lorsque la commande est arrivée à l'adresse commerciale, c'était uniquement pour la livrer au client. Maintenant, il s'agissait simplement de faire reculer le processus. Vous vous débarrassez des réseaux que vous utilisiez pour héberger les ordinateurs et sur lesquels vous utilisiez leurs identités. Donc, je n'ai pas pu être révélé! Alors son propre ordinateur n'a jamais existé.

Enfin, ce qui était très important a été fait. Vous avez pris le disque dur de l'ordinateur et l'avez déchiré en mille morceaux. Beaucoup de gens pensent que vous ne pouviez formater (vider) le disque dur que quelques fois et que toutes les informations qui existaient à ces différentes infractions seraient traçables! L'État dispose de nombreux programmes coûteux et sophistiqués pour récupérer les données supprimées.

Mais en brisant le disque dur était Il est totalement exempte de risques. Une fois que vous avez cassé le disque dur, répartissez simplement les pièces à différents endroits. Car si vous deviez laisser un disque cassé, peut-être que de petits fragments de données pourraient être récupérés! S'il y a une chance improbable que cela se produise! Ensuite, vous avez travaillé avec Control!

Pour revenir aux préparatifs, vous ne pouvez jamais être trop prudent. De toute évidence, le besoin de contrôle est presque malade. Mais ce n'était rien sur quoi j'ai réfléchi, alors cela ressemble à une sécurité.

En ne comptant pas sur quelqu'un, vous éliminez tous les risques que quelqu'un puisse révéler ce qui se passe. Pour le dicton qui dit: si une personne sait, personne ne le sait! Mais si deux personnes savent, alors tout le monde le sait! À tout moment, celui-là ne pouvait jamais faire confiance à personne, alors la vie est devenue solitaire . Mais je m'ai arrosé! Puis j'ai choisi de me venger de la société! Et tous ceux qui ont fait obstacle à cette vengeance! De nombreux criminels ont essayé de faire ce que j'ai fait pendant 15 ans! Mais seule une poignée de personnes ont réussi. Car s'ils réussissaient à faire le coup! Puis ils sont entrés après cela. Car l'homme est une personne du troupeau qui veut toujours attirer l'attention d'une manière ou d'une autre. Plusieurs fois, c'était cette attention qui leur faisait mal. Ils ont simplement dit ce qu'ils faisaient! Pour se tromper de gens et, à son tour, ne pouvait pas garder la bouche fermée. Effraction, dans les systèmes informatiques des autres ou en ajoutant les ressources en espèces d'une autre personne! N'est-ce pas juste une porte ouverte à l'amitié? Non! Juste honte et révérend! Mais cela n'a pas d'importance! Ensuite, je me suis assis et je comptais les dollars, comme ce serait le cher!

Chapitre 11

J'ai travaillé de deux manières en même temps! Tout d'abord, j'ai pris le contrôle total du monde numérique exposé! En contrôlant le flux d'informations, on pourrait facilement éliminer toutes les menaces telles que les alertes d'autres fournisseurs. J'ai complètement contrôlé le courrier du responsable des achats. Dans le même temps, le vendeur a été lubrifié en donnant une bonne, impression. C'était un travail considérable de synchroniser les informations entre le vendeur et son patron tout le temps. C'était extrêmement intéressant quand il fallait vraiment mettre ses propres compétences à l'épreuve plusieurs fois! Ensuite, je n'ai jamais su quand me parler. Faire une fraude majeure était vraiment, laborieux. Pour la vérité, ça pourrait être l'enfer, à tout moment! Si vous manquez seulement un petit détail. Même si j'avais toujours cela à l'esprit, je serais glacial. Et je peux dire ça!

Que c'était vraiment, difficile. Mais la fraude est comme n'importe quelle drogue. Vous devez prendre des doses plus importantes après un certain temps, pour vous sentir bien!

Dans ma vie, ça devenait de plus en plus
sophistiqué pour pouvoir ressentir ce genre de
coup de pied !

J'ai commencé à me faire un nom dans cette
industrie ! Ensuite, j'ai bien géré les emplois que
j'ai entrepris ! Ce qui est important ! Vous pouvez
faire des grenouilles dans tous les emplois, mais
pas dans celui-ci !

Chapitre 12

Lorsque les rumeurs se sont répandues, de plus en plus de personnes lourdes ont émergé du marais criminel. Ces gens n'étaient pas des gars trouvés directement sous les pages jaunes. C'était des gars très chargés! Et cela avait une salutation qui était une graisse sur le front! Ces personnes étaient extrêmement instables et le plus souvent affectées par elle, variante plus lourde. Mais ces gars-là avaient un bon travail, et cela signifiait des dollars!

Quand quelqu'un a dit dollars, je suis devenu aussi hypothétique que je rassemblerais beaucoup de millions! Ensuite, je n'ai pas eu de représailles, simplement en roulant ces billets roses en grandes quantités! Qui était brisé! Soyez absolument hors de propos! Seul le dollar est entré. Il y avait un très grand soupir dans ce désir. Pour faire une comparaison, c'était comme si vous aviez traversé le désert du s ahara, sans eau et quand vous êtes arrivé, y a-t-il beaucoup d'eau sur une table. L' eau vous ne pouvez pas boire, t poule que vous pourriez comprendre un peu mieux ce que sucer était en revanche et en dollars! Avec cette comparaison, j'essaie de ne justifier en aucune façon ce que j'ai fait! Je dis juste comment c'était. Vérité! Comme toutes les personnes qui pensent criminellement, vous cherchiez un statut, dans le petit monde. Vous avez travaillé pour deux choses. Vous seriez reconnu habile dans votre région, mais aussi que vous seriez en colère en tant que personne! Il était très important d'obtenir le respect. Maintenant que ces gros m'avaient contacté, c'était encore plus important! Je me suis demandé ce qui se passait. Ensuite, personne ne vous dit immédiatement ce qui serait fait! Juste que c'était bien payé, et ils ne pensaient pas que ce serait un travail plus important pour moi! Ensuite, ils m'ont apparemment déjà vérifié! Mais cela me paraissait extrêmement étrange quand je ne le disais à personne qui pouvait ressentir ce gang. Maintenant, quand nous allions dans une maison qui gisait dans un quartier résidentiel tout à fait ordinaire, j'ai été plus que surpris? Ce n'était pas le quartier ombragé que vous pourriez imaginer. En fait, une petite zone plus fine. Quand j'entrais dans la maison, nous sortions dans la cuisine. Une fois à l'intérieur de la cuisine, il y a un homme avec une barbe dans la tête. Il avait l'air de l'ombre d'une manière plus distinctive, je ne comprenais pas ce que je faisais là-bas? Mais apparemment, cet homme barbu le ferait! Avoir une grande influence. C'était étrange quand cet homme a commencé à me demander quelles étaient mes connaissances en matière de données. Personnellement, vous n'étiez pas directement intéressé à dire ce que vous aviez pour la connaissance! Alors cet homme n'avait même pas dit son nom.

Cela ne fait pas du bien de ne pas savoir si vous parliez d'un désordre? Il pourrait être pour moi n'importe qui. J'ai répondu brièvement en disant mon nom, pour demander rapidement comment il s'appelait. Dans ce livre, nous l'appelons KEJA. Quand il avait dit son nom! J'ai compris que j'avais atterri dans la cuisine de l'enfer. Ce KEJA était à l'époque le plus grand trafiquant de drogue de la Skåne du Nord-Ouest. Maintenant, je me suis assis dans la cuisine de cet homme et j'avais un peu de colombage demandant son nom. Njaa! Ce n'est peut-être pas si bon d'être effronté à propos de cet homme. Mais il n'a pas prouvé qu'il se sentait désagréable. Ce qui m'a fait répondre à ses questions. La seule chose qui me fait tourner la tête, c'est que je ne serais impliqué dans aucune pharmacie. C'était un marché dont je n'avais aucune connaissance. Quand KEJA a demandé si je pouvais faire du travail pour eux, c'était extrêmement douteux quand je ne voulais pas mélanger avec de la drogue. Ma réponse a été que je voulais d'abord savoir en quoi consistait ce travail? KEJA a répondu qu'il parlerait avec ses contacts et aimerait être entendu à nouveau. Il a demandé si je pouvais lui donner mon numéro de portable? Ce que je lui ai rendu désolé!

Il se demanderait si ce travail n'était pas le cas, il ne m'en a pas parlé. Juste au moment où nous sommes allés, le fils de KEJA est venu manger. Quand il sort le paquet de cornflakes, le garçon trouve quelque chose de différent des cornflakes. En effet, KEJA avait éteint les incendies qui servent à faire exploser des explosifs. KEJA a crié au gars qu'il donnerait un fan dans ce paquet! Tu as une petite fuite dans les chariots, en ce moment on avait oublié quelque chose à oublier! Je ne savais pas directement qu'ils menaçaient en aucune façon. C'était probablement plus que vous aviez l'impression d'être dans un film. En sortant de la maison de KEJA, nous rencontrons deux grands gars. Un gars ressemblait à une sorte de mutant et venait d' un bain d'acide. Son visage entier était hors de ce monde! Ces deux personnes se révéleront plus tard être des détenus KEJAS. Les agents de recouvrement. J'ai commencé à comprendre que cela pouvait être un problème

si nous étions malheureux ou si quelque chose
ne allait pas. Je ne voulais tout simplement pas
me mettre dans une telle position! Maintenant
j'irais à partir de là sans savoir s'il y aurait du
travail ou pas. Je ne savais même pas de quoi il
s'agissait. Une fois de plus, les pensées ont
commencé à briller! Moi qui étais une personne
qui voulait un contrôle complet, je n'avais pas le
moindre contrôle maintenant! Une sensation
très désagréable. Après environ une semaine,
KEJA m'a appelé au téléphone, il voulait me
rencontrer le même jour. Plus tard dans l'après-
midi, je suis retourné chez moi à KEJA. Il me
rencontre et mon ami le plus proche à la porte. Il
a dit que nous allions droit pour pouvoir parler
dans la voiture. Il ne se sentait pas en sécurité
pour parler dans sa propre maison. Par KEJA
parle constamment d'être gardé! Alors que la
police a traversé sa maison et a intercepté son
téléphone, il est devenu prudent! Quand nous
avons commencé à conduire, KEJA a dit qu'il
voulait montrer où nous allions tourner. Le
sentiment que j'ai ressenti était que j'étais sur de
la glace mince, alors que je voulais seulement
travailler dans le monde numérique. Mais
maintenant, il me semblait que je serais dans le
physique. Dans le physique où vous ne pouviez
pas changer d'identité lorsque vous en aviez

besoin. C'était comme moi j'étais le matériel! Au lieu du logiciel. Mais qu'avais-je pour le choix maintenant? Quand j'étais dans la même voiture qu'un grand haineux qui n'a pas immédiatement vu un NON! Comme réponse! Nous avons commencé à approcher un port. KEJA a dit que nous resterions à la clôture pour parler de ce qu'il ferait. Mon ami conduisait la voiture et KEJA était également devant lui. Je me suis assis derrière KEJA sur la banquette arrière. KEJA n'a parlé qu'avec moi. Il avait précédemment dit qu'il n'aimait pas mon p al! Maintenant, il me demande si je pourrais entrer dans le système informatique du terminal? Je lui ai répondu que, comme, tant que le système terminal est en ligne, il pourrait aller, qu'il semblait aimer. Il a commencé à parler de deux emplois différents, mais tous deux concernaient ce port. Mais il n'en dirait pas plus quand ma polaire était dans la voiture. Ce qui m'a mis fin et KEJA est sorti de la voiture pour continuer la mise en page de ce travail! Il a ensuite demandé à nouveau si je fais vraiment confiance à mon p al. C'était définitivement ma réponse directe! KEJA ne l'aime pas plus pour ça.

Je voudrais entrer dans le système informatique du terminal portuaire où tous les conteneurs étaient enregistrés dans une base de données et ce qu'ils contenaient. Il avait évidemment deux commandes différentes qu'il informerait bientôt ses acheteurs ou autres si cela pouvait être mis en œuvre. KEJA a dit qu'il ne pouvait aider qu'avec un camion! Et qu'il avait un contact qui pourrait éventuellement obtenir des scellés sur les conteneurs car ils étaient toujours scellés! Il voulait que je répare le reste pour qu'ils ne puissent entrer qu'avec un camion porte-conteneurs. Les conteneurs qui intéressaient KEJA et ses partenaires contenaient des JEANS et l'autre conteneur contiendrait du filet de bœuf congelé.

Plus précisément, une tonne de filet de bœuf. Ce filet de bœuf était déjà commandé et vendu si nous nous en débarrassions du port en douceur.

Le déplacement du conteneur avec des jeans était un peu plus facile car aucun camion remorque n'était nécessaire. Mais avec une tonne de filet de bœuf congelé, nous devions trouver une telle remorque, sinon nous serions bientôt là avec une tonne de filet de bœuf. Mais comme je l'ai dit, ce n'était pas mon problème quand KEJA avait pris ce morceau de camions!

J'avais assez des maux de tête quand j'étais,
doivent entrer dans le système informatique du
terminal. Le problème que j'avais! Assurez-vous
de trouver leur pare-feu en tant qu'IP de
l'ordinateur, dans lequel je devrais entrer. Il
existe deux types de pare-feu différents. Soit
vous avez un vrai pare-feu qui ressemble à une
petite boîte et se trouve quelque part, dans ce
bâtiment, soit vous utilisez un logiciel qui
fonctionne comme un vrai pare-feu, mais la
différence est que ce pare-feu est constitué d'un
logiciel. Et comme je vous l'ai dit au début, il y a
toujours une faiblesse, dans un logiciel. Cela ne
s'applique qu'à le trouver. Malheureusement, ce
terminal ne disposait d'aucun logiciel servant de
pare-feu. Non, ils avaient la variante difficile!
Grâce au contact de KEJA au port, nous pourrions
fournir toute information qui me serait utile.
Mais les informations sur leur pare-feu
donneraient apparemment ce contact à KEJA. Je
doutais que cela fonctionne. Je ne pouvais pas
voir comment ce contact obtiendrait IPnr sur son
pare-feu. Très incertain, c'était ressenti! KEJA et
moi avons sauté à nouveau, dans la voiture et
KEJA voulait que nous nous rendions à une autre
adresse. Ce que nous avons malheureusement
fait! Mon p al a fait le tour, dans un bloc, comme
Keja ne savait pas quel port la personne vivait. Ce

que nous ne savions pas était que nous roulions à une adresse connue. Envie de dire une adresse que la police a souvent regardée. KEJA voulait que mon p al reste pour sauter. Je suis assis sur la banquette arrière et mon polaire reste au volant. KEJA traverse de l'autre côté de la route et atteint la porte. Il s'avère que la porte était verrouillée. KEJA prend son téléphone portable pour joindre cette personne à l'adresse. Cela ne prendra que quelques minutes, puis KEJA retournera à la voiture. KEJA saute dans la voiture.

Chapitre 13

Maintenant, il faisait rage avec beaucoup de flics. Une voiture traverse obliquement devant notre voiture, puis une derrière et une à travers le parallèle. KEJA hurle! C'est la conduite de la police pour l'enfer! KEJA devient à moitié fou quand ma polaire est à moitié paralysée par ce qui s'est passé. KEJA a crié qu'il conduirait sur le trottoir sur notre droite. Ensuite, c'était le seul côté que vous pouviez passer. Mais ma polaire était comme le taureau Ferdinand qui semblait vouloir rester à l'étroit dans le volant, le moteur coupé! Tout cela s'est passé en 30 secondes! Avant de le savoir, il y avait un flic de mon côté et pointant une arme tranchante chargée contre KEJA et criant qu'il devrait partir! En fait, je dois admettre que j'avais trois pommes de haut environ! Ave une arme tranchante chargée et un flic très nerveux, vous devenez facilement court dans le rocher et rapide! Si vous n'avez jamais été impliqué dans le fait d'avoir une arme chargée tranchante dirigée contre eux, je peux vous dire que tous les muscles de votre corps tout entier se relâchent et que vous commencez à trembler plus ou moins. Vous vous déplacez comme si vous étiez absent depuis 40 minutes et gèle pour vous serrer les dents. Bien que ce soit de la peur pure et de l'adrénaline qui éclabousse complètement votre corps! KEJA ouvre la porte, le flic demande à moitié hurlant si nous sommes armés, quelle putain de question? Eh bien, nous avons rempli trois formulaires avant et soumis un message indiquant que nous avions des armes! Question la plus stupide que j'avais entendue depuis longtemps! Maintenant, un autre gâchis est venu pour moi et mon p al hors de la voiture. Je suis sorti et je suis allé, dans ma valise. Mon p al a vu que cela ressemblerait bientôt à la zone de guerre propre!

Quand mon p al descend de la voiture, il retire son gros keychart du contact. Ensuite, il a enfoncé un doigt dans le porte-clés, de sorte que la broche porte-clés se traînait comme une bague! Lorsqu'il est sorti de la voiture, il a dit qu'il poserait ses mains sur le toit de la voiture. Alors , il a dû lâcher la grosse clé clé de sa main! Mais les clés pendent alors autour de votre doigt! Le son que ce foutu porte-clés a créé a créé un son métallique fort! Un son que la police derrière pensait être un manteau ou autre. Ce qui a fait en ce moment, il y avait vraiment beaucoup d'armes avec lesquelles la police a agité. Le flic qui était sur le point de faire en sorte que mon p al puisse être montré! Dû faire, pour calmer leurs collègues! C'est devenu une réaction en chaîne lorsque le flic qui a tiré l'arme a réagi comme il l'a fait. Ses collègues n'étaient pas non plus en retard pour retirer leurs armes. C'était le pur cauchemar dans lequel vous pensiez à peine être! Le flic qui est arrivé le premier à la voiture se penche sous la banquette arrière! Là, je me suis assis et j'ai desserré avec une lampe de poche! Je le vois sortir de la voiture, et sa, main il tient un petit pot en aluminium! Il fait ce policier sans gants! Il tient maintenant ce bidon et il a ouvert. Il y avait un sac en plastique dans la boîte. Dans le sac, il y avait apparemment quelque chose que j'oublierais! Pendant les KEJA et notre promenade, j'avais vu ce pot mais je m'en fichais. Mais croyez que je me souciais de ce pot maintenant! Je vois juste le flic regarder le contenu et se tourner vers son collègue. Je pouvais lire ce qu'il disait sur ses lèvres! C'était comme si quelqu'un arrêtait le monde pendant quelques secondes. La seule chose que j'ai vue, ce sont ses lèvres qui ont façonné le mot HEROIN! Enfer! J'ai dit carrément, abandonné! Maintenant, ça fonctionne vraiment, et c'était comme vivre une expérience de mort proche. Tout ce à quoi j'ai pensé! Maintenant j'étais totalement bouleversé! Qu'est - ce en enfer

serais - je avec cette personne aujourd'hui,
Pourquoi pourquoi?!

J'étais tellement sacrément pissé sur moi -
même! Vous ne devriez jamais travailler avec ce
que vous ne pouvez pas! Ensuite, ça se passe
comme maintenant! Mes pensées étaient juste
comment je sortirais de cette merde. Aboyer
quelqu'un, il n'y avait aucune chance de le faire.
KEJA me pleure! Et dit qu'il ne faut pas dire un
son et que son avocat va nous faire sortir! Mais
le confort lumineux ne me semblait pas
particulièrement en sécurité lorsque je savais
que je serais bientôt en interrogatoire. Il s'avère
que le bidon contenait environ 12 hectares
d'héroïne. C'était moins bon! Parce que
personnellement, je n'étais pas connu de la
police à cette occasion, je sentais que je pourrais
peut-être faire face à quelques années! C'était
une pensée vraiment stupide. Les drogues sont
les dernières à être mélangées avec, en
particulier, l'héroïne. Il s'avère que très vite je
resterais là-bas lorsque le flic nous aurait saisis.
Là, ils se sont tenus sur les lieux de l'arrestation
et avec certains, au moins, des snubbers
désagréables qui ont promis qu'ils allaient nous
rendre la vie malade! Si nous ne reconnaissions

pas notre crime! Je n'ai pas dit un son quand je savais ce qui se passerait quand tu sortirais si tu étais considéré comme un golbag! Donc, la mâchoire était et était fermée à propos de cette boîte d'héroïne. J'ai dû enlever ma ceinture, mes lacets et vider les poches sur tout! Ensuite, commencez à emballer un oreiller en plastique et une couverture qui sentaient la folie. Parce que je n'avais jamais été arrêté, cette première nuit était une sacrée inquiétude pour l'avenir et si vous revoyiez leurs enfants!

Je n'ai pas dormi une minute la première nuit, quand il se passait beaucoup de choses. Pas seulement parce que c'était une putain de vie! Sans même parce que nous avons été arrêtés pour la première fois, et maintenant il a été annoncé que le procureur avait décidé de nous assister. Sur le terrain, ça existait! Ce qui pourrait signifier 3 - 4 jours dans cette cellule! Une incertitude tout simplement désordonnée. Pire encore, j'ai juste marché et peint beaucoup de mauvaises pensées! L'un pire que l'autre! Les enfants étaient constamment concentrés sur la manière dont Anna agirait lorsqu'elle apprendrait que je était responsable , des infractions relatives aux drogues. Oui, c'était en sueur! Tôt le lendemain matin, deux flics viendront me chercher pour un interrogatoire.

C'était une question vraiment courte.
L'interrogateur a commencé à expliquer qu'ils ne
pensaient pas que c'était mon héroïne mais qu'ils
voulaient que je désigne KEJA comme
propriétaire de ce bidon! Je dis que je ne pouvais
pas faire cela, parce que je ne pas savoir qui est
avec l' héroïne, il était! Ce qui n'était pas un
mensonge! Ils ont dit qu'ils avaient obtenu, ses
empreintes digitales sur la boîte, donc ils déjà
savaient qu'il était son bidon! Ma question est
pourquoi je voudrais signaler à quelqu'un quand
ils déjà savaient? Mais je ne ne sais rien! Et ne
pouvait pas dire. Aucune question si j'avait été
cent, parce qu'il était son, je voudrais jamais
signaler lui ou quelqu'un d' autre! Il est et reste
une non écrite du droit à ne brise qui que ce soit!
Puis j'ai dit que je pourrais être impliqué dans le
trafic de drogue. C'était une tactique de peur
pure de la part du flic, d' avoir peur et de tout
raconter comme une eau courante. Mais il y
avait quelque chose qui était vraiment mal dans
l' affaire! Mais je ne pouvais pas figure que sur ce
qu'il était. Que la police a voulu pour confirmer
que c'était de Keja la boîte, alors qu'ils voulaient
pour faire le pointer sur, semblait étrange? Mais
j'avais pas dormi toute la nuit! Donc mes
pensées étaient comme du sirop dans ma tête,
combinées à une grande inquiétude pour l'

avenir. Je dis vous que je voulais un avocat si elles se poser plus de questions. Puis ils décident de mettre fin à l' interrogatoire! Et je pensais que cela pourrait être parce qu'ils se fixer un avocat pour moi! Un autre désordre est venu dans l' audience chambre, comme ce serait ramener me revenir à l' arrestation! Ensuite, vous avez été enfermé à nouveau! Et assis dans cette sombre cellule que je viens voulais à se sortir de. Quand je mets là sur le dur banc appelé lit, je regardais à l' étage, vers le bas à la droite de la cellule porte! Je me demande où il était pour courir dans le sol?

Mais je suis arrivé là - bas bientôt! Ensuite, je devais à battre un sept. Je suis à la porte pour appeler la garde afin que je puisse se sortir du lit! Mais ce garde n'était pas immédiatement une personne rapide. Il a fallu plus d' une heure avant que ce changement est venu à ouvrir alors je pourrais aller au sommeil. Mais je l' avais maintenant fait il clair pour moi ce que l' écart dans le plancher était pour! Il était un dernier recours si la garde ne pas arriver à temps. Ensuite , vous avez une belle pee étage. Cela permettait également aux gardiens de rincer le sol s'il y avait un remplissage dans le lit qui crachait tout. Beaucoup de nouvelles choses que j'ai apprises pendant ces heures. Soudain, un flic

ouvre la porte de ma cellule! Et dit que je vais le
sortir. Nous allons au banc où nous avons dû
laisser nos affaires la veille. Je me suis demandé
ce qui se passait. Le flic a dit que je serais lâché.
Quoi? Comment est-ce possible? Le flic m'a dit
de la fermer! Et que je prendrais mes affaires
pour qu'elles disparaissent de sa vue. Une
déclaration que ce snut ne répéterait pas, car je
quitte rapidement et facilement les lieux pour
trouver une place, pour m'emmener! Hors de la
station de police était tout si sacrément agréable
de voir! Tout signifiait beaucoup plus maintenant
qu'avant que je n'entre derrière les barreaux.
C'était comme tous les gens qui étaient en ville,
ses meilleurs amis! Je salue tout et tout le
monde! Oui, c'était un étrange sentiment de
liberté qui semblait être le pire bonheur.
Quelque chose comme avoir faim de saloon
quand on est aussi heureux. J'ai commencé à
réfléchir à ma demande de vengeance sur la
société et à me demander si j'avais cette chance,
de corriger mon comportement destructeur! Et
je voulais croire que c'était le sort qui m'a fait
une blague! Que devraient bientôt être une
pensée naïve!

Quelques jours plus tard, Keja avait également
été libéré et je commençais à me demander
comment t chapeau il est allé. Mais l'avocat de

KEJA avait créé une mauvaise vie avec la police
et les procureurs. Là où l'avocat de KEJA avait
demandé quelles étaient les empreintes digitales
de l'héroïne. La police avait obtenu les
empreintes digitales de KEJA, mais son l'avocat a
demandé toutes les empreintes digitales fixées
par le client sur cette boîte. C'est le laboratoire
médico-légal de la police qui a établi les
empreintes digitales. Lorsque l'avocat a
demandé toutes les empreintes digitales, les
empreintes digitales du policier se trouvaient sur
la boîte, et c'est devenu le point libre dans ce
cas. Lorsque le policier a pris la canette de la
voiture, il a fait la grosse erreur qu'il a fait sans
gants. Une erreur que l'avocat de KEJA a utilisée.
Cela rendait tous ceux qui étaient dans la voiture
gratuitement. Après cela, j'ai juré de ne plus
jamais consommer de drogue ou de me mettre à
nouveau, dans une telle situation.

Maintenant que KEJA était de nouveau libre, il
voulait que nous continuions comme d'habitude.
Je me suis senti tremblant plusieurs jours après
et je n'étais pas très intéressé à faire un travail
pour KEJA. Mais pour KEJA, c'était une bonne
journée pour entrer et sortir. Comme changer le
style du style. Mais j'étais maintenant plus sur

mes, gardes et j'avais développé un odorat qui pouvait ressentir un cri. J'ai vu pleurnicher sur tout. Mais c'était 99% dans mon esprit quand il n'y avait pas de câlins près de moi! Mais trois jours après ma libération, KEJA se reverrait. Nous nous rencontrions à Malmö à une adresse. Je suis arrivé là-bas en attendant que KEJA sorte d'un port. Au bout d'un moment, il vient! Et il avait une mallette noire avec lui. J'ai ressenti une sensation d'inconfort dans mon estomac. Je ne me sentais pas bien! Ensuite, je n'ai pensé que ce que contenait le sac. Lorsque KEJA a sauté, dans la voiture, il nous dit que ses contacts voulaient que nous continuions comme déterminé le travail du terminal. Je me demandais si nous n'allions pas rester bas avec elle pendant un moment alors que nous avions manifestement nos yeux. Mais KEJA n'en voulait pas! Et ce n'était pas comme si c'était un bon endroit pour sauter. KEJA semblait extrêmement stressé par le travail final. Ce que je ne pouvais pas prendre pour le moment. Nous avions juste des plans au travail, mais rien n'a été décidé! Pourtant, il était tellement stressé rien qu'en en parlant.

Chapitre 14

Je me suis assis là dans la voiture et j'ai prié tranquillement pour qu'il ne parle pas de ce qu'il y avait dans le sac alors que je pouvais presque deviner ce qu'il contenait! Nous aimerions faire un tour à l'extérieur de Malmö. Il n'a pas relâché le sac pendant une seconde tout au long du voyage. Pendant le voyage, KEJA me dit que j'appellerais toujours son avocat! Si j'avais besoin d'une assistance juridique. Et cela ne coûte rien! Il a été très clair avec ça! Il a laissé une carte de visite à l'avocat et a dit que je pouvais maintenant voir cet avocat plus comme ma personne de contact juridique. Il a même dit s'il arriverait quelque chose ou s'il reviendrait! Dois-je toujours obtenir des informations par l'intermédiaire de cet avocat. KEJA remercie également de ne pas l'avoir Golat lorsque nous sommes entrés en dernier, et il a dit qu'il me faisait confiance. Mais j'ai dit comme ça! Que je n'ai rien fait qu'il ait à remercier. Mais il le pensait! Après notre petite balade, je le laissais aller là où je l'avais pris auparavant. Avant de partager sur nous, dit-il! Qu'il m'a appelé le matin! Puis j'ai dit et j'ai quitté l'endroit avec une pression un peu plus forte sur le gaz! Ensuite, je n'ai pas voulu être avec cette personne pendant longtemps. Pensait que son chemin était tout à fait normal, quand il a maintenant couvert les frais de l'avocat.

 Le jour suivant, je me suis assis le plus et j'ai attendu que KEJA appelle pour que nous décidions quand nous devions commencer le travail du terminal. Juste après 13 heures le jour où il y a eu un appel. C'est l'avocat de KEJA qui m'a appelé pour me dire que KEJA avait été arrêté quelques heures seulement après l'avoir laissé partir la nuit précédente! Il avait été arrêté, avec un sac d'un kilo d'héroïne.

Mais il avait laissé un message à son avocat disant qu'il m'informerait de continuer les travaux du terminal. Que je n'a pas beaucoup réagi, au début! Mais à la fin de notre conversation, j'ai commencé à me demander comment vous pouviez laisser un tel message à son avocat lorsque vous vous êtes fait prendre avec un kilo d'héroïne. Ensuite, le travail terminal devrait être la dernière chose à laquelle vous avez pensé. C'était probablement le même sac que KEJA avait apporté dans ma voiture, qu'il avait maintenant arrêté. J'ai des chats froids à l'arrière! Imaginez si j'avais suivi l'appartement! Ensuite, j'attendais qu'il vienne à la voiture! Non, ce genre de réflexion ne manquait pas! C'est devenu une activité de pensée extrême dans ma

tête pendant de nombreuses heures ce jour-là. A
17 heures de l'après-midi, ça sonne à ma porte.
J'ai regardé à travers le seuil de la porte et j'ai vu
une femme et un policier en uniforme. Je n'avais
pas l'impression de sauter du balcon quand
j'avais un loft. C'était juste ouvert. C'était un
vendredi! Parce que j'aurais mes enfants plus
tard dans la soirée. Puis c'était mon week-end.
Quand j'ai ouvert la porte, ils voulaient que je les
accompagne à la gare. Ma première question
était! Si j'étais arrêté? Non! Vous êtes juste saisis
en ce moment, pour des infractions graves en
matière de drogue. De quoi parlez-vous? C'est ce
que nous obtenons quand nous arrivons à la
gare! Je voulais changer mes lunettes alors que
je n'avais qu'une paire de pantalons
d'entraînement sur moi. Mais c'était à peine si je
devais le faire, mais finalement ils ont accepté.
Quand j'ai fini, la femelle museau a fait un pas de
plus dans mon couloir parce qu'elle allait mettre
mes menottes! Devrait-il être nécessaire, est-ce
que je demande? Oui, c'est ce qu'elle a dit
brièvement! C'était trop embarrassant de devoir
descendre trois marches, dans la maison où tu
vivais! Avec des menottes et deux flics. Il
semblait que tout l'escalier avait une réunion,
juste à ce moment-là. La raison de cette curiosité
était que les flics avaient mis la voiture de police

hors des escaliers et toutes ces tantes dans les escaliers se demandaient ce qui se passait!

Une fois à l'intérieur de la voiture de police, le voyage s'est rendu au poste pour un nouvel interrogatoire. Maintenant, il y avait un vieux, le cousin chevronné qui devait entendre parler d' une infraction liée aux drogues. Premièrement, il a commencé stratégiquement son interrogatoire pour présenter un certain nombre de bannières car il disait qu'elles contiendraient des crimes dont j'étais soupçonné. Mais comme ils ne pouvaient pas le prouver! C'était sa façon d'expliquer qu'ils m'observaient depuis longtemps. Puis il a commencé à me demander si je ressentais un KEJA?

C'était difficile à nier quand nous venions de nous faire prendre il y a quelques jours. Oui je le connais! Qu'avez-vous pour affaires entre les deux? Quelle était sa deuxième question! Ma réponse était simple! Nous n'avons aucune entreprise ensemble. Alors ce policier déclare que la dernière chose que je serais maintenant! Ça devait être bizarre quand je suis soupçonné d'une grave infraction liée à la drogue qui pourrait me donner 8 à 10 ans.

Pendant une seconde, je suis devenu complètement silencieux! Je savais que je n'ai

pas la drogue à faire et je me demande où ils ont
obtenu ces fausses informations de t
informations chapeau, nous avons reçu de votre
p al Keja, w ho avait dit que j'étais la personne
qui était propriétaire du kilo d'héroïne qu'il avait
maintenant été attrapé. De pure colère, je me
suis envolé de cette chaise. Et était extrêmement
en colère. Maintenant, vous avez à vous donner!
Suis-je soupçonné de vouloir un avocat
immédiatement, le policier a - t- il dit que je
m'asseoirais maintenant ou que je passerais la
nuit au poste? Ce avec quoi je n'avais pas de plus
grand désir. Je ne voulais pas dire un son sans
avocat. La police a dit qu'elle avait du mal à
croire aux déclarations de KEJA et encore moins
que je serais le véritable propriétaire du kilo
d'héroïne alors que j'étais connu pour des choses
complètement différentes. Les données et l'éco-
vol étaient mon principal domaine de travail! Ce
qui a rendu le Procureur extrêmement friand
quand on lui a dit que je me serais mêlé de
drogue. Maintenant, j'ai fait face à deux
questions importantes! Était-ce la vérité que ce
policier avait dite, ou KEJA n'avait-il rien dit?
Peut-être que la déclaration du policier les a
amenés à me faire penser aux fourmis et ainsi je
confirmerais qu'il s'agissait de l'héroïne de KEJA.
Mais le fait est que je n'ai pas vu ce kilo

d'héroïne à un moment donné lorsque je me suis
et KEJA. C'était peut-être la manière de KEJA de
confondre la police. J'étais très incertain! Quand
j'ai demandé à l'avocat que KEJA m'avait donné
une carte de visite, Et comme je le voulais, je me
défendais pour l'interrogatoire! Ensuite, la police
dit que je peux y aller pour la journée! Mais je
reste aussi méfiant et il se peut qu'ils
m'appellent à nouveau pour une audience.

Maintenant, je pensais que mes problèmes KEJA
étaient terminés, mais je parle de se leurrer.
Quelques mois se sont écoulés et un jour, il y a
eu un appel pour un procès. Le procès de KEJA!
Shiiiit! C'était comme ça ne finirait jamais. Mais
j'ai dû me montrer au procès. Quand je suis
entré, il n'y avait presque pas d'espace public, à
l'exception du frère de KEJA, car il était
également appelé pour ce procès. Son frère
m'avait rencontré une fois auparavant, donc il
était familier. Son frère a dit qu'il était important
que je ne dise rien! Sans juste dire que je ne
savais rien! Oui, c'était une tâche extrêmement
facile. Quand je ne savais rien de tout cela, je
disais simplement la vérité. Il y avait quelques
questions de l'extérieur que le procureur m'avait
posées! Cependant, la plupart des questions que
j'ai reçues concernaient le plus KEJA et ma
relation. Nous ne sommes plus simplement amis.

Le procureur demande si nous avions des affaires entre les deux. Mais nous n'avions pas ça! Ensuite, demandez au tribunal de district uniquement si j'ai demandé une compensation pour la perte de revenu ou une indemnité de conduite. Mais je ne voulais pas ça quand je me sentais heureux que ma part soit terminée. La vérité, cependant, en était une autre. Le frère de KEJA faisait les affaires maintenant et il voulait que je continue avec le travail terminal. Aucune chance je l'ai dit directement!

Puis ce frère dit que KEJA avait fait une chose stupide pendant qu'il était dehors. Selon le frère, il avait acheté le kilogramme d'héroïne à crédit auprès de ces contacts commerciaux qui auraient pris contre les conteneurs contenant des jeans et une tonne de filet de bœuf. Mais ce n'est pas mon problème j'ai dit! Qui avait seulement parlé avec KEJA à propos de ces magasins, t - il frère m'a alors informé que Keja avait parlé à ces gars - là et lui a dit qu'il avait un gars qui pourrait facilement entrer dans le système de terminal, n OW il a commencé à être désagréable au moins! Comment pourrait - Keja avoir fait une chose aussi stupide, en prenant un crédit avec ces gars - là était moins intelligent, En fait, Keja et l'héroïne accumulées étaient basées sur l' entrée dans un système informatique et à travers ces conteneurs, la dette de Keja à ces gars - là serait payé. Mais maintenant, le problème était que la KEJA et l' héroïne appartenaient à l'État et étaient bien verrouillées. Tout à coup, c'était comme si toutes les pressions venaient sur moi pour résoudre ces problèmes! Maintenant, c'était tout sauf amusant. Du coup, il ne s'agissait pas de savoir s'il fallait ou non entrer dans le système. Maintenant, ce ne serait plus que fait! Le frère de KEJA a dit que je rencontrerais un représentant de ces types. Rien j'étais si sacrément chaud. Ensuite, j'ai su que vous étiez plus ou moins obligé de faire le travail et que ces gars-là auraient un visage sur un. Lequel dans le monde numérique a tout fait pour éviter! Mais la presse était presque insupportable lorsque j'ai commencé à réaliser que j'étais confronté à un travail extrêmement risqué. Un travail que je ne voulais pas! Le lendemain du procès, ce représentant viendrait laisser plus d'instructions. La personne qui parlait suédois et portait une veste en cuir noir. Il était très gentil et très objectif. Il avait une approche calme. Il a posé quelques questions si j'étais toujours intéressé par le poste. La première pensée que j'ai eue était! Ce frère de KEJA m'avait manifestement menti! Il m'avait dit qu'il n'y avait pas de retour quand on ne pouvait pas dire non à ces mecs et que c'était directement malsain de faire ça ... Mais l'homme qui est venu me demande si je veux et ne m'en a pas le moins revendiqué travaillé! Qu'est-ce que je manquais maintenant? Quelque chose ne correspondait vraiment pas lorsque j'ai soudainement eu deux versions. Je, dit que l' homme que je reviendrais avec un message. Ce qu'il pensait bien! Le représentant a voyagé pour aller. Quand il était parti! Étais-je vraiment en colère contre le frère de KEJA et exigeait une sacrée bonne explication! Il s'assit tranquillement et me regarda juste comme il avait vu un fantôme. Enfin, il a dit que son frère avait reçu une lettre de ces types par l'intermédiaire de son avocat. Son frère reçoit cette lettre qu'il a à son tour reçue de l'avocat de KEJA. La lettre indiquait simplement que la dette serait réglementée, sinon ils s'assureraient qu'il était ramassé sur le lanceur. Plus n'était pas! Mais KEJA était manifestement très effrayé lorsqu'il a fait tout son possible pour rester dans la prison où il était maintenant assis et réveiller son jugement. Il éviterait ainsi la vache le plus longtemps! Il devait vraiment me faire confiance quand j'étais son seul recours. Son frère était soudainement très humble avec moi, même quand il s'inquiétait pour son frère qui avait emprunté une plus grosse somme pour acheter un kilo d'héroïne. Une anxiété vraiment justifiée. Mais où en suis-je dans cette misère? J'avais ma haine et ma demande de vengeance qui serviraient ces grosses frondes et qui auraient été un peu sensées en ce moment! J'avais bien tourné le dos et je suis parti de là. Mais malheureusement, la demande de dollars et le défi étaient trop, grands pour s'abstenir. Ce qui m'a fait remercier ces gars. Une nouvelle réunion a été réservée, où j'ai dit ce que j'avais pour compensation si elle réussissait. Mais aussi, de quelles informations j'avais besoin pour entrer dans le système de terminaux.

 Le contact de KEJAS au terminal a maintenant permis à son frère de manipuler et les camions ont proposé aux autres gars de réparer. Maintenant, il y avait beaucoup de travail à faire. Je voulais 200 000 SEK lorsque le travail était terminé. Un prix propre pour pas cher, ce qui n'était pas le moindre problème à traverser. Ils pensaient probablement que j'étais un peu stupide alors j'ai demandé si peu. Mais c'était alors une bonne somme. Pendant ce temps, alors que le frère de KEJA arrangeait les informations dont j'avais besoin, j'ai vérifié qui était responsable de la collecte de ces conteneurs. En passant de simples appels, vous avez découvert des informations très précieuses. Lorsque j'ai rassemblé les informations pertinentes à connaître, j'ai commencé à chercher des ordinateurs hôtes. Ces ordinateurs hôtes qui couvriraient l'identité de mon ordinateur. Mais je cherchais un serveur proxy approprié. Un serveur qui serait loin de ce pays. Mais il était également important que ce serveur proxy n'aboie pas. Pour que vous ne perdiez tout simplement pas le contact avec ce serveur proxy.

Ensuite, via ce serveur, j'ai eu des contacts avec les différents hôtes. Il semblerait alors que ces ordinateurs hôtes attaquent l'ordinateur terminal. J'avais même dit que je voulais entrer dans le papier! Tels que les notes d'expédition et autres papiers qui étaient directement nécessaires pour mener à bien cette activité. Contrairement à d'autres emplois de hacker, je ne prendrais rien de ce terminal. Ce que je ferais, c'était de découvrir quelles fournitures nous intéressaient lorsque les marchandises étaient spéciales. Filet de jeans et de boeuf plus difficile ce n'était pas! Je voulais juste savoir où se trouvaient ces articles et dans quel conteneur ils se trouvaient. Ensuite, je ferais aussi un faux papier sur les notes d'expédition et les signatures.

Le frère de KEJA s'occuperait également des bombardements nécessaires pour que la situation paraisse normale. Le crochet devait amener un soi-disant conteneur vide sans, trop éveiller l'intérêt. Mais surtout! Pourquoi il devrait entrer dans le terminal portuaire sans, trop de questions. Grâce à tous les appels téléphoniques que j'ai appelés, j'ai pu déterminer qui était responsable de la libération ce jour-là. Ensuite, il faisait juste faux papier qui semblait mieux que les vrais ceux. Cela a probablement pris le plus de temps. A travers le contact avec qui KEJA avait à la borne, son frère a obtenu un sceau, avec les pinces nécessaires pour sceller le récipient. Puis un tampon confirmant qu'il a été imprimé depuis le terminal, bureau.

Maintenant, le travail a commencé à trouver leur pare-feu. Je commencé à numériser leur système grâce à différents programmes pour vraiment vérifier s'ils ont tout le contact avec leur plus grande protection. Lorsque je scrutais et trouvé ce pare - feu, il était temps, pour sen t un signal de (Pinga) pour voir si ce pare - feu a répondu. Ce qu'il a fait! Maintenant, il était temps de

commencer la course processus qui pourrait
briser ce pare - feu avec un grand nombre de
différentes combinaisons. Comme vous déjà
savez, cela peut prendre un certain temps pour
le faire. Pendant tout ce temps, j'ai eu des
contacts avec les clients! Comme si elles étaient
au moins intéressés à la façon dont il est allé.
Mais obtenir dans le du terminal pare - feu a
commencé à prendre sur les forces. Cependant,
pas physiquement, mais le plus
psychologiquement. Une grande partie a été la
pression que je portais pour corriger ce! Alors un
échec pourrait avoir des conséquences
dévastatrices pour une personne que je
ressentais à peine. Mais encore voulu à l' aide!
Peut-être qu'il était mon propre aspiration qui a
tiré le plus, mais aujourd'hui, je me demande si
ma conscience avait pas disparu complètement à
ce moment. Pour quelque chose à l' intérieur de
moi, je veux pour aider à lui, mais il était
purement criminel ce qui se passait sur. Je
toujours protégé moi - même, pensant que
c'était pour quelqu'un d'autre la vie, comme je
l'ai fait cela! Quand je savais à la fois, je renié la
vérité à moi - même.

Il a fallu plus de dix - huit ans heures pour briser
le pare - feu, ce qui n'a pas été très longue, mais
compte tenu de ce qui était d' être fait, il était

très frustrant d' avoir à attendre pour ces dix -
huit heures. Maintenant, il était temps de se
dans leur base de données aussi bien que ce fut
le mot de passe protégé. Mais ce n'était pas
particulièrement difficile, cela a pris moins d' une
heure. Quand j'étais à l' intérieur du système, je
devais d' entrer dans une nouvelle IPnr si leur
pare - feu serait accepter notre ordinateur. Sinon
, je voudrais obtenir bidouille chaque fois que
vous avez entré et il était pas le temps pour cela.
Je mets simplement le code IP de l' hôte comme
une exception au pare - feu. Ce qui moyens que
le pare - feu s'arrêter toutes les interférences d'
autres IP adresses. De cette façon, leur pare - feu
ne consignerait pas nos petites visites comme
une intrusion directe! Ensuite, notre numéro IP
était maintenant plus accepté dans le pare - feu.
Maintenant, je voudrais rapidement essayer d'
obtenir une image de laquelle les livraisons
pourraient être plus appropriées lorsque l' ordre
était très spécifique. Les vêtements n'étaient pas
un problème à trouver. Mais souvent ces
conteneurs contenaient morceau de
marchandises qui ont été orthographiés à l'
intérieur du terminal de. Mais celui qui cherche
trouve! Et celui qui a trouvé a été la recherche!
Ce n'est pas difficile! Maintenant, il s'agissait
simplement de trouver une solution

intéressante. Ensuite, nous avons eu à faire, il semble que, rien a été pris de l' endroit et comment ne vous faire que? Tout d' abord, ceux qui ont ordonné la livraison voulait nous à résoudre ce quand ils ont ordonné aux camions, t - il idée était que de Keja frère et moi se briser que le nez. Il s'en assez vite que son frère était quelque chose mais dans la planification scène quand il était bouleversé! Et il a dit que je serais venu à la solution. J'étais tristement fatigué de ce type humain. Quel fan pourrais- je résoudre? Je ne pas traiter avec des conteneurs et cette merde, je ne voulais pour faire des transactions de différentes sortes. Mais maintenant je voudrais soudain résoudre ce, pour moi dur cas. Comment pour obtenir ces solutions quand je peine savais comment un conteneur a été conçu. Je n'avais pas le choix, mais de récupérer, des informations via l' Internet! Puis

Je suis un perfectionniste qui refuse de laisser les choses au hasard. Mais la résolution d' un problème qui est à être résolu sur le site de fait il difficile! Ensuite, il est presque impossible de faire ce théoriquement théorique. Après quelques jours d' enquête, je pensais que nous pourrions introduire le récipient qui serait être vide, rempli avec un certain nombre de palettes SJ normalement utilisées pour la charge pieceware. Cela serait présenté comme un conteneur vide! Cela signifiait purement pratique que ce conteneur serait placé dans un endroit différent de ceux qui devaient être livrés. Il y aurait une distance entre ces conteneurs qui deviendrait extrêmement difficile à manipuler. Ainsi, une entrée d'un conteneur vide ne résoudrait pas nos problèmes. Non, nous avions évidemment besoin d'un plan plus intelligent. C'est étrange pour les humains lorsqu'ils sont exposés au stress. C'est comme les verrous cérébraux et on peut difficilement trouver le plan le moins simple! J'ai simplement dû déconnecter tous les besoins pour penser de manière constructive! Comment pourrais - je manipuler les gens qui ont travaillé sur le terminal et dans la zone portuaire, qui était clairement un vrai défi! Beaucoup ont compté à froid que je briserais le problème. Quand j'ai réalisé que le plan était une manipulation propre pour l'œil et non une manipulation physique, il est devenu un peu plus facile de trouver un plan. La première choisie que j'ai faite a été d'aller dans mon ancien atelier où j'ai commencé à souder une grille. Cela avait la même fonction qu'un doggaller dans une voiture. Si vous pensez qu'une telle grille peut être personnalisée, à la fois sur le côté et surélevée, vous pouvez avoir une image de ce à quoi cette grille ressemblait. Grâce à cette grille, nous pourrions créer une image d'un conteneur entièrement approvisionné. La grille n'avait qu'une seule fonction, et c'était de soutenir si quelqu'un devait mettre sur les boîtes qui étaient dans le conteneur. La grille fournirait un support qui rendrait le devant des boîtes inadapté.

Ensuite, tout le canapé pourrait facilement être révélé. Maintenant, le problème suivant était de le résoudre! Qu'est-ce que j'écrirais pour le bordereau d'expédition qui accompagnerait ce conteneur? Comme nous devions entrer dans la zone portuaire! Mais nous avons également été obligés de trouver un véhicule qui pourrait éventuellement conduire ce genre de conteneur. J'ai trouvé un parking qui semblait très approprié pour cela. Maintenant, j'ai créé des notes d'expédition de cette société. En collectant les logos de leur propre site Web, j'ai pu ainsi trier un bon de livraison qui avait l'air vraiment authentique, avec leur propre journal! Il ne restait plus qu'à trouver une entreprise de destination qui, selon la note d'expédition, s'opposerait au voyage de retour de la Suède. Ce que nous pourrions facilement trouver, car il y avait une multitude de telles entreprises. Il était maintenant temps de contacter les acheteurs pour savoir quels conteneurs étaient disponibles! Et de quels fournisseurs. D'auto-préservation, je ne peux pas vous dire quelle entreprise nous avons choisie. Mais je peux vous dire que nous collectons ce que nous avons initialement décidé. Les clients ont, envoyé deux camions de la capitale à Skåne. Nous pourrions avoir accès à ces camions pendant une semaine. Ce qui nous a donné 5 jours d'avance en pratique! Nous avions le temps presse, car les conteneurs que nous allions venir devaient être livrés à l'entreprise qui commandait les marchandises. Donc, nous avons dû mener à bien ce travail avant la date de livraison reportée. Le conteneur que nous devions récupérer était encombré et donc scellé! Donc, personne ne pouvait y introduire d'autres choses.

Chapitre 15

Notre client voulait me rencontrer avant que nous avons fait le travail que nous avons fait, t hey me demander comment je l' ai résolu pratiquement un e qu'ils me voulaient détail en détail comment je comptais mettre en œuvre. Je vous ai dit que j'utiliserais le saut que nous avons maintenant, juste à temps! Et pendant 2 jours, vérifiez le gardien qui a surveillé les conteneurs bourrés qui se trouvaient dans la zone portuaire. Nous sommes tous d'accord! Ensuite, je voulais que nous mettions un gars à l'extérieur de la zone pour les prochains jours afin que nous puissions avoir ces moments où la compagnie de garde est arrivée. Un travail ennuyeux! Mais très important, car nous ne voulions pas l'attention du gardien. Nous étions maintenant dans un travail très soigné mais chargé. Il n'y avait aucune place pour des erreurs. Il suffirait que la personne vérifie les horaires de la société de sécurité, manque un garde ou s'endorme pendant quelques minutes. Ce qui nous aurait donné tous les mauvais moments. Cela aurait été jusqu'à la forêt. En tant que personne, je n'aime pas être accro aux autres! Mais j'étais maintenant totalement dépendant de ce que ces gens allaient faire! Ou peut-être pas? Mais maintenant, il ne semblait pas y avoir de retour.

Nous ne pouvions pas faire grand-chose en attendant car nous attendions le temps que le gardien avait! Et j'étais un peu inquiet que cette société de sécurité fasse des contrôles aléatoires. Quand nous avons eu le temps, ils se sont avérés qu'ils avaient des calendriers de surveillance assez serrés, donc vous n'avez pas été beaucoup plus réfléchi. Nous devions simplement prendre une décision quand nous allions tourner.

Nous avons décidé de le faire entre 02h30 et 03h20, en nous laissant un maximum de 50 minutes pour terminer le travail. Nous avions probablement plus de temps, mais nous garderions ces horaires. La compagnie de garde pourrait être un peu plus tôt et nous n'avions pas vérifié leurs horaires depuis longtemps. Stupide au hasard! Nous avons également décidé que le téléchargement aurait lieu tôt le lendemain matin! Ensuite, le risque que ce travail soit détecté était considérablement moindre. Il était maintenant temps de présenter le conteneur dans lequel nous allions déplacer les choses. Nous avons décidé de le faire assez tard dans l'après-midi. Ceci pour deux raisons. Tout d'abord, une personne est fatiguée de la soirée et n'est pas aussi observatrice qu'elle l'est au milieu de la journée. Mais alors, notre conteneur n'a pas eu à rester dans la zone portuaire et à avoir les yeux fermés pendant toute une journée de travail. Le conducteur du camion a été l' un de l' acheteur type et, a été très peu informé sur ce transport particulier! Quelle était la signification Ensuite, nous ne voulions pas que ce type se comporte nerveusement ou attire une attention inutile.

Il a reçu les faux expédition notes, puis a conduit aux portes du port, w e nous étaient à distance afin que nous puissions voir le camion, avec poule notre voiture arrive, le conducteur saute du camion pour montrer le papier, qui reconnaîtrait cette transport e minute était comme une heure, je pensais que ça prenait du mauvais temps. Soudain, il sonne dans le téléphone portable de notre client. C'est le chauffeur qui appelle et dit que le papier qu'il avait n'a pu être trouvé et que le code-barres qu'ils avaient maintenant commencé ne figurait pas sur le bon d'expédition. J'avais moi-même entré le transport, dans la base de données. Mais quel était le code-barres? Je me suis tourné vers le frère de KEJA et je me suis demandé ce qui pouvait lui manquer ça? Il a affirmé qu'il n'avait reçu le type de factures de fret que de leur contact du terminal. Comment diable peut - h e donner nous e e mauvais papier! A-t-il payé pour demander au frère de notre client KEJA? H est des réponses qu'il lui a payé entièrement, en payant h e, 1500 SEK, pour le travail, h e obtiendrait 20 000 SEK pour ce travail? Dit notre client au frère de KEJA. Comme maintenant, il était tout à fait disposé à lui mettre une balle dans la tête, avec une pure colère! Nous avons dû appeler le chauffeur pour l'informer qu'il devait faire demi-tour. Juste au moment où nous avons appelé le chauffeur, nous l'avons vu rouler dans la zone portuaire. Il s'est avéré que ce système de code à barres n'avait été testé que et la personne dans l'écart avait dit qu'il y avait beaucoup d'expéditions que ce système ne pouvait pas trouver! Ensuite, ils ont seulement testé le système. Puis ma théorie est redevenue une cupidité actuelle confirmée. En raison de la fait que Keja de frère ne payé 1500 SEK, pour le travail. Est-ce pas que le contact faire un bon travail. Avait - il reçu son, 20 000 SEK, cela aurait jamais pu arrivé. Il était tout à fait inutile quand il tout fait nerveux et créer une tension qui est pas appropriés pour avoir de telles missions. Mais il était un plus tard problème que se trouve sur eux - mêmes. Maintenant, ce à attendre pour le conducteur d' entendre et dire où le conteneur était. Mais ils ont été placés après la livraison ce jour, qui ne pas directement parler à notre avantage, comme notre conteneur serait être livré le prochain jour. Mais le récipient que nous étions allons à vide a été la première livraison sur plusieurs jours plus tard. Cela pourrait conduire nous à courir dans entre ces conteneurs et au pire avec une longue distance de. Le pilote a appelé à nouveau! Pour nous dire à quel endroit se trouvait notre conteneur. Maintenant, il était juste va à un endroit où je pouvais connecter moi - même à la réseau, pour plus tard vérifier sur l' emplacement. Je pouvais voir qu'il y avait un grand nombre de sauts, comme ces conteneurs ne résiste pas à la même rangée. A cet espace que nous avions à être 5 personnes au moins. Mais seulement 4 personnes pouvaient courir tout le temps, quand une personne avait à se concentrer sur l' étanchéité et l' arrimage des les boîtes. Cela signifiait également que nous avions besoin de 4 wagons pour déplacer plus facilement les boîtes avec des jeans! Nous ne pas savoir comment grand les boîtes étaient. Nous avons également besoin d' une personne qui pourrait envoyer, de sorte que la sécurité garde ne pas surprendre nous lorsque nous avons effectué ces boîtes. Maintenant, il était temps d' aller vers le bas pour le port pour obtenir sur la clôture. Une clôture constitué de trois rangées de barbelé fil à la partie supérieure. Nous jetions en place une couverture sur le barbelé fil afin que nous puissions facilement prendre ce sur nous. La personne qui garderait la trace de la compagnie de gardiennage (trois airelles rouges) ne serait pas dans la zone, alors il nous a aidés à traverser la clôture. Nous en avions qui passaient par-dessus la clôture, notamment ces 4 bagpets qui pesaient beaucoup. Même s'ils n'étaient pas directement lourds, ils n'étaient pas directement pratiques pour franchir une clôture. Ensuite, nous avons eu la grille qui allait plus. C'était beaucoup plus facile quand il était possible de s'effondrer. Une fois à l'intérieur de la zone avec tout l'équipement, il suffit d'aller dans le conteneur qui était numéroté, ce qui le rend très facile à trouver. Avant de commencer le travail, nous devions mettre en place une sorte de, plan! Sur la façon dont nous travaillerions. Ensuite, nous avons su quelle était la distance entre ces conteneurs. Le frère de KEJA se chargerait du scellement du conteneur mais aussi du rangement des cartons. Je n'avais pas plus confiance en son frère quand je ne pensais pas qu'il pourrait éplucher sa propre haie s'il y mettait un chercheur. Mais même parce qu'il semblait pelucheux. Nous avons fait une dernière vérification avec la personne qui vérifierait la société de sécurité, pour que rien ne se passe mal. Mais c'était calme sur ce front.

Maintenant, nous avons commencé à ouvrir le conteneur qui serait vidangé sur les jeans, mais pour moi c'était aussi un contrôle supplémentaire, donc je n'ai pas eu de mauvaises informations sur le contenu. Quand nous sommes entrés dans le conteneur, je devais juste vérifier le contenu des boîtes. Eh bien! C'était un jean comme prévu. C'était les jeans de la marque, et c'était une sacrée masse d'entre eux.

Au premier abord, on suppose 2000 paires de jeans. Mais nous n'avions pas de look particulier. C'était tout simplement insignifiant pour le moment.

Maintenant j'ai développé la grille que j'ai faite, afin de préparer l'ensemble. Les autres ont commencé à charger des cartons sur les sackcars pour les faire rouler jusqu'à notre conteneur. Maintenant, il y avait trois chariots qui roulaient tout le temps. Le frère de KEJA a poignardé aussi vite qu'il le pouvait. Il devait faire, nous a t 4 dernières personnes étaient le chargement et les boîtes de roulement. C'était à toute vitesse tout le temps. Nous devions vraiment faire, alors nous n'avions que 50 minutes avec nous. Je n'ai pas pu mettre la grille du conteneur vide. Ensuite, j'ai dû laisser revenir des boîtes dans ce conteneur et une trentaine de jeans, ce qui couvrirait le crime. Ce qui signifiait qu'ils devaient vider plusieurs tiroirs dans notre conteneur! Ainsi, nous pourrions mettre en place un conteneur visiblement emballé, avec ces boîtes vides. Lorsque la dernière boîte a été transférée dans notre conteneur, nous avons déposé tous les chariots à bagages au fond du conteneur vidé. Nous ne pourrions plus les supporter. Nous commençons à installer la grille puis deux lignes avec des tiroirs presque vides. Nous avons emballé les boîtes pleines de plastique et en haut nous avons posé un certain nombre de jeans. Ce qui donnait l' impression que les cartons étaient pleins, si quelqu'un ouvrait le conteneur, lors d'un contrôle.

Mais le crime parfait ne peut être trouvé! Ce n'était pas cela non plus. Ensuite, nous avons oublié deux choses! Nous n'avions pas de ruban adhésif pour ces cartons! Ensuite, nous n'avions pas de nouveau cadenas pour le conteneur. Ensuite, nous l'avons découpé comme avant. Mais nous avons mis le sceau, ce qui indiquerait que le conteneur n'avait pas été ouvert. En espérant qu'ils verraient cela comme une erreur et qu'ils mettraient eux-mêmes un nouveau verrou. Mais maintenant, nous avions le temps et nous devions y retourner! Nous contactons la personne qui a vérifié les gardes et dit qu'il viendrait nous chercher.

En attendant, nous avons repris la clôture! Ce qui était moins simple! Pour la dernière personne en vue des fils. Il y avait une veste pour l'enfer, mais nous pouvions nous le permettre.

Maintenant, nous avons quitté la zone portuaire pour dormir quelques heures avant que le conteneur ne soit à nouveau récupéré par notre chauffeur le matin. Maintenant, c'était une fois de plus qu'il fallait vous faire confiance comme un coffre-fort! Ensuite, ce chauffeur entrerait dans la zone portuaire pour récupérer notre conteneur. Mais cette fois, tout s'est très bien passé. Cela n'a pris que quelques minutes, puis il était en chemin après le conteneur. C'était vraiment merveilleux. Mais je n'ai pas osé faire de gros sauts quand on n'a pas eu le bateau dans le port. Comme vous le dites habituellement! Le chauffeur sortait même par les portes! Nous avons suivi le cours des événements à distance. Il était maintenant en train de mettre en place le crochet, qui tirerait le conteneur sur le camion. Lentement mais sûrement, le conteneur a glissé. Patience patience! J'étais aussi hyperactif qu'une raquette du Nouvel An. Et je voulais juste voir le camion devant ces portes une fois pour toutes.

C'était extrêmement excitant, même si je savais
que du bon travail était fait. Mais quelque chose
d'imprévu pourrait arriver! Quelque chose que
j'avais manqué dans tout le stress! J'ai pensé à
tout encore et encore! Donc, je pouvais anticiper
les problèmes. Nous parlons de minutes alors
que toutes ces pensées se sont manifestées! Et
cela a créé un stress intérieur avec moi! Le client
semblait assez calme. Une fois le camion sorti,
c'était comme si le client soufflait la fumée de
cigarette à la hâte. On aurait dit qu'il avait gardé
le souffle tout le temps et maintenant, quand le
camion est sorti, il a soufflé la fumée! Oui, même
les gars routiniers comme le client peuvent être
nerveux. Tout le monde était excité et on aurait
dit cinq gars debout devant une clôture
électrique, alors que nous sautions de joie! Je
pouvais à peine avoir un mot entier quand nous
nous parlions avec un pur bonheur!

Le chauffeur a été informé de l'endroit où placer
le conteneur. Nous avions une place à Ystad avec
un vieux forgeron noir. Il avait beaucoup de
ferraille sur sa ferme, donc ce conteneur
n'attirait pas beaucoup d'attention. Lorsque le
chauffeur a quitté le conteneur, le travail suivant
a recommencé à emballer les boîtes. Nous avions

la remorque dans laquelle les caisses étaient chargées. Une fois ce travail terminé, nous avons commencé à découper des conteneurs avec une torche coupante. C'était un mauvais travail, mais cela fonctionnait bien. Les petits morceaux qui composaient le conteneur pouvaient facilement être cachés sur place, et ainsi le problème était résolu! La remorque a transporté les marchandises vers la capitale où il y avait déjà de nombreux commerçants qui voulaient acheter ces jeans de créateurs bon marché. Lorsque nous avons vérifié le nombre de jeans, il y avait près de 2500 paires. Ce type de jeans coûte environ 500 à 600 SEK dans le magasin. Ce qui représentait une valeur d'environ 1250 000 SEK. Mais le client a dû accepter un prix inférieur. Un prix de 295 SEK la paire pour ces jeans. Vous pouvez deviner s'il y avait une énorme demande pour ce stock. J'ai reçu mes 200 000 SEK comme promis. Le client a fait le plus grand, profit. Ensuite, 295 kr multiplié par 2500 paires, ce sera une jolie petite somme de 737 500 SEK. Pas un montant totalement faux. Cependant, le client avait encore quelques bouches à mesurer. Le frère de KEJA devait être heureux de ne pas avoir mis une balle dans son front. Puis, par sa cupidité, il détruisait tout le coup d'État. Après tout, il devait garder 18 500 SEK, lors de son recrutement, qui se trouvait à l'intérieur du terminal. Mais j'ai appris une fois de plus! Ne faites confiance à personne! Ainsi, vous perdrez à la fois beaucoup d'ennuis et vous serez déçu.

Chapitre 16

KEJA pouvait maintenant souffler lorsque la première partie de sa commande était terminée. Maintenant, d'une certaine manière, nous trouverions du bouillon sur lequel nous pourrions choisir une tonne de filet de bœuf congelé. Mais je n'étais pas si jolie. Deuxièmement, j'ai eu une douleur d'entraînement sournoise lorsque nous avons déplacé deux fois toutes ces boîtes avec des jeans.

Donc, une tonne de filet de bœuf n'était pas immédiatement alléchante! Le client avait gagné beaucoup de confiance en moi quand j'ai réussi ce coup, et il voulait que je planifie cette livraison. Mais comme je l'ai dit! Mon intérêt pour la planification était extrêmement faible. Il a dit qu'après cette livraison, nous pourrions faire de grosses mais simples bosses! Parce qu'il avait de très bons contacts avec les propriétaires d'entreprises et les restaurants. Peu importe ce que nous avons rencontré! Seulement il y avait de grandes quantités, il l'a vendu sans aucun problème. Mais même pas cela ne m'a rendu plus motivé, quand j'étais fatigué et moins, à avoir des gens dans mon environnement qui étaient directement dangereux pour nous tous.

Puis j'ai pensé au frère de KEJA. J'ai dit au client que je ne voulais pas travailler avec le frère de KEJA. Le client n'aimait pas le frère car il pouvait tout mettre en danger. Le problème était la dette de KEJA pour l'héroïne et n'a pas été payé. Le client avec lequel j'ai eu des contacts n'était pas le plus élevé de la ligue. Mais il avait évidemment des contacts importants. J'ai commencé à me demander pour qui je travaille vraiment? J'ai posé la question au client. Mais ce n'était pas exactement une question à laquelle il avait pensé répondre! Il vous répondra assez pour plus d'informations. J'ai dit qu'il pouvait oublier cette question! Mais il ne fait que répéter sa réponse précédente! À l'heure...

Je n'ai pas aimé ce sentiment! Quand on parle du sentiment, c'est une chose très difficile à expliquer. Mais avez - vous déjà été dans une situation d'une situation qui se sentait mal à l' aise, il est probablement le plus proche, je peux le décrire, b ut si vous êtes un criminel, ce sentiment est très développé! Plusieurs fois, ce sentiment est la seule chose que vous devez continuer. Dans le monde criminel, on dit souvent que ON MARCHE SUR SES VIBES. C'était exactement ce que je ressentais! J'ai eu de mauvaises vibrations quand j'ai eu cette réponse. La réponse fixe était claire, donc la question était plus, ce qui n'était pas clair! J'avais l'impression qu'il y avait une forme de sous-titre dans la réponse.

Tapez pour ne pas demander ce que vous ne voulez pas savoir!

Je pouvais assez facilement comprendre que le client avec qui j'étais en contact avait sa tête qui le gouvernait à cent pour cent. Mais qui étaient-ils? Mais y penser ferait simplement un bruit et maintenant je prendrais principalement une décision sur leur offre. Le client m'a offert la même rémunération pour ce travail. Pouvoir gagner 400 000kr en quelques semaines n'était pas mal payé directement. Ce qui voulait dire que ma réponse était tout à fait donnée. Mais même si la réponse était donnée, il n'y avait pas de solution pour trouver une tonne d' Oxfilé congelé également donnée!

Les cellules cérébrales fonctionnaient extrêmement en ce moment. On a beaucoup réfléchi pour savoir si ce serait un coup dur. En toute logique, vous vous demandez qui peut prendre 2500 paires de jeans et les vendre rapidement. Et puis commander une tonne de filet de bœuf? Hm! Même s'ils n'ont pas encore vendu tous les jeans, j'avais en fait été payé. Mais les jeans ne sont pas des produits frais et peuvent durer éternellement, sans vieillir.

Il ne faisait aucun doute que ce client avait des contacts lorsqu'ils commandaient toute cette viande. De toute évidence, ils avaient arrangé des camions sans aucun problème.

Normalement, dans le monde criminel, ce sont des conneries à 90%! Vous avez rencontré des gens qui pouvaient tout arranger. Quand les faits étaient qu'ils étaient complètement incapables de réparer quoi que ce soit! Ils avaient des contacts locaux dans la région où ils étaient actifs. Mais généralement, ce n'étaient que des mots vides de sens. Beaucoup impressionneraient pour gagner le statut et le respect. Mais quand il s'agissait de la craie, c'était juste fou! Parce qu'il y avait tellement de saleté, ce n'était pas sans aucun doute, quand quelqu'un a commandé une tonne de filet de bœuf, qui devait en fait être vendu tout de suite. Mais ce n'était pas une vente qui s'adressait aux vieilles tantes et à d'autres, des particuliers. Non! Nous parlons d'acheteurs avec de grands portefeuilles et avec un grand espace de stockage. Donc, il y avait beaucoup de choses à faire avec une telle livraison. Bien que cela ne semble pas concerner le client. Je doutais de pouvoir résoudre ce problème! Mais en même temps, je me sentais mal de ne même pas essayer. Un peu ennuyeux quand j'ai eu des emplois qui n'étaient pas des emplois de données directs! Bien que cet emploi puisse avoir besoin de telles connaissances. Mais un tel travail! Construit principalement sur le déplacement de biens physiques. Honnêtement, je n'avais aucune idée de l'endroit où je commencerais même à chercher. Il était peu probable qu'un camion transporte une tonne de filet de bœuf. Nous avions une remorque avec une unité de refroidissement. Jusqu'à présent, tout était bon. Maintenant, nous aurions juste quelque chose pour le remplir. Le client le ferait le plus tôt possible. Et donc, il est! Il faut glisser pendant que le fer est chaud. Prendre des conteneurs et des objets similaires oblige la police à commencer à surveiller les zones sans surveillance dans les cas habituels. Surtout s'ils pensent que c'est une ligue qui bouge. Même si vous vous attendez à vous faire pirater le museau, vous devez le prendre en sécurité avant qu'il ne le soit . C'était probablement l'ordre de la pensée, et c'est pour cette raison qu'il essayait maintenant, d'une manière un peu plus agréable, d'accélérer le processus.

Donc, cela ne faisait que commencer par les enquêtes. Je ne savais pas si vous pleureriez ou ririez, toute la mise en page était comme un mauvais scénario hollywoodien qui avait été falsifié parce que c'était si mauvais! Je me suis senti un chauffeur de camion qui était un peu à moitié criminel. Il avait fait quelques petites choses depuis un moment! Mais il avait maintenant plus de famille et une femme qui le tenait dans son cou. Mais on pourrait lui demander s'il a eu des contacts avec des conducteurs qui conduisaient une voiture. Mais poser de telles questions! Serait-il au moins surpris et peut-être malsainement curieux! Ensuite, il devrait commencer à chercher des articles appropriés. Je ne voulais pas qu'il se blesse. L'argent permet facilement aux gens de faire des choses stupides. Le risque qui existait était que ce chauffeur de camion que je contactais maintenant parlât trop! Cela signifierait qu'il avait des problèmes permanents pour le reste de sa vie. Quelque chose que je ne voudrais pas sur ma conscience! Oui! Peut-être que ça prenait! Conscience je ne l'ai pas fait! Mais je ne voulais pas qu'il arrive. Ce n'était pas vraiment une bonne idée de le contacter quand il avait une famille. Mais il est facile de le dire maintenant après. Nous appelons ce pilote dans ce livre Tompa.

Ce Tompa commencera ses investigations rapidement en passant des appels. Après le premier appel, j'ai dû lui expliquer qu'il était serré, car on ne peut pas en parler au téléphone. Il a dû commencer à prendre des rendez-vous avec différentes personnes et à gérer l'écart entre quatre yeux. Il semblait penser qu'il pouvait parler de toute façon. Mais après avoir parlé, plus clairement avec lui, il s'est rendu compte que c'étaient de grandes choses et de mauvaises personnes avec lesquelles être dupé! Tompa avait les mêmes questions que moi! Qui aura les choses, pour qui travaillez-vous? Ainsi , des questions qu'il était naturel de se poser. Des questions auxquelles il était tout aussi naturel de ne pas répondre. Tompa voulait aussi savoir ce qu'il gagnerait là-dessus! Quoi qu'il demande, cette compensation ne toucherait que mon portefeuille! Ensuite, j'ai embauché Tompa. J'ai dit à Tompa que l'indemnisation, nous devions prendre, quand nous savions si tout était verrouillé.

Tompa a enquêté pendant plus de quatre jours!
En attendant, j'aurais trouvé une solution
intelligente qui pourrait résoudre cette livraison.
Quand Tompa m'a dit ce qu'il avait, ce n'était pas
exactement ce que je voulais entendre! Trouver
autant de filet de bœuf semblait totalement
impossible. Le plus proche que nous pouvions
venir était une livraison avec différents de viande
. Il y avait beaucoup de filet de bœuf, de filet de
porc et d' autres types de viande qui étaient
considérés comme des délices. Je décidé de
rencontrer avec le client le même jour. Au cours
de la même journée, Tompa aurait avoir une
copie de l' expédition des notes qui a compilé le
contenu de ce réfrigérateur. Quand je plus tard
dans la soirée, le client a montré ces expédition
notes, il avait l' air très près de leur. Puis il dit
qu'ils le prennent! Maintenant, je viens eu à
demander si ce n'était pas seulement bœuf filet
qui leur voulait? Ensuite, ce fut ce qui a été
commandé! Le client se pencha jusqu'à partir du
canapé où il était assis! Et regardez à moi et dire
! Maintenant nous savons! Que vous ne voulez
pas nous tromper! Je ne comprends toujours pas
ce qu'il voulait dire par là? Pourquoi voudrais - je
vous à duper les, je pensais! Cela devrait être
propre et être une mort rapide. Et puis c'était
comme ma grand-mère go d avait toujours l'

habitude de dire! Il ne faut pas mordre la main
qui en nourrit un! Le client alors dit que pour une
longue durée, ils se sont essayé d' obtenir la
quantité de boeuf filet, mais pas même les ceux
avec leurs contacts pourraient corriger. Puis il
dit! Que lorsque KEJA avait dit qu'il l' avait
réparé! Ils se sont demandé comment c'était
arrivé! Ensuite, ils ont su qu'il était pratiquement
impossible de l' obtenir. Mais en raison de la
dette de KEJAS Heroin, ils ont choisi d' attendre
et de ne pas agir contre KEJA. Puis une violente l'
action contre Keja serait signifierait un total de
perte pour eux. Là où non, KEJA pourrait réguler
sa dette. Je commence à comprendre que j'étais
devenu un plateau dans un jeu. Un jeu qui en fait
voulu dire que j'aidé à la fois le client et
enregistrer de Keja cul à la fois, b ut ce étaient
jeu des règles qui ont été pas parlé au sujet.
Croyez que Keja voulait de rester sur l' abri
quand il avait inachevé affaires avec ces gars - là!
Qu'il ait été menacé ne faisait aucun doute!
Comme vous comme s'il était mort, si je saute
hors maintenant! Le client voulait que j'organise
le transport jusqu'à la capitale et à partir de là, ils
avaient leur propre personnel. Dès que le camion
atteindrait la capitale, mon travail serait terminé!
Je voulais revenir sur la planification du
transbordement lui-même. Mais le client ne

saurait pas quand il veut seulement savoir quand
le camion pourrait être dans la capitale. J'ai fini
par rentrer chez moi à Tompa pour coudre le sac
ensemble. Juste au moment où j'allais partir, le
client est prêt pour un sac en plastique. Une
boîte ordinaire que vous obtenez dans le
magasin lorsque vous achetez de la nourriture. Il
le tend vers moi en disant que j'ai maintenant
été payé pour le travail! Je regarde dans le sac et
regarde à ma surprise qu'il y a beaucoup d'
argent dans différentes dénominations.
L'acheteur dit qu'ils sont en petites coupures car
il est plus facile pour vous de les distribuer.
Ensuite, ils ne s'allument pas autant que les gros
billets. J'ai dit non! Je paierai lorsque le travail
sera terminé. Les choses peuvent mal tourner et
je serai alors remboursable. L'acheteur a tenté
de me calmer en ne me demandant pas si la
police devait nous emmener. Puis il a dit que,
comme je ne voulais pas entendre! Le client dit
que nous ferons beaucoup d'affaires à l'avenir!
Avec un petit sourire sur les lèvres. Un sourire
que je n'ai vu qu'une seule fois lors du dernier
coup d'État. J'ai senti à quel point mon avenir
serait sombre. Avec beaucoup de must! Et un
client qui vient de s'excuser d'être intéressé par
ces emplois. Dans le cas du crime, c an tu décris
ce monde comme une toile d'araignée géante,

où tout le monde est en contact les uns avec les autres. Ce qui signifie! Que si vous en faites trop ou si vous faites du mauvais travail, cela se propage rapidement.

Plus vous êtes dans le réseau d'araignées, plus vous avez de puissance! Comme vous l'avez probablement compris, j'étais loin d'être à la limite et j'étais au milieu de ce qu'un Smith» avait appelé une carrière et là, j'obtiendrais un nom comme dit précédemment. J'ai commencé à comprendre de plus en plus comment tout était connecté. Où cette toile d'araignée était une échelle de carrière! Où vous monteriez lentement plus près du centre de ce centre. C'était ce cercle intime que tous les criminels allaient rencontrer. Mais comme peu l'ont fait! C'était comme dans le monde réel, rempli de nombreux obstacles et pièges. Mais la différence était que nous étions en, bus, veuillez prendre un raccourci.

Chapitre 17

Je dois m'occuper de citer un célèbre avocat
d'affaires à qui on a demandé comment
défendre le bus alors qu'il avait des affaires aussi
belles et sérieuses en tant que clients. L'avocat
d'affaires a alors répondu:

Quote: Il n'y a pas de grande différence dans les
affaires des méchants par rapport à ces grandes
entreprises sérieuses. La différence est que les
méchants sont pressés, donc ils n'obtiennent pas
la réservation. Citation de devis.

Ce qui est vrai! Parce que nous les méchants ne
pouvions pas, nous permettre des erreurs ou
d'autres raisons, cela pourrait plaire aux
autorités! Par conséquent, les entreprises ont
été exemptées ainsi que toute entreprise. Peut-
être mieux dans de nombreux domaines. Ce
serait un livret blâmable, ou c'était un pur génie.
Jugez-vous!

Mais revenons au travail!

Je suis rentré chez moi à Tompa pour faire les derniers plans nécessaires à la réussite du travail! Il nous fallait maintenant trouver les faiblesses qui nous donneraient la possibilité de réussir. Tompa avait trouvé un collègue fatigué de son employeur, qui semblait payer trop mal ce chauffeur. Pour une autre raison, je ne pouvais pas voir quand il pourrait mettre en place notre plan comme l'étaient les suivants.

J'ai dit Tompa qu'il fixerait un certain nombre de mauvais, les bougies de préchauffage au camion nous couper. Les bougies de préchauffage sont l'équivalent des bougies d'allumage dans une voiture ordinaire. Mais tous les moteurs diesel ont des bougies de préchauffage. Tous ceux qui conduisent une voiture qui ne fonctionne pas avec tous les cylindres savent que ce sera mauvais si cette erreur se produisait.

L'idée est que ce conducteur devrait conduire dans un lieu de repos plus grand! De tels endroits où les gens peuvent s'arrêter pour prendre un café. Mais même là, les conducteurs peuvent passer la nuit. Ensuite, nous utiliserions la même fréquence radio que ce canal utilisé sur son c omradio.

Alors que le conducteur se rendait dans un tel endroit, il pouvait remplacer les bougies de préchauffage allumées par des bougies de préchauffage qui fonctionnaient très mal. Ces bougies de préchauffage ont, permis à Tompa d' arriver à l'atelier où ils utilisaient habituellement les camions.

Pendant ce temps, alors qu'il remplaçait ces épingles lumineuses, il ne voulait pas nous écouter. Non! Au lieu de cela, nous avons attendu que ce chauffeur fasse une demande à son employeur via la communication radio s'il y avait un autre chauffeur disponible et pourrait éventuellement prendre sa conduite? Puis il a dû se rendre à l'atelier avec son camion. Ce qu'il a vraiment dit, où la remorque était sur place et qu'il a commencé à se rendre à l'atelier. Nous ne voulions pas que le gars ait un problème. En appelant uniquement la cour pour laquelle il a conduit. En même temps, il nous a donné l'autorisation de récupérer la remorque avec la viande. Mais juste pour couvrir le changement, l'histoire était que le conducteur s'était cassé en même temps qu'il fallait pour remplacer les bougies de préchauffage. Le fait qu'il soit resté immobile pouvait également être certifié par des personnes qui s'étaient rendues au lieu de repos. Mais la preuve la plus importante de cette rupture était! Le tachygraphe que tous les professionnels ont installé dans le tableau de, bord! Il est possible que la police vérifie avec un chèque afin que le conducteur ne conduise pas pendant de nombreuses heures sans interruption. Une couverture parfaite. Ensuite, les broches luminescentes étaient mauvaises, ce qui pouvait également être vérifié par la suite.

Tompa récupère la remorque avec la viande, avec le porte-remorque commandé par le client. Puis il l'a conduit dans une zone boisée, où l'autre remorque était vide. Lorsque il est arrivé, il suffit de basculer et de recharger. Vous ne vouliez pas conduire avec une remorque tractée. Maintenant, cela a commencé à être étonné à supporter à nouveau. Nous n'avions que des gants de construction ordinaires à porter sur nos mains, là où le froid passait rapidement. Nous étions très fatigués, alors il fallait 20 personnes! Ensuite, il y avait beaucoup à porter. Quand nous avons fini! Mettez vos mains comme deux bâtonnets de poisson congelés sur une note basse. J'avais reçu un numéro de téléphone de l'acheteur, auquel j'enverrais un SMS. Le message serait complètement vide, rien d'écrit. Ce qui me dit que les marchandises se dirigeaient vers la capitale, vers l'endroit exposé!

Il faudrait 10 heures pour atteindre cette destination. Donc, on garder t le tour de la vitesse! Vous n'obtiendrez pas les doigts profithungy de ce désordre. Mais le tour a pris un peu plus de temps quand il y avait beaucoup de travaux routiers. Lorsque le camion était terminé, mon travail était clair, et je l' avais déjà reçu le paiement! Alors, c'était une fête quand Tompa est revenu!

C'était un barbecue, avec beaucoup de spiritueux! Mais pour une raison quelconque, on ne fait pas griller Oxfilé!

Le client était très satisfait du travail et a préconisé une grande coopération future. J'avais un bon capital dans ma poche. Tompa et l'autre conducteur devraient maintenant avoir leur part du gâteau. Parce que nous n'en avions pas parlé auparavant de manière plus approfondie, cela n'est devenu une négociation que maintenant. Tompa me demande ce que j'avais pour le travail. Une question que je pose ne préfère d' éviter réponse! Alors je dit qu'ils avaient à dire ce qu'ils voulaient! Tompa a dû payer à son collègue ce qu'il a reçu en paiement. Tompa pensait qu'un 25 peut-être 30 mille pour les deux emplois était raisonnable! Ensuite, il était juste que je suis un Flashback penser au sujet de ce que de Keja frère avait fait à la connexion à l' intérieur du terminal de!

Ensuite, je voudrais ne pas regarder bien si je suis tombé pour la Greed moi - même! Je dis Tompa qu'il a reçu 65 000 SEK pour deux d' entre eux. Alors j'ai dit que je m'en fous de ce que vous donnez à votre contact! Mais assurez - vous qu'il a fermé jusqu'à et que il devrait baser le montant qui était raisonnable pour garantir le calmer. Maintenant, vous ne pouvez jamais garantir que quelqu'un est silencieux! Mais en donnant leur un montant qu'ils se sentent satisfaits avec! Est - ce que la matière font qu'il un peu plus sûr? Moi-même, comme vous avez probablement déjà calculé 135 000 SEK. Mais il y avait aussi beaucoup de travail sur la planification de ce coup d'État. Tompa a crié son amour et a dit qu'elle pouvait acheter le tout le week - end si elle voulait à. Une autre chose que vous ne devriez absolument pas faire. Lay faible! Veuillez ne pas inclure dans son vocabulaire. Ce qui est maintenant devenu un problème pour lui! Puis il a promis sa femme pour acheter le tout le week - end. De telles promesses ne peuvent pas être données à votre femme! Dans le but non de laisser sa boutique en retard! Non, il avait des problèmes maintenant. Je pourrais oser comment il a fait avec ses dollars. Cependant, il devrait être noté que leur famille a agi largement et pourrait conduire à un grand nombre de

inutiles problèmes, pour moi devrait-il Tompa
venir dans une police de entrevue, on pourrait
conduire à la seconde, et qui a pris fin avec sa
femme assise à l' interrogatoire. Ensuite, il aurait
pu été courir. Et vous n'êtes pas plus fort que le
maillon le plus faible. Tompa était sur le plus naïf
niveau, parce qu'il ne pas penser à une seconde
que ce travail pourrait être dérivé de nous. Mais
à croire à un grand nombre de choses appartient
à l' église monde! Pas le monde criminel! Il y a eu
beaucoup d' échanges de mots entre Tompa et
moi! Ce qui signifie qu'il a mieux compris à quel
point il était important de SE CACHER!

Le collègue de Tompa, qui a laissé la remorque
au lieu de repos, a été brièvement appelé à un
entretien avec la police pour expliquer pourquoi
il avait laissé les marchandises. Mais son histoire
est durable, et la police pourrait vérifier par la
suite. Mais où la viande a pris à venir, n'est pas
encore résolu! Le crime est aujourd'hui une
prérogative.

Maintenant que vous avez décrit, ces crimes au-
dessus de mes propres pensées sont la raison
pour laquelle vous n'avez pas renoncé à en faire
plus pendant un certain temps. Lorsque j'avais
commis deux crimes, deux salaires équivalaient à

l'époque où ce crime avait été commis. Le montant gagné de ces crimes était de 335 000 SEK. Un montant qui représentait beaucoup d'argent à l'époque. Mais ne pensez pas que j'en étais content. Avais- je commencé à être Girig moi-même? Probablement!

Je pensais que j'étais cool qui pourrait réussir avec ces crimes! Et, comme je le pensais, c'était fou. Oui, vous vous entendez! Où allais-je? Une âme confuse qui a tenté de se venger, tout en ayant tendance à la rendre illégale, juridiquement pure mentalement.

Chapitre 18

J'avais commencé à donner à la rancune un visage de plus en plus clair. Mais là, en tant que personne, j'avais posé mes pieds dans la vallée du déni.

J'avais demandé au client pour qui je travaillais? Mais maintenant, il y avait eu dans ma tête des questions tout à fait nouvelles qui pleuraient. Qui était moi - même, qu'ai -je fait? Toutes ces questions auto-dirigées étaient devenues de plus en plus nombreuses. En même temps, j'ai nié toutes les erreurs et les ruptures que j'ai faites. J'ai essayé de rembobiner la bande dans ma tête pour voir mon propre rôle dans cette misère! Cela m'a juste fait me sentir mal. Mais pour revenir en arrière, soyez lié au groupe. Pourquoi n'y ai-je pas, pensé? Est-ce mon corps qui s'est défendu en lui soudant à nouveau la porte de l'événement que j'ai eu? Tout cela semblait étrange. Pourquoi de tels blocages? Alors je ne pouvais pas y penser! Ce n'est que maintenant que j'écris ce livre car je vois vraiment le blocage si clairement. C'est effrayant que ce soit si mauvais! Quiconque est ou a été un criminel est persécuté par ces questions! Tôt ou tard. Lorsque les questions et les choix de consolation apparaissent, il n'y a que deux choses à faire! Ce que tu devrais faire! Brisaient le mode de vie destructeur et demandaient rapidement de l'aide. Cela permettrait de réintégrer la société. C'est la vision théorique, qui ne fonctionne pas dans la pratique! En fait, de nombreux criminels se rendent vite compte qu'il ne s'agit pas d'une vie durable. Mais vous avez besoin d'une aide professionnelle pour briser le comportement. La communauté réagit généralement tard. Souvent, la société ne réagit pas tant que quelqu'un n'est pas condamné à une forme de punition. Le travail de prévention est mauvais, et il sera toujours. Même si les autorités se sont améliorées, leurs efforts sont comme un gravier dans l'océan. Les conséquences qui seront! Les autorités' l'absence passive peut être similaire à une coupure dans le doigt. Après un certain temps, la plaie guérit, le cadavre rétrécit lentement, mais la cicatrice est toujours laissée. Mais je veux dire ça. Si les autorités attendent leurs mesures préventives, elles seront autorisées à déposer les bus sous diverses peines telles que la prison. Mais que c'est bon que les prisons ou les mesures de soins! Alors il y aura toujours un être humain! Avec une personnalité misérable!

J'avais commencé à réfléchir au rôle que le criminel avait moi-même. Je n'appartenais à personne à cette occasion! Mais j'ai quand même fait beaucoup de travail pour différentes organisations qui voulaient mes, services. Dans la société ordinaire, j'avais été perçu comme une ressource liée à la mauvaise clientèle. Mais durant la première partie de ma carrière criminelle, ma mission était en tant que travailleur indépendant. Avec la grande différence que je devais constamment enfreindre la loi, pour pouvoir faire mon travail.

Dans le monde inférieur, vous étiez comme un Pointman. Un Pointman est plus avancé que de simplement faire un travail. Non, un Pointman à part entière pourrait travailler pour différentes organisations, mais pourrait également se les permettre. Mais juste un peu, pour servir de médiateur, je n'étais pas tellement intéressé. Mais il m'est arrivé relativement souvent de me permettre de passer entre les vendeurs et les acheteurs. Alors qu'un accord serait conclu. Plusieurs fois, il y avait de lourdes organisations derrière le produit. Mais l'acheteur pouvait être une entreprise ordinaire, qui voulait les marchandises. Ensuite, l'organisation met dans son Pointman. Où cela a agi comme une forme d'outil de conversion entre ces parties. Du coup,

on s'était engagé dans un rôle caractéristique
plutôt de Pointman. Un rôle qui signifiait que je
prenais consciemment de grands risques
personnels. En cas de problème, j'étais sur de la
glace mince.

Au départ, la police a eu beaucoup de mal à me
placer. Ou à quelle organisation j'appartenais! Ce
que je sais maintenant, ils étaient très perplexes.
Lorsque vous jouez avec des gangs criminels
aussi lourds, la police dispose de beaucoup de
ressources. Le crime organisé doit être surveillé.
Lorsque vous étiez dans de tels cercles, vous êtes
rapidement passé sous surveillance. J'étais
maintenant un criminel encore plus lourd. La
police a rapidement suivi chacun de mes pas.
J'avais en effet fini dans l'un des registres les plus
secrets de la police. Ce registre s'appelle ASP et
est un registre de tension. Maintenant, ce n'est
pas quelque chose dont j'ai reçu une lettre dans
la boîte! Que j'ai été introduit dans ce registre.
C'est quelque chose que j'ai découvert
longtemps après! J'ai découvert que j'étais inscrit
dans ce registre, lors d'un procès! Là, le
procureur l'avait écrit lors de son arrestation. Je
devais être détenu pour menaces illégales et il y
avait un grand risque que j'exécute ces menaces.

Mais aussi, que j'étais un criminel plus lourd et que j'étais en ASP. On peut dire que le tribunal de district a approuvé les vœux du procureur par quelques mots-clés. Il a dit les mots ASP, Mc liés, menaces illégales avec le baseball. Puis j'ai été arrêté avec des restrictions complètes. Le putain de petit procureur, il n'avait que trois pommes de haut, mais il était tellement en colère contre le procès de la prison! Donc, vous pourriez penser qu'il faisait au moins 2 mètres de haut. Il s'est complètement couché quand il a entendu le mot Mc club ou autre. Il a adoré me mettre derrière la serrure et la flèche. À quelle organisation j'ai finalement appartenu, j'ai choisi de ne pas sortir. Alors cela ne me profiterait pas purement sainement. Mais la principale raison est que le message de cette boîte concerne moi et comment la société a agi contre moi. Et comment j'ai personnellement réagi en faisant des choses extrêmement stupides contre des entreprises et des individus. Mais revenons à l'événement.

La détention serait selon le Procureur pour une récupération que j'aurais faite. Ce que j'avais fait. J'avais reçu un nouveau type de mission et conduirais une dette et d' effrayer la merde d'un gars. Normalement, il y en avait toujours deux dans de telles récupérations. Mais c'était

considéré comme une récupération assez simple
et que, en tant que personne, j'étais comme un
maniaque avec un arbre de baseball. Je ne me
suis pas rendu fou à ce moment-là. C'était un
moment auquel j'aurais probablement dû me
préoccuper. En théorie, je n'ai pas eu de
représailles à quelque niveau que ce soit. J'allais
chercher ce travail, et il était à près de 17 milles
de la cible. Le fait que j'avais un travail à faire
était la même chose que vous vous êtes marié
avec l'objet. C'est la personne que vous
obtiendriez de l'argent. Tant que le travail n'a
pas été fait, où vous êtes marié à cette personne.
Maintenant, vous pouvez vous demander
pourquoi vous dites fiancée. Comme la plupart le
savent, le mot fiancée vient d'Engaged, mais
dans l'Antiquité, on l'appelait fiancée lorsqu'on
donnait une bague de fiançailles à une fille et lui
promettait de l'épouser dans un an. Mais dans le
monde inférieur, ce mot a une signification
complètement différente. Le mot vient
initialement d'un meurtrier professionnel qui en
avait comme source de revenus. Lorsqu'ils
recevaient un article, ils se contentaient d'une
somme d'argent. Mais généralement, il y avait
plusieurs assassins sur le même objet. Par
conséquent, ces tueurs professionnels ont

d'abord été fiancés avec l'objet jusqu'à ce que le travail soit terminé!

Mais pour ma part, il s'agit des genoux de l'objet ou d'une narine écrasée. J'étais prêt à aller de toute façon. C'est terrible de dire ça! Mais alors je serais devenu comme une personne.

Chapitre 19

J'avais commencé à supprimer ces 17 miles qui m'attendaient. Vous avez commencé à vous regarder dès le premier kilomètre et jusqu'à votre arrivée! Dans la voiture, j'avais un arbre de baseball boisé de type rugueux. Je pensais que les malles de baseball achetées qui étaient sur le marché étaient tout simplement trop intelligentes! Et plié trop facilement. Je voulais faire du bon travail. Quand je suis arrivé, j'ai levé les yeux vers l'appartement dans lequel vivait l'objet. C'était sur les gants! Et attrape l'arbre de baseball. Parce que j'étais moi-même en convalescence, j'avais même une arme avec moi. Un Beretta 92F. Une arme que les officiers militaires américains ont comme arme standard. Je suis allé de la voiture et vers la porte. Quand je me suis levé au bon étage, la porte dans laquelle j'entre était déjà ouverte! J'ai commencé à penser que j'avais l'impression d'avoir de mauvaises vibrations. Il était éclairé dans les escaliers où je me tenais. Et je ne voulais pas remonter mon arme que j'avais dans mon pantalon derrière le dos! Ensuite, il pourrait y avoir des gens qui regardent à travers le judas de leurs portes. Après quelques minutes, la lampe s'éteint dans les escaliers. J'ai posé le sapin contre le mur de la cage d'escalier pour

récupérer mon arme et fabriquer un manteau.
Maintenant, je me tenais là avec une arme
aiguisée et un arbre à noyaux. L'adrénaline a
assez bien gonflé! J'ai pris un rôle qui n'était pas
vraiment moi-même. La personne malade et
obsessionnelle que j'étais devenue, entra dans le
couloir et se dirigea vers la salle familiale.
Personne n'était là! J'ai vérifié toutes les limites
après quelqu'un qui aurait pu être la
connaissance de la victime ou autre. J'ai compris
que la personne s'était retirée de son
appartement, pressée de se sauver. Je sors à
nouveau de l'appartement et j'entends parler du
côté de l'appartement. On l'a entendu alors que
quelqu'un se tenait près de la porte et poussait.
Un son qui survient lorsque vous avez un écart
entre le cadre et la porte, et quand vous poussez
vers cela devient un bruit qui se produit. J'ai
rapidement tiré la porte qui était déverrouillée.
Devant la porte se tient un gars avec un
téléphone portable et qui parle. Il parlait au gars
que je cherchais. Le type que je cherchais avait
vu ma voiture puis avait sauté, dans son voisin,
pour descendre rapidement les balcons à
l'arrière de la propriété. Le gars dans le couloir
tombe plus ou moins, recule et commence à
ramper dans son appartement! Alors qu'il a dit,
ne me poussez pas, ne tirez pas! Il était

terriblement terrifié. J'ai sécurisé mon arme et l'ai remise dans mon dos. Le gars a commencé à se calmer un peu pendant qu'il ne voyait plus mon arme! J'ai essayé d'expliquer à ce type que je ne le cherchais pas. Mais même que je voulais qu'il me dise où était mon objet. J'ai vu à quel point il avait peur! Ses lèvres tremblaient de peur, bien que je ne le menace d'aucune façon. Mais dans son monde! Soyez bien cette intrusion plus que suffisante! Au début, il ne savait pas où le gars était parti! Mais après une certaine persuasion, il a dit. Que le gars a conduit chez ses parents. J'ai dit à ce type, tu mens, tu devras chercher tes genoux pour le reste de ta vie. Il a clairement compris mon message. J'ai eu l'adresse du domicile des parents et j'ai donné à mon garçon une bonne soirée.

Comme je n'avais aucune connaissance locale de cette ville, j'ai dû chercher une station-service pour obtenir une carte. Quand j'ai trouvé l'adresse, je suis entré, dans l'entrée des parents. C'était l'hiver et de la neige au sol. Dans la cour, on aurait dit qu'une équipe entière de football était venue là-bas. La neige était piétinée presque partout. La maison était sombre, aucune lumière ne brillait. Juste une étoile de Noël dans certaines fenêtres. Cela ressemblait à la maison que Dieu avait oubliée! Absolument abandonné! J'ai fait le tour de la maison pour regarder par les fenêtres, mais tout le monde a brillé par son absence.

Au début, je pensais que le gars ne s'était pas présenté du tout ici. Mais toutes les empreintes de pas qui ont poussé la neige dans l'entrée ont été récemment faites! Comment pourraient - ils savoir que je devrais venir ici, h annonce le voisin, je parlais, a mis en, garde ces gens? Je suis devenu furieux! Et avec une grande détermination, je conduirais à nouveau chez ce voisin. Mais cette fois, je serais très clair, afin qu'il puisse prendre le message. J'étais maintenant complètement convaincu que ce voisin était à l'origine de cette tentative de récupération ratée. Ce qui signifiait que dans les cercles criminels, on pouvait perdre la face. Encore une fois, dans la rue où vivait le voisin, j'ai maintenant vu que cette personne avait apparemment également émigré. Tout était noir! Je suis passé et j'ai tourné la voiture pour pouvoir m'asseoir dans la voiture et voir s'il y avait une activité dans les appartements. Je n'avais pas été assis dans la voiture depuis de nombreuses minutes quand une voiture de police se dirigeait vers moi! C'était rapide avec ma tête avant qu'ils ne me voient! Là, je me suis assis là avec une arme affûtée. Dans ma poche, j'avais une poignée de Stesolid 5 mg. C'étaient des comprimés qui, dans cette quantité, étaient facilement devenus de petits narcotiques. Les policiers ne m'ont pas vu! Sans glisser lentement devant moi. Le pouls a fortement augmenté! Maintenant, il se sentait comme si je la chasse à la place. J'ai laissé la voiture! Mais laissez l' arbre de baseball pour quitter la voiture. Je l' avais reçu les comprimés de mes soi- disant amis, si je pensais qu'il était difficile de faire la récupération. Ensuite, une récupération peut devenir très sanglante. Mais comme je l'ai dit! Puis - je quitté la voiture pour trouver une petite ruelle ou l' analogue. Je devais à laisser tomber tous les comprimés dans un bien sur la route. Il était sans aucun doute le plus sûr. Quand je toujours pensé que si certains enfants seraient trouver ces comprimés, il pourrait avoir eu de graves conséquences que je ne pas envie. Quand j'ai jeté les tablettes, je me suis promené dans la maison et j'ai atteint un hôtel. Je pensais que je réserver une chambre dans un faux nom et payer en espèces, donc je vais prendre la reprise demain! Lorsque Je suis arrivé à l' avant bureau il y avait deux femmes. Il était assez tard dans la nuit si vous aviez à appeler une horloge si les portes ouvertes, donc je pouvais venir en. Quand je reçois en contact avec l' un de l' hôtel personnel, je demander ce qu'il coûte une seule pièce? Elle se tourne vers son collègue pour savoir quel était le prix. Lorsque ce un vient de dire me ce que le prix est, je suis à la recherche à son nom assiette comme elle avait sur sa veste. Il était le même nom que la personne que je voudrais faire la collection sur. Ce dernier nom était très rare nom, donc je réagir immédiatement quand je voyais le nom. Je rapidement ai une excuse! Après avoir dit quel était le prix! Alors j'ai dit! Ensuite, je dois à regarder plus loin. Il était tout simplement trop cher pour juste une nuit. Merci vous pour moi et marché hors de l' hôtel. Quand je suis sorti de l' hôtel, j'ai pensé à quel point le monde était petit. Ici, vous courez autour dans une ville que je n'avais pas connaissance de. Trouver un hôtel! Et il y a un parent de l' objet. Que ce soit qu'ils savaient l' autre ou non, il était étrange dans tout cas. J'ai appelé mes amis à la maison et leur conseil était de partir tout de suite. Maintenant, je l' avais marqué ce que nous étions capables de. Ce qui dans de nombreux cas était suffisant. Mais non! Je devrais avoir obtenu ce gars! Et je suis arrivé à son voisin qui était le pur bonus. Je commencé à marcher autour de la ville quand j'ai attendu pour le retour de l' objet. Il a commencé à faire un peu plus tard dans la soirée et il faisait assez froid dehors. Il y avait une galerie avec des magasins. Je suis allé, dans d' acheter moi quelque chose à mâcher sur. Mais ça vient de se terminer par un morceau de chocolat! Quand j'échauffé jusqu'à, je suis hors de la galerie marchande de continuer sur ma voiture. Je ne pas obtenir que loin de la galerie marchande, quand tout à coup, il a commencé à sentir flic de merde! Même parce que c'était une plus grande ville! Mais maintenant les policiers étaient soit en transit, quand il se sentait comme l' ensemble de la police la force était venu à cette ville. Ou sont ils cherchent pour moi? Je fait face à ce qu'ils seraient être après moi. Les procureurs avaient tendance à se débrouiller pour les plus petits d' entre eux. Ils étaient à la recherche d' erreurs et de crimes tout le temps. Mais cette fois, il ne s'avérer que le voisin de l' objet avait pas seulement mis en, garde contre l' objet. Il avait aussi pris soin d' appeler la police a. Il se sur que le gars que je devrais avoir eu, comme je le disais, a sauté en bas du dos de la propriété et puis a sauté sur la route de prendre l' enregistrement numéro sur la voiture que j'étais venu en! Mon inscription numéro avait le voisin composé dans de la police a pour terminer sa notification. C'est pourquoi il a fallu autant de temps avant que la police n'intervienne. Lorsque la police a obtenu de savoir qui je suis, il a pris une vis! Mais je ne ne sais ce quand je suis entré, dans la place. J'ai essayé de se éloigner de la place. Je commencé à mi - chemin de retour dans le centre commercial pour obtenir de l' autre côté du du centre commercial. Maintenant, je cherchais à nouveau une allée. Mais maintenant ESt une hâte que je peux dire! J'avais un aiguisé pistolet sur moi et vous ne pas envie de se pris place. La seule chose que je pensais! Où pour trouver une rue sol à nouveau! Alors mon problème serait être allé. J'ai commencé à apercevoir une fosse avec des grilles, maintenant j'ai pensé! Et a commencé avec ma gauche la main à la recherche de l' arme à feu, que je me sentais plus comme il était là. La pipe était folle quand il faisait froid dehors. Je saisis l' arme à feu et pris à la revue et fait un manteau si le coup de feu dans la course serait venu sur. L' idée était de simplement jeter ce entre la grille, mais il s'en ce que l' arme était tout simplement trop grand! Il est difficile d' obtenir un bon temps, si une telle grille, donc je pouvais soulever ce haut! Maintenant, il était au sujet de penser rapidement! Je regardais dans le magasin pour l' arme à feu et pensé que le petit talon qui est situé à la base de la revue pourrait aider, donc je suis la grille! J'ai conduit un morceau de magazine pour faire le tour de mes genoux afin qu'il s'accroche à la grille. Ce qu'il a fait! J'élevé que la grille si bien que cela a un peu sur la rue côté. Maintenant, je pourrais attraper la grille de la rue. Je viens assoupli vers le bas de mon fusil et le Magazine. Puis je sentis bien si j'avais quelque chose qui pourrait être directement inadapté pour une éventuelle arrestation. Mais maintenant, il était juste mon morceau de chocolat laissé dans ma poche, merci vous! J'ai commencé à me glisser dans la ville comme une personne complètement innocente. Mais tout comme les criminels voient des cris, les policiers voient des criminels, comme sûr que Amen dans l' église. Cela semble étrange! Mais plusieurs fois, nous sont voient l' autre dans une étrange façon! Mais dans ce cas, j'étais depuis un quelques semaines il y a voulu par la police a. Ce que je ne savais pas non plus, à ce moment. Lorsque le voisin de l' objet a terminé son inscription avec mon de voiture enregistrement numéro, la de la ville de la police ont été souffle avec le grand tambour. Les policiers, comme d' habitude, ont chassé la fontaine et d'autres ont maintenant un cas lié à Mc avec une personne recherchée. C'était la pure veille de Noël pour eux. Maintenant, j'ai commencé à découvrir que cette ville était très petite et exiguë. Je me suis promené pour voir ma voiture à distance. Mais il n'y avait aucun moyen de le récupérer, car il y avait des policiers aux deux extrémités de cette route. Ce n'était pas une surprise directe. Mais je ne voulais toujours pas accepter qu'ils me recherchent! J'ai décidé de me promener dans la neige et de m'éloigner à quelques rues de ma voiture. Quand je suis arrivé à quelques pâtés de maisons de ma voiture, j'ai trouvé un autre moyen de découvrir le centre-ville. Alors que je commençais sur cette route, je pouvais maintenant voir une voiture de police en haut à gauche, plus haut sur une route voisine. Juste une minute après avoir vu cette voiture de police, il y aura aussi une voiture de police régulière sur la route où je suis arrivé. J'ai ramassé mon morceau de chocolat juste pour faire quelque chose, donc ça ne me paraîtrait pas étrange que j'y suis allé! Puis j'ai reflechi! Alors putain de liège pensé! Stupide donc je rougis juste, je l' écris. Oui oui! La voiture de police régulière a conduit assez près de moi avant de s'arrêter. Un flic s'en va et commence à crier mon nom, puis il était temps de réaliser que c'était moi qu'ils recherchaient. C'était une police intermédiaire qui a lentement commencé à marchez vers moi, avec un policier derrière lui, une main sur son arme de service. Ce policier voulait que tout se passe bien. Aviez-vous des armes sur vous, at-il demandé? Ils se sont comportés très tendus et en attente. J'ai répondu que j'étais armé! Maintenant, c'était vraiment tendu. Vous avez entendu et vu ce, la police prend une position complètement différente, et le mode vocal! Rangez l'arme, dit-il, d'une voix plus déterminée! J'ai dit que j'étais juste armé d'un morceau de chocolat et que je ne voulais pas me quitter car il en restait trop. Le policier me crie alors de me débarrasser à nouveau de l'arme. Je n'ai pas d'armes je leur ai dit! Nous ne croyons pas cela! Asseyez-vous, allongez-vous! Le psychopathe de votre satan. J'ai compris qu'ils n'appréciaient pas mes blagues au chocolat. Quand je m'allonge par terre, il y a aussi des policiers qui sortent de la route voisine. C'était les insectes du bus. Toute l'ambiance était devenue désagréable et tendue.

Ils ont d'abord mis les bottes masculines sur mon dos. Mais après la visite, le policier âgé a dit qu'ils allaient mettre les menottes en avant. Si j'étais calme! Ressenti comme une perte d'énergie inutile à combattre! Quand ils m'ont mis dans la voiture de police, ils ont commencé à se diriger vers le poste de police. Nous sommes entrés à l'arrière de la gare et sommes entrés par deux portes. Une fois à l'intérieur du garage, ils n'ont pas ouvert la porte de la porte derrière nous était complètement fermée. Avant que le policier n'ouvre, il m'a dit de me garder très calme! Et je me suis assuré que je n'avais aucune chance de partir de là. Je lui ai alors demandé ce que j'avais fait? Une question que j'ai posée à plusieurs reprises au cours du voyage. Il a juste répondu que je savais très bien. Il se demandait en même temps comment j'arriverais à effrayer toute une famille en quelques heures seulement. Il s'est avéré que toute la famille de l'objet était au poste de police lorsqu'elle était terrifiée. Le policier m'a amené dans un bureau. Juste après nous un autre , la police est arrivée qui s'asseyait et attendait et me contrôlait . Pendant ce temps, un autre policier a contacté le procureur pour savoir quelles décisions seraient prises dans mon cas. Le policier de service a trouvé génial de prendre le bus depuis Skåne. Il avait une manière plutôt humble. Il a demandé ce que le bus faisait jusqu'ici dans le pays, car ils n'étaient pas, habitués à avoir de tels criminels de ce calibre. Je n'avais plus de réponse mais lui ai répondu que c'était des affaires! Il s'est immédiatement demandé qui ne gérait pas son entreprise?

C'était une question sans réponse. Quand cela , la police a commencé à comprendre qu'aucune réponse ne viendrait de moi! Il a changé de tactique et a commencé à parler en général de cette ville dans laquelle nous étions. Et quels artistes célèbres il y avait, qui ont rendu la ville célèbre! BÂILLER! Complètement inintéressant! Je voulais simplement entendre ce que le procureur avait à dire et quelle décision il ou elle avait prise. Il a fallu au moins une heure avant qu'ils n'attrapent un procureur qui prendrait une décision. Ils ont également composé mon numéro de sécurité sociale pour que le procureur puisse prendre une décision. Je savais tellement que j'étais recherché. Donc, le procureur avait déjà une raison de m'enfermer, mais apparemment, ils me mettraient sur plusieurs points. C'était surtout cette nouvelle matière à laquelle ils me lieraient. Après une longue attente, le policier qui a mis les menottes me est allé, dans le bureau pour annoncer que le procureur a pris une décision, me arrêter les menaces grossièrement illégales, détention illégale d'armes qui seraient témoigné par des témoins quand j'avais aucune arme quand ils m'ont arrêté. Ensuite, il me retenait pour cambriolage dans deux appartements ainsi que pour une procédure juste. Sans cela, j'étais déjà

recherché parce que j'étais soupçonné d'avoir
poignardé un garçon en Skåne. Donc, ce
procureur avait tous ses pieds.

Chapitre 20

J'ai immédiatement demandé un avocat, qu'ils organiseraient pour le lendemain matin. Maintenant, il remettait les choses. Bride de renfort, lacets, boucle d'oreille et vider les poches. Ensuite, il est retourné dans la cage derrière les barreaux. Merde, à quel point j'étais fatigué d'entrer et de sortir comme le pire syndrome du yo-yo. Mais je n'avais pas, grand, chose à dire. Je ne pouvais que m'allonger et attendre que l'avocat vienne le matin. Après une longue nuit, finalement mon avocat est venu vers neuf heures du matin. Ce n'était pas l'avocat que nous utilisions. Ensuite, l'avocat viendrait à une date ultérieure. Mais je n'aimais pas un nouvel avocat, mais c'était quand même un avocat. Il a commencé à se présenter et à me donner une carte de visite avec son numéro de téléphone. Puis il m'a dit que c'était dur! Il y a eu un témoin selon la police qui m'a vu avec des armes et a même dit que je menaçais cela avec cette arme. Quel était un mensonge pur! Il avait clairement compris mon audition comme une menace. Mais je n'avais dirigé aucune arme contre ce type. J'ai arrêté l'arme. Mais il avait tellement vu l'arme que je savais. Maintenant, l'avocat voulait que nous restions bas et que nous attendions les prochaines audiences dans la journée. Je ne voulais pas être entendu ce que je déclare clairement à cet avocat. Il dit que nous profitons au maximum pour répondre aux questions. Mais j'étais forcé de ne rien dire. J'avais appris à répondre à des mots comme ça.

ENGAGEMENTS, SOLDE, PRÉCÉDENT.

Sinon, vous vous tairiez.

Cet avocat et moi n'avions évidemment pas la même opinion sur l'interrogatoire. Mais nous avons constaté que je participerais physiquement à ces interrogatoires. Selon à la loi, vous avez le droit à tout moment, avec votre avocat. Mais je voudrais dire que c'est une modification de la vérité. Nous avons été très vite convoqués pour la première audience après l'arrivée de mon avocat. Il y avait maintenant un nouveau policier qui se présentait comme inspecteur. Ce serait bien! Il se demanda si j'allais soulager mon cœur et reconnaître certains crimes. Mon avocat a dit que son client avait nié les crimes sur tous les points. Il a alors commencé à parler de mon objet! Qui s'était senti menacé par moi, étrange! J'ai pensé! Je n'ai même pas rencontré le gars en direct! L'avocat a répondu que son client ne savait même pas qui était cette personne. C'était étrange, dit le policier! La personne qui a fait la demande a décrit votre arbre de baseball de manière très détaillée. Ensuite, quelque chose d'encore plus étrange était que votre voiture était en dessous de l'appartement de l'objet. Mais ce que le policier a trouvé assez sensationnel, c'est que dans ma voiture se trouvait un tel arbre de baseball. C'était étrange! L'avocat s'est tourné vers moi en se demandant si j'avais une réponse à la raison pour laquelle j'avais une balle de baseball dans ma voiture. J'ai répondu que j'avais commencé à jouer au baseball et que j'avais beaucoup pratiqué pour rencontrer le ballon. L'avocat et la police ont ri pendant un court instant. Je n'avais pas l'impression de croire en cette version. J'ai dit à mon avocat qu'un arbre de baseball n'était pas illégal. La police a entendu ce que j'ai dit. Non, la police a dit que non, si vous frappez des balles. Mais chez les humains, cela devient très illégal. Mon avocat a fait remarquer que rien ne permettait à son client de frapper quelqu'un avec un arbre de baseball. Puis mon avocat m'a dit que ce pourrait être une coïncidence s'il y avait un arbre de baseball similaire dans la voiture du client! Comme l'avait décrit le voisin de l'Objet. Le policier dit qu'il ne pouvait pas être une coïncidence, juste au moment où cet arbre de base - ball a été développé par l'entreprise, et il était l'arbre de baseball les plus rudes qu'il ait jamais vu. L'arbre de baseball mesurait plus de 12 cm de diamètre à l'avant de l'arbre. L'avocat vient de m'arracher un peu et a ensuite dit au policier qu'il n'y avait pratiquement rien qui violait une loi. Quel policier a dû admettre! Le policier a déclaré qu'il n'avait même pas vu un joueur de baseball avoir un si grand arbre de baseball. Il aimerait vous expliquer pourquoi vous aviez un si grand arbre de baseball. Je devais juste lui répondre que les balles de baseball achetées se plient facilement si vous frappez fort! Sur une balle a dit le policier. Je vais y répondre! Le policier m'a regardé en se demandant si je pensais qu'il était complètement abandonné derrière une charrette! Il demande ensuite si j'ai senti que cela était mal perçu par l'objet pour me sentir menacé par moi. Ce que mon avocat a répondu, c'était bien compris. Le policier voulait savoir ce que je faisais si loin de chez moi. J'étais libre et je voulais juste me voir en Suède! J'ai répondu à M. l'inspecteur. Le policier a voulu terminer l'interrogatoire et expliquer que je pouvais rester dans la cage pendant un moment. Mon avocat a dit qu'ils pouvaient rester quelques jours. J'ai dit à l'avocat que je connaissais ces règles, pour qu'il puisse arrêter de leur parler de ces règles. De retour dans la cage! Maintenant, c'était comme si toute la police courait et regardait qui j'étais. Un nouveau visage apparaissait à chaque fois que la porte d'inspection était ouverte dans la porte de la cellule. Cela s'est avéré être d'un grand intérêt pour qui j'étais. C'était probablement des histoires assez cool à la station, sur qui m'a emmené et comment cela s'est passé. Si j'avais su cet intérêt, j'aurais pris un coup d' oeil à chaque fois qu'ils regardaient dans la cellule où j'étais assis. Cela aurait été beaucoup d'argent.

Je commençais à me pisser et a sonné à l'horloge, de sorte que la garde viendrait. Je veux appeler mon avocat maintenant! Vous devrez attendre, il viendra plus tard. C'était en fait une faute! Ensuite, vous avez le droit de contacter leur avocat quand vous le souhaitez. Mais c'est ce que dit la loi, mais la réalité est une histoire complètement différente! Tu n'as pas, grand, chose à faire quand vous êtes assis là dans la cage, et lors de l'arrestation, ça fait mal. Trois heures après la fin de l'audience, il était temps pour une nouvelle audience. M. Inspecteur est venu seul et a ouvert la porte de ma cellule. Il s'est demandé si je pourrais penser à répondre aux questions sans avocat. NON! aucune chance!

Il ferma la porte de la cellule et tira la porte
d'inspection pour que la fumée disparaisse. Il
était très ennuyé par mon non à l'interrogatoire.
Il est revenu après environ 45 minutes. Pouvez-
vous voyager maintenant? Blessé l'inspecteur?
Votre avocat est en place, dit-il une grande
irritation. J'ai dû voyager pour rejoindre une salle
d'audience. Mon avocat était déjà dans la salle
d'audience. Ensuite, nous verrons l'inspecteur!
Vous avez, selon les demandeurs, menacé de
tirer sur ces genoux avec votre arme à feu.
Quelle arme s'est demandé mon avocat?
Maintenant, l'avocat voulait savoir ce que c'était
pour l'affirmation dont parlait l'inspecteur. Ce
qui a fait mon avocat damné, avec ho a dit qu'ils
ne pouvaient pas rester assis ici et insinuer! Oui,
c'est bien ça! Le plaignant avait laissé cette
déclaration. Ce que nous a rapporté l'inspecteur.
Cet inspecteur avait beaucoup à faire. Mais
comme je l'ai dit! Le crime a été nié sur tous les
points, et cela n'a pas fait de moi une personne,
plus populaire à cette station! Après de
nombreux dénégations, il était à nouveau, temps
de revenir à la sombre cellule. Lorsque vous vous
asseyez verrouillé et que c'est calme, vous
commencez à penser à tout ce qui a mal fait de
votre temps. J'ai un sentiment de vengeance. Je
voulais juste envoyer une pile de mes amis, à

ceux qui m'ont prévenu. Je n'ai pas pu appeler. Ce n'était que l'avocat avec qui je suis entré en contact. Cela les a fait parce que je ne pouvais pas compliquer l'enquête.

Chapitre 21

Il a commencé à être tard dans l'après-midi et
maintenant ce sera un garde alerte! Qui a
travaillé plus sur l'arrestation et m'a informé que
j'irais au tribunal de district pour la détention!
Comment diable un garde «putain» pourrait-il
venir le dire? Ensuite, ce devrait être mon avocat
qui m'informe d'un accord de détention.   Quand
serai-je en prison, me suis-je demandé? Demain
à 10h00! Maintenant, j'étais vraiment énervé et
j'ai commencé avec de pures éruptions de rage
pour donner un coup de pied sur le lit «putain»,
ce qui était la seule chose que je pouvais faire.
J'étais tellement en colère que la garde a ouvert
l' inspection porte pour demander moi de calmer
vers le bas. J'ai demandé lui pour aller à l' enfer!
Et quand il est venu, j'ai promis de conduire le lit
dans le cul sur lui. Lui, n'est pas, entré! Mais il a
versé un peu de carburant d' humeur en
branchant son visage dans la trappe d' inspection
et en disant que c'était une menace pour le
fonctionnaire! Lui, devrait être heureux, il était
de l' autre côté de la porte de la cellule.

Mon avocat est arrivé juste avant 18 heures du
soir. Il, a présenté ses excuses si bien pour ne pas
annoncer plus tôt que le jour qu'il y aurait soit
une détention affaire. Puis il dit que je

probablement être détenu. Je me demandais comment en enfer procureur pourrait aller à une prison négociation avec ces habiles preuves et essentiellement basée sur des ouï - dire de la claiments. L' avocat dit que si vous déménagez avec une telle clientèle, vous pouvez vous attendre à être souvent détenu pour de mauvaises preuves, alors que j'étais dans un registre comme dans le registre de l' ASP de la police. Puis j'avais souvent apparu dans les policiers rouleaux. Je serais probablement être détenu sur derniers incidents. Je me sentais maladroit et cela ne m'a pas donné plus de confiance dans la société alors que j'étais déjà si détestable à ce sujet. Maintenant tu peux penser que j'étais coupable. Mais ce n'est pas pertinent uniquement dans cette affaire. La société doit prouver qu'elle est coupable d' un crime. Vous ne pouvez pas juger d' anciens incidents, alors c'est faux avec le système juridique! Mais avec la facit de ma main, je peux dire que la société souvent fait un sérieux renversement par jugement sur le ouï - dire et, des gens sacs à dos. Ce qui est un commun danger quand innocentes personnes peuvent être condamnés.
Maintenant, j'avais été sur la récupération, mais je l' avais pas mal tout le monde. Mais cela aurait pu être une personne qui avait été un passé et

qui avait commencé dans sa vie et qui a été accusée. Est-ce que cette personne soit arrêté? Le risque est grand! Il est tout à fait inacceptable que ce peut être le cas. Ce pays a un texte de loi clair mais non appliqué. Pourquoi? À la Commission européenne, il est clair que l'on doit être considéré comme innocent jusqu'à ce que le contraire soit prouvé. On dit également qu'un grand danger social est apparu, car les médias jugent à plusieurs reprises le suspect avant que les tribunaux ne se prononcent. En même temps que la loi dit que nous avons de la pression et que nous disons la liberté. Que les politiciens ne peuvent pas croire que ces lois sont violentes et qu'il est nécessaire de changer la loi. Mais vous ne réagissez pas aux lois de la personne à laquelle vous avez personnellement été exposé. Est convaincu que beaucoup maintenant, pensent que je me sens désolé pour moi! Et que moi, en tant que personne, j'aurais été injustement traité par la société. En fait, j'ai été un putain de porc contre de nombreuses personnes de mon temps. Le mot porc est probablement trop fin, car j'ai fait beaucoup de choses illégales. J'ai été appelé pendant la majeure partie de mon temps criminel. Mais quel que soit mon mauvais comportement, cela ne justifie pas le fait que la société elle-même fasse une pause et verrouille le bus par abus de pouvoir! Chacun a droit à un procès équitable et ne peut être condamné par la société avant que le verdict ne soit rendu. Mais même si notre pays doit se conformer à la Commission européenne, des innocents sont jugés chaque jour, dans notre pays allongé. Tant dans les tribunaux que dans les médias.

Mais revenons à l'action!

Je n'avais pas, grand, chose au sommet de cet avocat, maintenant il ou elle a déjà signalé une perte. Ceci en croyant que je serais détenu. J'avais simplement un avocat qui ne faisait que le plus nécessaire pour ses clients. Il ne s'est pas battu immédiatement. Ce n'était pas sans se sentir bien vivant pour le moment. matin après, t poule le petit - déjeuner est venu et je parle à mon avocat a quelques minutes avant qu'il est allé à la circonscription judiciaire de détention des négociations. De Bien sûr, j'arrêté pour les avalanches et qu'il y était une collision danger si je libéré à cette, étape. Donc, il était de retour à l' arrestation pour await téléchargement à la clôture! La détention du personnel qui serait venu de chercher me up était pas en hâte à venir! Il n'a pas été jusqu'à plus de 17 dans la soirée, comme quelque chose a commencé à se produire. J'avais juste eu une douche deux fois depuis l' arrestation. Donc, il était mieux d' être arrêté, car il y avait une meilleure cellule et propres vêtements si je pouvais sentir un peu plus frais. Lorsque le personnel est sorti de la détention, il y avait un homme et une femme. Bizarrement assez, il était la femme la garde, qui s'asseoir côté à propos de moi dans la banquette arrière. Avant que nous sommes allés à la détention camion, le policier qui a interrogé me aurait mis des menottes sur moi! Les menottes étaient d' environ 20 mètres. Lorsque vous êtes dans un camion! On dirait une petite cage derrière le siège du conducteur en plastique dur. Et vous avez à regarder dehors à la fenêtre. En face d' une assise elle! Un semblable à un tuyau en fer plié qui est ancré dans la cage elle-même. Cette utilisé pour, plier raides gens dans. Quand nous sommes arrivés dans la détention camion, la femme l' équipage a dit qu'elle était va à prendre soin de mes menottes, mais le même temps ils ne se sur moi la même seconde que je victime d' intimidation dans la voiture! Elle a dit qu'elle savait ce que nous étions en train de dire et que nous allions pas frapper une femme, vers le bas de cette femme serait être un Plit. Apparemment, elle a été lu quand nous ne pas utiliser la violence contre les femmes ou les enfants. C'était un non écrite du droit qui a été toujours respectée avec. Nous avions une demi - de - heure en voiture dans ce camion avant que nous sommes arrivés à la détention du centre dans une grande ville. Maintenant, il était dans une pol icehouse à nouveau, puis un ascenseur sur le haut niveau, dans ce bâtiment. Maintenant, il était temps de vous inscrire avec la centrale de la Garde où ils voulaient à connaître un grand nombre de choses comme par exemple! Si je suis allé sur les médicaments ou maltraités médicaments. Mais je ne pouvais répondre pas à ces question, puisque je l' ai jamais fait prendre toute forme de drogue dans mon corps, je moyenne des stupéfiants. De Bien sûr, je buvais un beaucoup d' alcool au lieu, n OW il était temps de laisser tous leurs propres vêtements, au lieu d' obtenir des vêtements où KVV se trouvait. KVV signifie pour le criminel Agence de soins. Alors je ne suis une paire de sandales.

Maintenant, c'était juste dans une nouvelle cage, pour s'effondrer. Parce que c'était ça! Comme il vraiment était au sujet! Mais dans le quartier de la cour, il est donc appelé collision prix. Souhaitant tous les procureurs ou autres gouvernements fonctionnaires à être assis pour un quelques semaines. Ensuite, ils auraient ont un beaucoup plus humble côté contre ceux qui sont enfermé dans les prisons. A vous d'en être conscient! Pour être détenu est loin de la même que d' être puni par une institution! Là où les stagiaires ont des choses à faire! Alors j'aime travailler et rencontrer d' autres stagiaires. Ainsi, une vie plus humaine. Pendant ce temps, une vie dans la garde des restrictions signifie l' isolement dans les quatre murs et l' un heure réservée pause par jour. Vous pouvez donc vous asseoir dans votre cellule 23 heures par jour. Appelé humainement! Maintenant, beaucoup de gens pensent que ce que j'ai fait n'était pas humain non plus! Et je valais la peine d'être assis dans la cellule 23 heures par jour. Oui, certainement, beaucoup de gens sont en train de lire ces lignes . Mais maintenant que je suis allé, dans la liberté pour presque de dix année, je vais regarder un peu différent sur cette question. Si les autorités sont détiendraient une personne! A défaut toute la responsabilité de ces autorités de veiller à ce que ce soit pris à la fois physiquement et mentalement bien.

Chapitre 22

De nombreuses fois, on entend parler que d' un détenu a tenté de tuer lui - même ou même de succès. Pourquoi vous vengez-vous, croyez-vous? Vous pouvez également le voir du côté du suspect qui aime le bus verrouillé car il se sent généralement menacé. Mais c'est là! Comme tout le système tombe, je pense! Parce qu'un procureur arrête l'auteur, la victime est envahie par une fausse sécurité. Le suspect peut se sentir en sécurité pendant un certain temps pendant l'arrestation elle-même. Mais quand le procès commencera, s'il y a un essai du tout! Y at - il une grande raison pour laquelle la victime peut se sentir une image menace plus importante, f ou ce qui se passe quand un rapport de police est reçu, la police qui reçoivent la notification promettent généralement l' or et les prés verts à la victime, b ut réalité robinets rapidement et apparaît sous une forme complètement différente. La vérité est que le suspect est enfermé dans des conditions complètement inhumaines, et cela crée une personne qui devient extrêmement vengeresse! Parce que le suspect ne peut pas rencontrer quelqu'un et s'isoler, les gens commencent à avoir des pensées complètement folles. Ce qui vous rend suspectement brève. Vous ne devez pas garder une personne verrouillée pour, une plus longue période de temps, parce que les gens aiment commencer à décomposer! Et là, cet homme devient comme une bombe à retardement. Le fait que dans notre société moderne traite les suspects de cette manière maladive est étrange. Alors ce pays est un grand défenseur de ces droits humains. Si vous êtes arrêté, vous devez être considéré comme innocent jusqu'à ce que la sentence soit prononcée. Combien de personnes en Suède pensez - vous être parqués ne pas chaque année qui est ensuite libéré quand il est constaté qu'ils ne sont pas dus, t lignes ne contiennent pas es les crimes que j'ai fait ou pourquoi j'ai été arrêté. Si vous êtes impoli, vous pouvez compter sur ces mesures coercitives. Avec ces lignes, je veux éclairer les gens ordinaires sur le fait qu'ils peuvent facilement être rassemblés. Il est courant que de hauts fonctionnaires soient arrêtés en raison de soupçons d'éco-criminalité. Ces hauts fonctionnaires vivent une vie dans le soi-disant couloir imprudent. Ce qui signifie! Le fait qu'une telle personne soit détenue ne peut avoir que des conséquences dévastatrices, car une détention donne une très mauvaise réputation à ces personnes. Mais probablement le pire! Est - ce une telle personne incapable de psyche faire

face à cette privation de liberté, ils se sentent
très mauvais de cela et aller dans une sorte de
psychose et conduire à des tentatives de suicide.
Même un bus de routine est fou, peu importe à
quel point ils sont durs! La différence est
simplement que les bus ont généralement une
détention dans les règles du jeu, car ils
commettent des crimes différents. Ainsi, la
psyché du bus est mieux préparée. Et c'est
généralement absolument crucial. Maintenant,
je ne veux pas que les autorités soient privées de
ces mesures coercitives. Je pense qu'ils devraient
former du personnel ayant des compétences
particulières dans ce domaine. Le ministère
public sort souvent dans les médias de masse,
son personnel étant spécialement formé dans ce
domaine. Mais comment peuvent-ils être
spécialement formés car ils n'ont pas eux-mêmes
été exposés à cette forme de détention? Si la
poursuite peut se développer, le personnel doit
savoir ce que c'est que d'être enfermé sans
savoir quand il sort. Pourquoi ne pas l'avoir dans
le cadre de leur éducation. Laissez-les reposer
pendant 2 semaines ou un mois. Laissez-les
ressentir leurs propres sentiments, qui sont
clairement évidents dans l'isolement. Ensuite, ils
n'auraient plus été aussi désagréables pour ceux
qui se cachaient. Parce qu'il y a un grand

pourcentage de personnes arrêtées et qui sont
innocentes et, elles sont traitées de la même
manière que les personnes fortement
criminelles.

Les différences sont grandes entre la psyché d'
un méchant et un Smith. Un méchant l' a comme
un travail, tandis qu'un Smith, qui est arrêté
accidentellement, perd les traces au total. Mais
revenons à l'événement ...

J'étais assis dans la cellule de la prison et je me
demandais combien de temps je devrais y rester.
Je savais que le procureur ne pouvait pas me
détenir plus longtemps que ne le serait la
période d'emprisonnement. Mais avec ce sac à
dos, j'ai enfilé! Ainsi, tout type d'éclatement
pourrait durer longtemps derrière les barreaux.

Pour ça c'est! Une personne normale aurait
quelques mois pour possession illégale d'armes,
par exemple. Dois-je personnellement être puni
pour un crime similaire! Devrait-il faire au moins
6 mois! Peu importe ce que dit la loi. Cela semble
irréel mais c'est la vérité. Certains éléments
criminels sont plus sévèrement punis que
d'autres. Mais maintenant j'ai commencé à

planifier comment survivre à cette période d'arrestation, purement psychique! Et sans perdre le masque contre le garde. J'étais dur comme du granit quand j'étais en contact avec eux. Au lieu de cela, j'étais douce, comme un petit bourdon, et je me sentais très mal! Quiconque a verrouillé cette forme d'isolation a des larmes en abondance. Mais personne n'aimerait l'admettre. A peine je veux l'admettre moi-même. Je ne commence qu'après une semaine, dans cette cellule, je tombe dans mon propre marais psychique et où vous frappez le fond, avec du bruit et des coups. Vous ne vous habituez jamais à être enfermé et à savoir si vous l'avez été X fois! Puis décompose un peu à chaque fois. Vous devenez plus fort qu'une personne normale, mais jamais aussi fort que vous ne le savez pas. Si vous devenez indifférent, il est temps de visiter un service particulier de l'hôpital, car vous n'êtes évidemment plus frais.

Les jours se sont très lentement et, je voulais parler à quelqu'un en personne et par personne que je n'ai pas fou. Assis pendant 23 heures enfermé crée un désordre temporaire et ne peut pas être expliqué, mais vous devez vivre cet enfer vous-même. Un jour, l'un des gardes vient et ouvre la porte de ma cellule et se demande comment j'allais? C'était le soir et puis il y a des règlements qui disent que le gardien devrait être deux quand ils ouvrent la porte de la cellule si tard! En raison du fait que le culte personnel est minime. Surtout quand ils ont ouvert la porte à une personne soumise à des restrictions complètes. Nous pourrions imaginer être extrêmement désespérés pour accueillir. Puis il a commis une faute, mais ça se voit! Qu'il y sont aussi bons gardiens. Il posa une chaise au milieu de l'entrée de la porte de la cellule. Il avait remarqué que je commençais à toucher le sol après plus de deux semaines verrouillées et complètement isolées. Il a dit que vous pouvlez trouver un prêtre de prison qui pourrait venir parler à quelqu'un si vous le vouliez. Dois-je parler avec un prêtre de l'église et autres?

Non! Cela semblait évidemment ridicule. Je ne pouvais pas m'asseoir et parler à un prêtre. Vous saviez de quoi il parlait. Alors il aimerait aussi devenir chrétien! Ensuite, ce garde dit que ce prêtre n'est pas un prêtre régulier. Il ne mentionne jamais l'église ou sa foi. Sauf si vous le dites vous-même. Ah bon? Je me suis demandé la situation difficile. Comment va-t-il alors?

Il est juste là pour les aider à entrer quand c'est lourd et si vous voulez parler à quelqu'un. Le garde a dit qu'il pensait que je pourrais essayer de lui parler. Puis il a dit que le prêtre avait une confidentialité qui, selon lui, me conviendrait parfaitement. Ce garde avait eu de nombreux gros criminels qui vivaient du crime organisé. Après une longue conversation avec cette garde, w e décidé que je voudrais essayer de parler avec lui. Le lendemain de l'après-midi, j'entends comment ils ouvrent la porte de ma cellule. Il y avait le garde à qui j'ai parlé la veille au soir, et il a amené un petit prêtre aux cheveux roux. Mais je ne pouvais pas regarder ses vêtements! Puisqu'il n'avait aucune preuve qu'il était prêtre!

Mais je n'ai pas eu d'autres visites qui ont été instantanément réservées. Maintenant, j'étais comme une fière pointe ! Je ce froid et avec un regard qui disait probablement que je pouvais me débrouiller. Corrigé, la vérité était complètement différente. Cependant, j'aimais un peu ce prêtre, quand il était impossible de voir s'il était ce qu'il déclarait être! Il pourrait être un indice qui a profité de la situation lorsque j'étais à terre pour le compte à rebours. J'étais très méfiant envers cette personne. Je ne savais pas si je pouvais lui faire confiance. Il était clairement habitué à ce que le prêtre soit accueilli avec une grande suspicion. Quand le prêtre est entré, dans la cellule, il s'est présenté, puis il n'a plus dit. Le dodu est allé et là je me suis assis avec un prêtre qui n'a pas dit un son. Toute la situation commençait à être embarrassante et je ne voulais rien dire, alors tu serais cool. 5 minutes à pied, puis le prêtre a dit qu'il ne parlerait pas de religion et, demandant pourquoi c'était pour ça que j'étais tranquille. Non! J'ai répondu aussi froid qu'un brise-glace! Il a demandé si je voulais quelque chose? Qu'est-ce que vous voulez dire? Ai-je demandé au prêtre?

Puis il s'est demandé si j'avais des intérêts. Je réponds que je jouais du piano depuis de nombreuses années et que je pensais que cela me donnait beaucoup. Tellement bon, le prêtre! Ensuite, je peux m'arranger pour que vous puissiez avoir un synthé dans la cellule! Oui? J'ai très bien répondu! Étant donné que j'étais soumis à des restrictions et qu'on vous demanderait en principe si vous souhaitez changer vos bagages ou aller au lit l' un ou l' autre , il a conduit avec moi . Ou j'avais tort! Ensuite, j'ai été assez cuit dans ma tête après 2 semaines d'isolement. Mais ensuite, le prêtre m'a dit qu'il pouvait revenir le matin avec un message. Ce qu'il a fait!

Il était tellement routinier pour transporter de gros criminels! Il savait qu'il devait bâtir une confiance. Parce qu'il est vraiment venu avec un synthétiseur le lendemain! Je pensais qu'il en était un, du genre à qui vous pouviez avoir confiance. Mais je me méfiais beaucoup de lui. Mais clair qu'il aurait une chance! Bien que je

était très incertain. Cela pourrait être une forme de jeu psychologique, le procureur étant en retard d'une certaine manière. Que je ne pensais pas clairement, vous pouvez vraiment le prendre en, premier maintenant! Quand j'ai l'impression que j'étais presque maniaque et que j'ai souffert de la persécution.

Le curé de la prison a quitté le testeur et espérait que j'en profiterais grandement pendant la détention! Mais a également dit qu'il est revenu dans quelques jours. Il a appelé la cloche de sorte que la garde ouvrirait la porte, pour qu'il puisse aller. Quand les gardes arrivent, il me demande si je veux passer un moment, dans la zone d'exercice. C'était une bonne, suggestion. Une suggestion que je remercie pour! Le garde dit qu'il sera bientôt de retour et qu'il sécurisera le couloir. Sécuriser le couloir signifiait que les gardes fermaient ma trappe d'inspection et s'assuraient ensuite qu'aucun autre stagiaire ne sortait ou ne pouvait sortir du couloir pendant que j'y étais. Je peux comprendre s'il est difficile d'imaginer ce que j'ai ressenti émotionnellement! Ensuite, j'ai été isolé pendant si longtemps. Mais entrer dans un couloir sans personne est étrange, quand tout mon corps a crié pour voir quelqu'un. Avant que le garde ne m'ouvre, je pouvais entendre la cellule, comment le garde communiquait avec ses collègues. Cela pourrait ressembler à ça!

Garde centrale! J'ai un intérieur rouge, est-il clair que je peux ouvrir la porte? Une minute! Un vert sort de la zone d'exercice. Le garde attend son collègue! Ensuite, vous avez entendu que le stagiaire rouge pourrait sortir! Quand le garde a ensuite ouvert la porte, c'était pour toucher les jambes!

Ensuite, nous avons eu un bon chemin dans le couloir, puis dans une forme de porte verrouillable, puis monter pour un escalier. Lorsque vous êtes monté les escaliers, il y avait une pile de pantoufles extrêmement haute!

Comme vous le porteriez lorsque vous sortiez dans la zone d'exercice. En dehors de la zone d'exercice, il y avait tarpau verts Lins qui étaient pour nous qui avaient des restrictions et qui ne ne voient aucun autre peuple que les gardes.

Des bâches qui ont été prises après que le stagiaire rouge soit sorti, dans la zone d' exercice. Vous avez été traité comme un animal. Même la différence entre les animaux et les rouges stagiaires était que les animaux ne pas avoir vert pantoufles.

Il est tout à fait malade que vous avez à traiter avec les gens de telle façon dans ce pays. Que vous puissiez légalement briser les gens, c'est absolument incroyable. Mais dans les lignes directrices pour la détention, ils sont appelés à protéger les innocents des gens d' être vu dans les prisons. Certes, il semble bon quand vous voyez cela d' une plus politique perspective. La réalité en est une autre.

Je suis habituellement gentiment traité par les gardes, quand ils savaient que nous ne pris la peine quand nous étions enfermés en place. Le jeu était comme fini! Donc, il n'y avait aucune raison de donner jusqu'à sur eux. Ensuite, ils ont juste fait leur travail comme tout le monde. Mais parfois, il est arrivé que ce couru sur, donc je ne pas me sens à l' aise assis là - bas verrouillé.

Je me souviens surtout une fois, quand il était
temps de souper et que la caravane roulait dans
le couloir. Je viens savais où dans le couloir de la
caravane était située. Bien que vous ayez mis
dans sa cellule. Il a été entendu de les
articulations dans le sol que les chariots roulaient
sur. Plus tôt dans la journée, j'ai prié pour que la
porte d' inspection s'ouvre! Ensuite, il est devenu
très fermé et sec l' air dans la cellule. La
ventilation n'était pas d' élévation. Vous avez
très sèches lèvres. L' air était si mauvais que les
gardes partageaient le rouge à lèvres de la
défense. Mais maintenant, il était le dîner et il a
également signifié que la nuit changement est
allé sur pour la nuit.

Chapitre 23

Lorsque le chariot arrive à la cellule avant moi, la garde ferme l' inspection porte à nouveau. Il a été la goutte qui a causé la coupe à circuler sur. Mon agressivité était haute et je jette ce plastique chaise qui se trouvait à l' intérieur de la cellule contre le mur. Cette rage épidémie a été plus que entendu dans le couloir. Ensuite, le gardien ouvre la porte et dit que je vais fermer jusqu'à . Ce fut sa plus grande erreur que jour. Je nourris plusieurs coups de poing coups contre la peste qui avait mon visage dans le milieu de l' inspection éclosent. La pièce était étrangement folle quand il a réalisé que j'étais vraiment en colère. Ils seraient pas même ouvrir la cellule porte. Puis ils ont envoyé un autre garde! Se tenir avec le visage dans la trappe d' inspection! Et ce serait calme me down! Il a fallu du temps, je peux dire avant que je suis allé en bas de la tour! J'étais tellement en colère, alors j'osais. Même si ce n'était qu'un croquis. Mais cela prouve simplement que les gens ne devraient pas être aussi isolés, quand il est plus facile de dire le moins. Je l' avais rencontré le bord de l' inspection porte moi - même et poussé le noeud sur mon petit doigt à travers répétées coups. Les doigts et le reste de la main avait déjà commencé à gonfler à nouveau. Le garde qui est

venu de nouveau un peu plus tard avec un
plateau de nourriture se regarder à ma main
quand il a vu que ce n'était pas droit.
Normalement, je serais pas obtenir ce personnel
nourriture de service, de sorte que les gardes
viennent dans, avec un plateau. Cela fait de cette
garde à cause de l' événement, et que ils ne pas
considérer qu'il approprie pour ouvrir ma cellule
porte quand j'avais ma rage épidémie. Sans
doute il était une sage décision! Lorsque vous ne
savez pas comment cela s'est terminé. Le garde a
dit assez rapidement que il pensait que l'
infirmière serait de vérifier son doigt et sa main
le prochain matin. Il, voulait à donner moi un anti
- douleur donc je pouvais dormir pendant la nuit.

Mais je ne voulais pas ça. Dans le matin, l'
infirmière est venue. Elle peine entré, dans ma
cellule de elle a dit que un médecin devrait
regarder à elle. Elle avait l' air et poussé un peu
doucement sur m y petit doigt qui était pénible,
b ut quand l' infirmière demande au sujet de ce
mal de beaucoup? Avait - je eu à répondre que à
peine senti du tout! Probablement quelque
chose en quoi elle ne croyait pas. Le médecin est
venu dans l'après-midi pour examiner sa main. Il
a immédiatement dit que la main irradierait
immédiatement à l'hôpital. Maintenant, cela
peut sembler facile, mais il n'est jamais populaire

auprès des planificateurs de faire une détention, dans le civil, car le risque spatial est important. Mais il a fallu attendre un autre jour alors qu'il était tard dans l'après-midi. Les gardes changeaient de poste et ce n'était pas un préjudice mortel. Donc, je devais aller là - bas pendant deux jours avant que je puisse aller à l'hôpital pour examen. Ce n'était pas bon! Le médecin n'était pas content de ce déplacement quand il ne savait pas si j'avais quelque chose de cassé dans la main. C'était après tout celui qui était responsable de son patient, s'il y avait des dommages permanents dus au décalage horaire. Mais attendez le lendemain matin. Tôt le lendemain matin, un garde est venu pour dire bonjour et regarder donc ça allait! À l'exception de la main. J'ai été informé que j'allais à l'hôpital après le petit-déjeuner et que j'allais subir une nouvelle lessive avant notre départ. Donc, c'était de jeter le petit déjeuner à la hâte, puis de se changer. Maintenant est venu le garde pour ouvrir la porte de ma cellule. Quand il a ouvert la porte, j'ai vu qu'il y avait deux gardes. Maintenant, leur empathie est apparue quand ils auraient dû mettre mes menottes. Ils ont pensé que cela ne se sentait pas bien, étant donné que ma main droite était très enflée. Mais ils ne pouvaient pas me prendre sans menottes, c'est la façon dont il était facile. Ils ont fait de leur mieux parce que cela ne pousserait pas beaucoup. Lorsque vous portez des menottes! Si celui qui les met, assurez-vous de verrouiller les bottes afin qu'ils ne puissent pas tirer gether! Plus qu'ils ne le sont dans votre propre cadre. Ils le font en appuyant sur un petit bâton, semblable à un sprint, mais il est monté dans les menottes lui-même. Il s'agit d'une sécurité, les menottes ne devraient pas pouvoir arrêter le flux sanguin elles-mêmes, car une menotte peut être comprimée de quelque manière que ce soit.

Nous commençons à descendre le couloir puis prenons l'ascenseur jusqu'au garage de la police, ils partagent un garage, avec la police. Ensuite, j'ai dû sauter dans le combi de la prison Volvo car ils utilisaient ce type de transport. Cela n'a pris que 10 minutes avant notre arrivée à l'hôpital. Maintenant, il devrait être garé le plus près possible de l'entrée. C'est un problème de sécurité. Si je reçois pour moi - même pour essayer d'échapper à ces gardes. Je n'avais pas envie d'accommoder quand je devais être dans la communauté, ne serait-ce que pour une courte période de temps, j'aimais ça. Eh bien à l'intérieur de l'hôpital! Je suis allé un garde pour payer les frais du patient. Il y avait des routines claires lors de ces visites à l'hôpital lorsque la police a informé l'infirmière dans l'intervalle qu'elle appartenait à la police criminelle. Ce qui nous donnerait une fortune, c'était supposé! L'autre garde a été assez aimable pour me mettre sur le côté donc, il ne semble pas tellement. Il a même tiré ses bras sur la chemise sur les menottes alors, il aurait l' air moins se réveiller.

Debout à regarder une planche accrochée à un mur, vous pouvez le faire un moment. Mais au bout d'un quart, cela commence à se sentir extrêmement stupide, peu importe à quel point l' esprit des gardes était bon depuis le début. J'attendais juste que nous allions au département de rayons X, donc je venais de cet art laid et abstrait accroché au mur. Maintenant, nous devrions commencer à aller aux rayons X pour nous asseoir dehors et attendre que ce soit mon tour. Les gardes se sont assis d'un côté du couloir. Ils ont pris un journal qui les aiderait à ralentir le temps. Il s'est avéré qu'ils étaient tous les deux très intéressés par la chasse. Ils n'ont pas détecté la moindre forme d'excitation ou stress. Ce qui me semblait bien, car vous pouvez souvent demander aux débutants de montrer à quel point ils réussissent à suivre le bus. Ces gardes étaient si calmes qu'un humain pouvait l'être. Alors que nous étions assis là à attendre un vieil homme, marchant plus loin dans le couloir. Il en a fait assez pour 3 km à l'heure, puis c'était rapide. Alors qu'il commençait à s'approcher des bancs à l'extérieur de la radiographie où nous nous sommes assis et attendions, le vieil homme me regarde! J'ai salué ce qu'il a fait. Puis, quand il a vu mes menottes, c'était comme si ce marcheur avait été soudainement conduit au protoxyde d'azote. Pour le vieil homme est passé de 3 km à au moins 85 km. Probablement, il était un peu inquiet quand il a vu les menottes. Ou les freins à disque s'étaient complètement desserrés sur le rouleau. Eh bien, parce que ça avait l'air un peu amusant! L'unique garde a dit au vieil homme qu'il pouvait se calmer et qu'il n'y avait aucun danger! Mais l'homme a procédé rapidement. C'était maintenant à mon tour de me lancer dans les rayons X. L'un des gardes passe directement à travers toute la radiographie, puis s'assoit dans la même pièce que le personnel, pendant que la photo a été prise. L'autre se tenait devant la porte d'entrée de la radiographie. Mais maintenant, le premier problème est venu! La menotte gauche ne veut pas s'ouvrir, la garde a fait tout son possible pour la faire partir. Le gardien a alors demandé à l'infirmière si je ne pouvais pas le tenir sur ma main alors que c'était

ma main droite qui ferait des rayons X?
Absolument pas dit que l'infirmière a décidé. Ce
garde a ensuite été appelé son collègue pour voir
s'ils pouvaient résoudre le problème ensemble!
Ils ne pouvaient pas simplement y aller de toute
façon. Il a fallu au moins 5 minutes pour enlever
les menottes. Au moment où une infirmière
pourrait venir me mettre la main, ils pourraient
prendre les photos. L'infirmière y regarda un peu
excitée. Elle était très gentille, mais d'une
manière plus excitée et nerveuse. Pas étonnant!
Une infirmière seule avec un bus brut!
Clairement, elle était un peu inquiète! Même si
elle n'avait aucune douleur à attendre de moi. Il
était maintenant temps de sortir et de s'asseoir
sur le banc pour attendre. Il a fallu plusieurs
heures avant de recevoir un message. Rien n'a
été cassé mais le doigt doit être tiré par un
médecin. Donc, nous avons dû aller urgence, où
nous avons dû patiemment attendre encore.

Quand le médecin arrive, dit-il après avoir vérifié
les plaques à rayons X! Qu'il essaierait de tirer à
droite mon doigt qui avait été compensé par les
coups répétés. Le médecin a dit que vous pouvez
trébucher, mais peu importe si un anesthésique
se sent assez bien dans un doigt. J'ai décidé de
ne pas prendre le superbe spray.

Le médecin s'assoit sur une chaise devant moi et s'agrippe un moment autour de mon bras droit puis pendant un moment autour de mon doigt. Maintenant, il se sentira le médecin a dit! C'est bon j'ai dit! Comme de toute manière pathétique, ce serait extraordinaire pour le moment. Le médecin a tiré son doigt avec un nœud! Je peux en dire tellement! Ces mots qui sont sortis de ma bouche n'ont pas été tirés directement d'un psaume. Ça faisait mal à la hâte. Si j'avais une couleur sur mon visage, c'était toujours pâle. Le médecin demande ce que j'ai ressenti lorsque j'ai touché mon doigt? Je réponds que ça va! Même si j'ai été un peu pris de la douleur qui s'est produite lorsque le médecin a tiré le doigt droit.

Chapitre 24

Nous devrions maintenant retourner en
détention, encore une fois pour être enfermés
dans ma cellule.

J'avais commencé ma troisième semaine à cette
période d'isolement et tu ne tombais que pour
chaque jour qui entrait dans la psyché. C'était au
moment où le cerveau cessait d'être actif et ne
se pressait même pas d'avoir l'impression que
l'on pouvait être confronté à des restrictions
complètes. Ce n'était même pas amusant de
jouer de la musique. Rien n'était plus
intéressant. Les gardiens ont commencé à
comprendre que je souffrais de manque de
sommeil et ont appelé un médecin qui était prêt
à me donner quelque chose pour dormir. Le
médecin a écrit une tablette qui aiderait. Mais
quand le garde est venu me donner cette
tablette , je n'en voulais pas. Il a ensuite
convoqué un garde ancien et expérimenté qui
avait beaucoup d'expérience avec le manque de
sommeil et les problèmes qui pouvaient survenir.
Ce garde était bon! Il n'a pas commencé par dire
que je prendrais le comprimé, mais plutôt ce qui
pourrait arriver si je ne dormais pas pendant
longtemps. Ce n'était pas du tout sympa! Quand
il raconte comment le cerveau s'est arrêté pas à

pas et n'est finalement allé que dans les réserves. Ce garde pourrait casser un psychologue dans un quart. Il était vraiment bon dans son travail. Il était si bon alors, il m'a fait prendre la tablette. Quand j'ai pris la tablette, le garde a dit qu'il pensait que c'était agréable de parler avec le bus de Skåne, quand il avait le plus entendu et vu le genre de, bus via les médias. Nous avons bien parlé près d'une heure après avoir pris le comprimé. Mais maintenant, Persson a commencé à se fatiguer! Vraiment très fatigué! J'ai dû dire au gardien de sortir de ma cellule quand je devais dormir.

Je me suis endormi et j'ai dormi cinq quarts d'heure. J'ai manqué le petit-déjeuner et vous devriez vraiment être fatigué si un Skåning (garçon de la campagne) va manquer un repas!

Les gardiens ne voulaient pas me réveiller car ils savaient que j'avais mal dormi depuis un certain temps. C'est presque ainsi que j'ai commencé à penser que ces gardes avaient eu une émeute humaine. Je ne voulais pas prendre de comprimés car je n'aimais pas être affecté par beaucoup de produits chimiques. Mais cette tablette était un investissement sain pour ma propre santé. Je me sentais beaucoup mieux le lendemain. Il est tout à fait modeste de savoir comment l'échec du sommeil peut affecter une personne. On ne pense pas à la signification du sommeil, on peut donc comprendre l'importance d'un bon sommeil. Mais sans cela, vous n'êtes qu'un légume bouilli. Il était même si bon que je me précipitai pour se reposer et jouer de la musique sur le Synt ercizer que le prêtre avait pris là. Le temps était lourd! L'horloge ne bougeait pas directement. Je savais de quoi il s'agissait, avec l'arrestation elle-même. Que le Procureur recevrait une reconnaissance de ma part, dans un procès. Mais il pouvait regarder dans le bleu. S'il m'avait conduit si loin dans le marais mental, il n'aurait de toute façon aucune reconnaissance de moi. Je devais travailler avec quelque chose, alors j'ai eu le temps d'y aller. On pourrait travailler avec la fabrication de pinces à vêtements à l'intérieur de la cellule. Il s'agissait d'assembler de petits clous à vêtements pour des cintres qui maintiendraient les vêtements des enfants sur le cintre. Ce travail consistait à poser une pièce en plastique, puis un ressort en acier. Ensuite, vous avez dû tendre ce ressort avec un tournevis similaire. Mettez ensuite un nouvel espace et relâchez enfin la plume. Et puis vous auriez fait un bout de vêtements! Pour chaque paire de vêtements, j'ai assemblé, j'ai reçu 3 pence pour. Il n'y avait pas de plus grosses sommes, mais je l'ai fait parce que j'aurais le temps d'y aller. Mais même parce que vous ne rompriez pas globalement.

Il y avait aussi d'autres travaux, comme faire des trous dans des panneaux routiers avec une grande cavité où il fallait avoir un long tuyau en fer pour pousser le collecteur de trous. J'ai demandé si je pouvais le faire à la place. Mais la garde centrale et les gardes n'ont pas osé me donner une longue pipe en fer. Ils me considéraient comme favorable à ce travail.

Dommage je pensais, car c'était beaucoup mieux payé par signe. Mais je comprends plus que bien leurs décisions.

J'ai commencé à réaliser après 3 semaines d'isolement que je resterais un moment. Et j'ai commencé à imaginer que vous aviez longtemps à attendre derrière la serrure. J'étais maintenant dans ma quatrième semaine et mon cerveau avait commencé à s'habituer à cette vie. J'avais maintenant une télé sur mon portable. Désormais, le procureur semblait plus humain. Il s'est même assuré de déménager dans la suite. La suite est une cellule avec ses propres toilettes et douche et est principalement utilisée pour les femmes captivées avec de jeunes enfants. Mais maintenant tu t'es un peu mieux. L'un avait le luxe propre avec des toilettes et une douche. Maintenant c'était la fête! Vous pouvez jouer au Bingolotto et voir Wanted. Pour une personne normale, cela ne semble certainement pas si luxueux, mais croyez que c'est du luxe dans le monde déverrouillé au double sens. C'est ainsi que j'ai même pensé que le lit était plus beau, bien que ce soit exactement le même modèle. C'était une bonne idée de prendre une douche et de regarder la télé. Ce que j'ai fait.

Tout était bien mieux qu'avant. Un soir où vous êtes assis là à regarder la télévision. J'entends un mauvais coup de quelque chose qui s'effondre, à l'intérieur de la cellule de la mienne. Vous n'y avez pas tellement pensé au début. Mais je pensais que c'était entendu que quelqu'un a été surpris d' aide aide - moi! Au début, je pensais que vous aviez commencé à faire attention à cause de l'isolement. Mais quand j'ai vissé le son à la télévision. Pourrais-je en plaçant mon oreille vers la paroi de ma cellule vers la cellule du voisin, en entendant un homme qui semblait avoir une douleur intense. La première pensée a été qu'il a essayé de suspendre l'auto. Mais dans une cellule de détention, il n'y a pas, grand-chose à retenir. Parce qu'ils sont conçus ainsi, simplement parce qu'il ne sera pas possible de se suicider. Mais si tu savais que tu n'étais pas sûr.

J'ai attendu quelques minutes pour savoir s'il continuait à crier ou si la personne était calme. Je ne pourrais pas dire pourquoi la personne n'a pas appelé la garde centrale si elle était blessée ou avait passé un mauvais moment. Au bout d'une dizaine de minutes, j'ai décidé d'appeler le garde central. Puis cette personne avait crié par intervalles et il ne semblait pas pouvoir appeler le garde lui-même.

Lorsque la garde centrale a répondu, ils se sont clairement demandé ce que je voulais, car je n'entendais généralement pas de moi immédiatement. J'ai expliqué que la personne à ma droite a évidemment de gros problèmes et crie à l'aide tout le temps plus ou moins. Le gardien central me demande si j'ai encore mal dormi. Non! Il a un problème, mais maintenant je vous l'ai dit! D'accord, dit le garde! J'envoie quelqu'un pour le vérifier! Après une minute, j'entends un garde à venir, avec vec son deux roues motrices, vous pouvez lancer un pied! J'ai entendu dire que le garde n'était pas passé devant ma cellule. Merde je pensais! Maintenant c'était faux. Mon côté droit était mon côté gauche quand tu étais dans le couloir. Je viens d'entendre que le garde a ouvert la porte de la cellule sur son côté droit. Il n'y avait pas le garde particulièrement bienvenu. Il ferme cette cellule pour ouvrir ma trappe d'inspection pour entendre pourquoi j'ai appelé et dit que quelqu'un avait besoin d'aide? J'ai dit au garde que c'était la cellule suivante. Nous nous sommes sentis tout aussi stupides! Puis ce malentendu est survenu. Il ferme ma porte d'inspection pour ouvrir l'autre porte de cellule. Le garde trouve un homme allongé dans son lit en train de hurler de douleur. Il s'est avéré qu'il avait une grave blessure au dos et qu'il ne pouvait pas sortir du lit pour appeler le garde. Il était si heureux que le garde soit venu. Le garde a déclaré que c'était son voisin qui avait informé le garde central et leur avait demandé de venir dans sa cellule. Maintenant, il y avait un bon mouvement dans le couloir et le personnel ambulancier est venu chercher le gars. Le médecin a jugé nécessaire d'amener la personne à l'hôpital. Mais déjà le lendemain, le mec était de retour et m'a laissé un grand merci, via le gardien! Parce que j'avais appelé alors il a obtenu de l'aide.

Étrange d'aider une personne que vous n'aviez même pas vue, mais que vous venez d'entendre. Mais c'était bien qu'il apprécie mon petit pari.

C'était le mois de décembre et Noël, c'était en prévision. Une fête où vous pensez généralement beaucoup à votre famille et surtout à leurs enfants. Je me sentais très mal de ne pas pouvoir être avec mes enfants, alors je veux leur offrir un cadeau de Noël et fêter Noël avec eux. Une journée aussi festive n'était pas moins détestée contre les notifiants. J'avais essayé de faire de mon mieux en envoyant souvent des lettres à mes enfants et surtout avant Noël. Souvenez-vous de toutes les lettres que j'ai reçues de mes enfants pendant toute la détention.

Mais je me souviens surtout d'une lettre de mon petit fils Alexandre!

Chapitre 25

Alexandre a commencé la lettre!

Salut papa!

J'ai une question qui me met en colère! Qui est la
personne stupide qui ouvre mes lettres que je
reçois de toi papa? Je veux dire à la personne
stupide que tu ne peux pas ouvrir mes lettres,
appeler la police sinon ... la balle est-elle lourde
pour aller avec l'os papa la balle et la chaîne
autour de ta jambe papa?

J'ai été presque complètement détruit par cette
lettre que mon petit fils m'a écrite. Les larmes
ont coulé directement, il y avait des larmes, donc
vous pouviez presque croire que vous aviez un
lavage intégré à haute teneur en graisses dans
vos yeux. Mais aussi, un sentiment lourd,
colérique, déprimant, qui me convient tout du
long. Cela faisait si mal et gravement à l'âme. Un
sentiment qui a presque fait une paralysie.
J'aimais tellement mes enfants et pourquoi les
avais-je maintenant exposés à cette misère? Je
ne pouvais même plus me défendre
mentalement en pensant à ce qui faisait de moi

cette personne diabolique et diabolique.
Pourquoi n'ai-je pas arrêté ce développement?
Je ne pouvais même pas diluer k les larmes
coulaient sans interruption. Je voulais juste
mourir! Afin de me débarrasser de ces
sentiments douloureux dans lesquels je me
baignais maintenant complètement.

J'ai dû supprimer la lettre! Mon fils voulait dire
que les lettres s'ouvraient, c'était que le
procureur lisait tout mon courrier sortant. Donc,
je n'ai pas pu compliquer l'enquête. Ensuite, ils
ont simplement enregistré la lettre et l'ont
envoyée à mes enfants. Mais c'était exactement
ce que mon fils n'aimait pas.

Ensuite, j'ai vu ces lettres que j'ai envoyées à
mes enfants pendant cette période. Et c'était un
peu étrange comment j'avais écrit de
nombreuses lettres, différemment, mais avec le
même contenu. Je sais qu'à plusieurs reprises je
me demande vraiment avant d'écrire, donc
j'avais de nouvelles choses à me dire. Mais c'était
comme si le cerveau tordait les mêmes choses
tout le temps, mais avec des phrases différentes.
Très étrange en effet.

Là, vous vous êtes assis la veille de Noël! Que pourrais-je y faire? Rien ne pouvait être fait! Les gardes sont venus avec le dîner de Noël, un peu plus tard dans l'après-midi. C'était une table de Noël que peu de Suédois peuvent se permettre. Quatre wagons pleins de nourriture! Je n'ai jamais vu autant de plats de Noël à la fois. Je peux vous garantir qu'il n'y avait aucun plat de Noël qui n'était pas sur ces chariots. Lorsque le gardien a ouvert la porte de ma cellule et que j'ai eu la surprise de voir ces chariots, j'étais vraiment excité.

Et Skåning comme vous! Alors vous aimez Mad! (Nourriture) J'ai pris deux grandes assiettes et un peu plein de nourriture, puis je n'ai eu à le prendre qu'une seule fois. Ce serait stupide de ne pas emporter toute cette bonne nourriture.

Je pourrais facilement dire que le repas lui-même était le clou de cette nuit de Noël. Le manque d'enfants était désordonné, un sentiment auquel je n'exposerais même pas mon pire ennemi. Personne ne vaut la peine de ressentir un tel sentiment. Que je me mette moi-même dans cette situation est sûr que beaucoup le pensent. Ce que je peux comprendre! Mais tout ce qui fait tourner la haie, elle se trouve derrière, et vous vous sentez le plus désolé pour vous-même.

Mais comme tous les Noël, ça se termine et les midis arrivent. Mais c'était comme si c'était Noël, Midweek ou tout autre jour férié. C'était aussi mauvais dans la cellule pour ça. J'avais une psyché presque neutre pour tout et pour tout le monde. Je voudrais juste survivre moi-même.

Après cinq semaines d'isolement, il était maintenant temps pour le procès. J'ai recommencé à me relever quand j'ai senti sortir de ces murs. Même si j'allais au procès, c'était ce qui me faisait du bien. Peut-être parce que j'ai vu qu'il y aurait une sorte de jugement et de décision sur mon avenir immédiat. Le personnel du prisonnier est venu me chercher trois d'entre eux. Oui, ils ne me faisaient pas confiance. Il les a clairement montrés avec le nombre de parcelles accompagnant le procès. Donc, c'était juste les menottes et aller au tribunal. Les demandeurs ne semblaient pas le faire. Ils se sont assis dans une pièce voisine et ne sont pas, sortis du tribunal pour commencer. Je l' avais apparemment mis une telle horreur dans ces gens si, ils ne me confronter plus que nécessaire. Le droit a demandé si j'étais la personne accusée, comme certifié par mon avocat. Puis le procureur a commencé à expliquer quels crimes il croyait avoir commis. La droite me demande alors comment je réponds à ces déclarations comme le procureur l'a récemment rapporté? Mon avocat a répondu que son client a nié les crimes sur tous les points. Le tribunal fait appel au procureur pour lui demander de le prouver au moyen de preuves techniques, ainsi que des propres déclarations du plaignant. Le procureur fait ensuite ressortir mon arbre de baseball, dans le cadre de la preuve technique, en disant que le suspect a menacé des gens avec cet arbre de baseball et de casser les genoux sur les plaignants. Quel procureur met en cause l'un des revendicateurs. Mon avocat dit qu'il n'y a aucun témoin ou autre preuve qui renforce l' histoire des demandeurs! Le procureur ajoute ensuite dans un commentaire que ces demandeurs avaient déjà décrit en détail l'arbre de baseball présumé lors de la première notification. La droite me demande alors comment j'avais l'intention d'expliquer aux demandeurs la description détaillée de ma batte de baseball? J'ai répondu le droit! Qu'il aurait pu voir l'arbre de baseball en passant devant ma voiture, qui se trouvait apparemment sous son appartement. Alors j'ai dit!

Vous ne pouvez pas enfermer des personnes en possession d'un arbre de baseball. Ensuite, l'État enfermera toutes les équipes de baseball de ce pays. Ces commentaires, pour l'essentiel, ont provoqué beaucoup d'irritation à la Cour.

Le tribunal demande maintenant au procureur s'il avait une raison plus substantielle pour cette poursuite. Le procureur a alors répondu qu'il avait récemment reçu cette affaire d'un autre procureur. Par conséquent, aucun autre élément de preuve n'était apparu au cours de l'enquête préliminaire. Maintenant, la droite était très agacée contre le procureur qui avait des motifs si vagues et surtout, avait fait arrêter le suspect pendant longtemps. Le tribunal a un peu raisonné et a décidé de rejeter l'ensemble des poursuites, car il n'y avait personne comme preuve technique complète. Mais aussi, que le droit de le voir sur des raisons objectives ne pouvait pas m'aider et rabaisser le parquet sur tous les points. Le droit m'informe que j'ai droit à une indemnisation pour la durée de ma détention. J'ai dit que je ne voulais aucune compensation. Ce qui a probablement beaucoup surpris! Mais il ne faut pas trop oublier, pensai-je! Maintenant, la cour était vide en quelques minutes. J'ai dû retourner à la prison pour récupérer mes vêtements et autres effets personnels que je devais laisser au moment de ma détention. Quand nous sommes revenus à la prison, j'ai jeté un coup d'œil à la cellule et je prenais même une douche avant de quitter la détention. Mais quand je suis rentré à nouveau, dans la cellule, le garde a dit qu'ils devaient m'enfermer quand les règles étaient ainsi. Mais c'était probablement la seule fois où je pouvais dire que c'était normal qu'ils se verrouillent. Alors j'ai su que je serais bientôt hors de cet enfer. Enfin, vous étiez à nouveau en liberté! Que j'étais libre maintenant me sentait absolument merveilleux! Et puis vous pourriez penser que j'en ai assez de ce marais criminel? Mais non!

J'ai pris le train pour rentrer de cette ville, parce que je ne voulais pas de ma voiture pour le moment, parce que je pensais que c'était trop difficile de m'asseoir dedans. J'étais déterminé à rentrer chez moi dans mon appartement. Quand je suis rentré à la maison, j'ai jeté mon sur le canapé et j'ai commencé à penser à comment je pourrais faire des choses plus intelligentes et cela leur a donné de très gros dollars. Que j'avais maintenant un nom n'était pas la moindre hésitation. Mais quelle réputation et quel nom vous aviez alors! Amènerait n'importe quel Svensson à devenir rouge foncé. Mais à cette

époque, je n'avais aucun problème avec les
rumeurs, c'était même une marque à cette
époque et un préalable à la survie. J'ai beaucoup
réfléchi à Ekobrott, car le bon plan pourrait
donner un énorme retour, comme on l'appelle.
Mais j'étais, bien sûr, limité, bien informé, en
administration des affaires. Un savoir qui
pourrait difficilement donner un meilleur succès
aux grands corridors d'entreprise. J'ai décidé de
brouiller des choses importantes comme les
rapports financiers, le mois, le trimestre, le
tertiaire, 6 mois et au - delà.

Je suis complètement obsédé par cette
financière connaissances, et que vraiment
intéressais me profondément. Je n'avais pas des
livres sur ce particulier sujet donc je commandé
des livres mais aussi lu un grand nombre via l'
Internet, comme cela pourrait donner une plus
large image de la façon dont ce financière monde
a travaillé bien. Tout ce qui a commencé par le
mot Planification fiscale, je l'ai lu plusieurs fois,
trouvant ainsi toutes les failles possibles dans la
loi. J'étais maintenant en partie de la criminalité
où je voudrais faire cela illégal, tout à fait légale
et avec vigueur les lois effectuant les crimes sans
les autorités d' être en mesure d' intervenir avec
des coercitifs mesures. Comme je l'ai dit plus tôt,
il n'y a pas de crime parfait. Et il sera jamais faire

non plus. Certes, de nombreux qui ont été exposés à moi sera certainement réclamer le parfait crime.

Mais la question est? Comment avez - vous définir le parfait crime? Beaucoup seraient sûrement décrire ce en disant que, par exemple, vous aviez fait un vol avec effraction, vendu les choses, conservé l' argent de l' effraction sans entrer. Certainement! Tout à fait économiquement, on pourrait dire que c'était un crime parfait, mais je ne partage pas un tel raisonnement. Alors je considère! Si quelque chose est parfait, cela ne devrait blesser personne. Ni économiquement, ni mentalement, ni physiquement. Un tel crime ne pas exister! Faire un crime avec un gain financier n'est pas un problème, et sans que la loi ne vous rattrape. Une autorité qui connaît cette possibilité est le procureur de la République. Mais aussi la police de l' autorité. Les deux de ces autorités obtenir frustrés et regarder à quand les crimes se produisent plus ou moins sans être en mesure d' intervenir. En raison de l' effet que les bus savent et peuvent faire le livre. En utilisant ces compétences, un intermédiaire est créé, avec la société d' un côté et les bus de l'autre. Parce que les bus ne traversent la ligne prouvant que un crime a été fait, mais plutôt soldes la ligne de la loi et où cette ligne représente la différence entre les crimes ou juridique. Ensuite, il y aura comme un prétendu crime dans un tout nouveau, jour. Le procureur doit à nouveau prouver que un crime a été commis. Mais comment ce procureur devrait - il faire? Non, juste ça! Le procureur peut pas prouver que. Beaucoup de ceux qui lisent ces lignes peuvent penser qu'il s'agit d' une description nonchalante de la facilité avec laquelle il est de tromper notre communauté juridique. Mais c'est pas au sujet de lui! Je maintenant veux plus que la société va introduire une plus grande flexibilité dans sa loi l' application. Il y aura toujours être un bus pour attraper un autre bus. Si vous regardez à les statistiques de l' état sur les différents crimes et vraiment examiner les soigneusement, les plus communes les gens vont obtenir un choc. En raison de la crimes qui sont dédouanées en, les petits crimes sont effacés en. Le fait que l' État ne fasse pas face au crime organisé est un fait. Mais quand ils lisent leurs statistiques, ils montrent que le la loi fonctionne et que la plupart des bus passent derrière les écluses et les bombes. Pourquoi ne pas connaître les faits à la place! L' Etat, en consultation avec BRÅ (criminalité prévention du Conseil), devrait être en mesure d' arriver à une plus sophistiquée solution, dans laquelle ils la place ont sur les expériences et les compétences des anciens autobus. Il est garanti la seule solution sûre qui peut donner des résultats extrêmement bons. Il peut exiger quelques ajustements dans la loi ou l' analogue. Mais si la société veut à attraper les vraiment grands truands, la société doit commencer à travailler avec ex- escrocs au lieu de mettre des bâtons dans la roue! Les vieux escrocs ne sont pas autorisés à entrer dans la société à cause de leur sac à dos. Ce n'est pas dû à un manque de compétences! Sur le contraire, je voudrais vous à dire. Dans le but d' un vieux truands pour se dans une entreprise, le risque est extrêmement élevé que ce Crooks compétences sont complètement surmontées employés ordinaires. Ainsi, nous avons un autre problème. Aucun escroc ne prendra mon travail, diront bien des gens ordinaires. Mais maintenant, ce n'est pas la question de séparer le travail de chacun. Non! c'est à l'Etat de désigner de nouvelles stratégies et des mesures modernes contre le crime organisé.

Chapitre 26

Pendant ma période la plus criminelle, je me suis souvent demandé comment l'État pensait lorsqu'il tentait de réduire le crime fortement organisé. Combattre un crime qui exploite la flexibilité à cent pour cent, avec un système carré et obsolète. C'est tout aussi stupide! Comme conduire dans un réservoir d'essence et faire le plein de diesel, dans un moteur à essence. Ça ne marche pas! Le bureau du procureur réclame plus de procureurs et le Premier ministre ajoute plus d'argent à un système déjà inopérant. Parallèlement, le parquet élargit sa coopération à un niveau plus international.

La communauté juridique n'est-elle pas consciente qu'en fait, ces mesures ne font que jeter de l'argent dans le lac? Qu'est-ce qui est si difficile à comprendre? Parce que les procureurs se musclent économiquement! Peuvent - ils enquêter seulement plus, mais aussi établir des relations que le crime est, de plus en plus une deuxième en élargissant les pouvoirs des procureurs au niveau international, nous obtenons seulement un effet qui correspondrait si vous mettez le bras de l'équipe sur un banc. Où ce bras est beaucoup plus long, mais avec une fonction musculaire longue et non fonctionnelle.

Le plus extrême pourrait être, par exemple, si le ministre de la Justice pouvait penser à se lever de sa chaise et à se rendre à la fenêtre de son bureau, se pencher sur le cou et regarder par terre. Pour ceux qui sont sur le terrain, ils s'adressent aux ex-escrocs qui ont la solution aux forces de l'ordre. Est convaincu que de nombreux crimes pourraient être résolus, par exemple, les criminels ont eu la possibilité de montrer ce qu'ils recherchent, de manière légale. Grâce à une telle coopération, nous avons rapidement eu une société avec moins de criminalité et une loi efficace mise en vigueur. Pas à l'Etat et les anciens escrocs coopèrent en grande partie à cause de la peur et d'une mauvaise communication. Mais même la loi en a l'air. Cependant, parce que les décideurs sont dans le nid gardé, la communication ne peut avoir lieu lorsque la solution est dans la rue et que les décideurs sont dans le couloir de la société. Ce serait nettement mieux si les politiciens ayant le droit de prendre des décisions pouvaient trouver une forme de plate-forme neutre, sous la direction du gouvernement, pour constituer une équipe basée sur des policiers de routine et d' anciens escrocs qui savent comment se promener dans l'équipe. Un politicien a-t-il osé le faire! Si nous avions fait un travail extrêmement efficace et que la communauté aurait pu regagner de nombreux beaux contribuables, qui se retrouvent maintenant sur des comptes bancaires étrangers où le bras de l'équipe est purement sans frontières, mais rien ne peut faire.

L'État semble résoudre les problèmes sociaux d'une manière et l'application de la loi d'une autre. Combien de fois n'entendez-vous pas quand les journalistes posent des questions à différents politiciens qu'ils vont nommer une enquête ou simplement par une commission pour traiter le problème. Mais la chose est un peu étrange quand les politiciens ajoutent toujours, en cas de problèmes sociaux, leurs soi-disant Experts. Mais ils ne font pas cela dans l'application de la loi, ils utilisent des policiers et des professeurs formés par des professionnels pour faire le travail. Quand les vrais pros le sont, ce sont des escrocs, qui ont choisi d'être honnêtes. Non! Fondamentalement, ce pays sera frappé si nous avons un système efficace de grande criminalité organisée.

L'Etat doit oser attaquer les grands truands, les hauts fonctionnaires avaient été trouvés assis sur leur haut, des chaises dans notre entreprise. Ces personnes qui ont beaucoup de pouvoir dans la société ne seraient pas en mesure de gérer leurs activités illégales tout en restant dans les fils qui s'occupent de La politique de sécurité suédoise et qui dirigent la communauté commune des droits de l'homme dans le sens descendant direct. J'ai trop vu cette société corrompue pour me taire plus longtemps.

Souvent, les gens disent qu'ils doivent vous dire que quelqu'un comprend. Si un événement où quelque chose de terrible s'est produit. Le problème est seulement! À TOUT LE MONDE, ceux qui sont les plus corrompus dans la société. Avec beaucoup de puissance et une grande influence. A qui allez-vous le dire? Si juste un tel événement?

Si nous jouons un peu avec la pensée, et que l'État obtiendrait une application de la loi plus efficace. Cela entraînerait un chômage extrêmement élevé, par exemple dans les services criminels.

Parce qu'il est construit aujourd'hui, il peut être comparé à un dépotoir qui s'occupe de tout ce qui peut être recyclé. Exactement, le parquet

fonctionne aujourd'hui. Vous êtes condamné à
une peine puis libéré sans revenu ni logement.
Ce qui conduit à une société remplie de récidives
de récidive, car ils ne peuvent pas se payer
autrement. Ce système de recyclage est financé
par les contribuables et la taxe de
remboursement. Pendant ce temps, comme
l'habituel "Smith" croit naïvement que "Oncle
The State" prend soin de la communauté
juridique du pays, ils gèrent la confiance choisie
et économisent leur argent dans le, "paradis
fiscal" et cela s'appelle une société de justice
démocratique! Non! Je vais citer un grande
suédois artist PEPS PERSSON avec la chanson
fausses mathématiques! Parce que c'est
exactement ce que c'est! Oui! Les commentaires
sont vraiment superflus! Mais quelqu'un doit
ouvrir la bouche et éclairer à quoi ressemble la
réalité. Peut-être dommage que cela vienne d'un
ex. criminel. Ou il est nécessaire que les gens se
réveillent et se rendent compte des faits. Mais
revenons à l'histoire ...

Chapitre 27

J'ai commencé à comprendre l'importance de tous ces rapports financiers qui seraient une partie importante d'un possible vol écologique. Mais être capable de lire les rapports intermédiaires d'une grande entreprise peut être décrit comme lire une facture d'électricité. C'est possible, mais je ne suis pas facile à dire. Mais comme dans la vraie vie, vous travaillez, tout comme dans le monde criminel. On commence par de simples crimes fous puis on avance.

Quand j'étais le plus dans mon monde financier et criminel, des personnes liées à Mc ont commencé à apparaître. Mc lié des contacts que j'avais auparavant, mais pas de ce calibre. Comme à travers, son réseau de contacts, j'avais remarqué mes métiers criminels qui donnaient des résultats. J'ai d'abord rencontré un grand homme purement musclé. Dans ce livre, il s'appelle Kenna!

Ce Kenna serait une question si je pouvais rencontrer un membre de cette organisation pour une coopération plus étroite. J'ai pensé à ceux pour lesquels je travaillais quand Oxfilé avait fini. Mais c'était apparemment une autre clientèle avec Harley Davidson comme vedette. Maintenant commencé à être bondé dans la cuisine! Quoi ou qui devrais-je rejoindre! La première pensée était que le dollar devait contrôler. Mais c'était une pensée naïve, alors ce n'était pas une option. Hhm! Que dois - je répondre, je pensais alors que je demande cette Kenna si vous pouviez freelance de type comme je le faisais avant, b ut il ne pouvait pas répondre à cela, il n'a été reçu pour mission d'entendre si une réunion était possible et s'il y avait un intérêt pour elle m y premier la pensée spontanée était de ne pas procéder à une réunion b ut il suffisait que je flashé une fois vu ce grand signe dollar quand mes paupières étaient en baisse pour un millième de seconde.

Bien sûr, je voulais rencontrer ce membre qui appartenait à l'élite du monde et avec un réseau de contacts qui s'étendait sur une grande partie du monde. Bien, je vais l'appeler maintenant Kenna a dit! Ce qui m'a surpris quand ce serait une réunion tout de suite. Kenna voulait que nous rentrions chez lui dans son appartement qui était à environ 7 km de chez moi. Quand nous sommes entrés dans l' appartement de Kennas, nous avons pris une collation et grignoté un peu, en attendant l'arrivée de ce membre. Je pense à peine qu'il a soulevé la tasse de café avant d'entendre comment la porte d'entrée de Kennas s'est ouverte. J'étais tendu comme une

plume! J'ai entendu quelqu'un crier Bonjour!
Hors du couloir et Kenna répond Bonjour!
Maintenant, il y avait une pression dans mon
cerveau. C'était comme si toutes les cellules
cérébrales de ma tête avaient un sommet et que
cela se produisait entre le grand et le petit
cerveau. Ressenti comme une forme plus douce
de carence en oxygène dans le cerveau. La
personne qui est entrée dans la pièce que nous
appelons John dans ce livre. Ce John était
maintenant dans la pièce où Kenna et moi étions
assis et attrapés. Il n'avait qu'une veste ordinaire
et pas un gilet! Qu'est-ce que c'est? J'ai pensé!?
Puis cette veste a détruit toute ma photo de ce
membre. Là, je m'attendais à ce qu'il ait un
ouest. Et bien sûr, ma mâchoire ne pouvait pas
être fermée, mais j'ai dû me demander pourquoi
il n'avait pas son gilet?

John rit et dit qu'il a sa veste sous la veste.
Comme il décolle maintenant pour montrer d'où
il vient. J'avais l'impression que quelqu'un avait
enfoncé une pompe à vide dans mes poumons et
aspiré tout l'air. Je n'ai pas eu de son. À un mètre
de moi se trouve un membre à part entière. Le
sentiment que j'ai ressenti peut être décrit
comme lorsqu'un marchand d'art trouve l'œuvre
d'art d'un artiste célèbre en bon état et se tient
maintenant devant cet objet. La raison pour

laquelle il n'a pas fait voir l'ouest est parce qu'il
ne voulait pas attirer l'attention, mais aussi qu'il
est venu en voiture au lieu de son vélo. Il y avait
une règle selon laquelle ils ne devraient porter
leur gilet que s'ils roulaient haut. Devraient-ils
être battus par un autre membre en voiture et à
l'ouest ou est allé en ville avec l'ouest. Le fonds
du club coupable était de 5000 SEK d'amendes.
C'était une façon pour le club de rendre les
membres moins visibles car personne ne paierait
ces amendes. John dit qu'ils ont suivi mon
dernier emploi! Et ils ont été très impressionnés
par l'intelligence de ces crimes. Et cela sans
rester coincé! J'avais une marque que je
découvrais maintenant. Tous ceux qui en ont
parlé! Qu'ils ont entendu parler de mes crimes!
J'ai dit qu'en tant que personne, j'avais la
capacité de me tourner, de disparaître et de ne
plus jamais être vue.

Oui! Alors peut-être que je répondrai à John!
Vous êtes impressionnant, dit John! Et le club
veut vous inviter à discuter d'un petit business et
où vous pouvez gagner beaucoup d'argent sur
des choses simples. Je voudrais répondre à cette
invitation avant que John n'ait terminé la
question. Puis c'est devenu beaucoup de merde
sur tout et rien. Avant de rejoindre John, il a dit
qu'il avait hâte de me voir dans le club dans

quelques jours. Vous pouvez avoir confiance que je lui ai répondu. John part en voiture avec la voiture qu'il a apportée. Kenna a déjà commencé à faire remarquer que je n'irais pas au club-house si je n'étais pas sûr de gérer la pression, car il n'y avait pas de retour. Une fois entré, jamais sorti!

Même si je savais que je ne pourrais pas revenir si je venais dans leur club-house, je n'ai pas hésité une seconde. Bien que l'on sache qu'un départ serait associé à un enterrement en toute sécurité. J'avais ramassé la soi-disant élite. Quelque chose que l'on recherchait tout au long de sa période criminelle. Une fois que vous auriez mis un pied dans cette organisation, vous montreriez certainement vos pieds à tous les niveaux. Il s'est avéré qu'ils en testeraient un à tous les niveaux. Quelles compétences vous aviez. J'étais, informatisé, donc je pensais que ce serait difficile. La seule chose au-delà de mon monde informatique était les arts martiaux que j'ai pratiqués pendant de nombreuses années.

Mais ces arts martiaux sembleraient bientôt un peu maigres. En particulier, ils voulaient voir à quel point ma loyauté était forte.

J'étais maintenant à la porte du club-house, qui était fermée par une épaisse chaîne de fer et un cadenas. Mais devant la porte se trouvait un câble électrique épais similaire. Ce n'était pas un câble d'alimentation mais un câble qui signalait au club house que quelqu'un passerait. Semblable à un tel câble que les travaux routiers utilisent pour calculer le nombre de voitures passant une certaine distance. Quand je me tiens là en attendant que quelqu'un vienne ouvrir, un bus de police passe devant ma voiture, sur le chemin du retour. Ils arrêteront le bus. Je pensais que maintenant ça recommence. Juste au moment où je commence à me demander si j'allais à nouveau verrouiller et boum, John vient et ouvre la porte. Il me fait signe que je peux entrer! Quand je sors de la voiture, John s'avance et me salue main dans la main. Ensuite, tous ceux qui étaient dans le club-house sont venus saluer la même chose. On s'est senti vraiment bienvenu. Tout le monde était vraiment gentil avec moi. Après cela, ils ont divisé leurs membres. John voulait que nous allions au club-house pour voir l'intérieur du club. C'était un spectacle impressionnant. Il était si propre et sans poussière, vous pouvez donc lécher le sol avec votre langue. Tout était soigné. Il y avait tout ce que vous pouviez imaginer, mais ce qui a

le plus impressionné était le bar avec de l'alcool.
C'était comme regarder directement dans le
magasin d'alcool, avec toutes sortes de
spiritueux trouvés. Une incroyable collection. Le
bar était fait en chêne et avec une tranche de
marbre qui était vraiment sympa. Les tabourets
de bar n'étaient pas des produits IKEA mais
étaient en acier inoxydable. John demande ce
que j'ai aimé dans leur club-house. Je pourrais
seulement dire ce que c'était. Génial bien!
Ensuite, je rencontrais d'autres membres qui
sont venus par la suite, pendant que John et moi
parlions.

Tout était militaire, discipliné et chacun avait un
rôle à remplir. Si les autorités suédoises avaient
eu la moitié de cette discipline, nous aurions une
société complètement différente. Une société
avec ordre et raison!

Il y avait beaucoup de nouvelles impressions que
je retiendrais et j'étais en fait très impressionné
par le soin avec lequel tout était fait. Je demande
à John qui était le président. John se tut pendant
une seconde. Puis il dit que juste qui est, le
président, il ne pouvait pas parler quand il y avait
une guerre avec un autre gang. Leur président
était très au courant car ces informations
pourraient causer de graves dommages à leur

organisation locale. A croire que vous pouviez avoir accès à qui était leur président, après la première visite, un peu naïf a pensé à moi. John voulait que je revienne le plus tôt possible. J'ai compris qu'ils étaient sur mon portefeuille bien avant que je ne visite cette organisation. Mais quel était leur but, je ne le savais pas. Mais ce serait une question d'affaires à tel point que je savais alors la réunion de Kenna. Mais quelle affaire! Je ne savais pas.

Déjà le lendemain, j'ai appelé John pour savoir si je venais au club-house. Il a pensé que c'était une bonne, suggestion et j'ai commencé à conduire assez rapidement après la fin de la conversation. Au pavillon, John voulait que nous parlions de ce qui se passait et que nous réduisions une sorte d'accord sur la façon dont nous allions travailler. Ils n'y laissent rien par hasard. Ce qui me convenait parfaitement lorsque j'étais une personne qui détestait quelque chose qui tournait mal ou était mal planifié. J'avais un téléphone portable et un chercheur que j'aurais toujours avec moi. De jour comme de nuit, ils allaient passer. Ce qui a créé un stress intérieur, j'ai pensé. Lorsque vous aviez l'habitude de gérer vous-même votre journée et que vous étiez maintenant supervisé par mobile et par des chercheurs 24 heures sur 24. Hm!

Pourquoi voulez-vous appartenir à une telle organisation, vous demandez-vous? Ensuite, cela n'implique que beaucoup de violence et d'autres illégalités. Pour moi personnellement, le mot-clé dollar était ce dont j'étais fou. Mais aussi, le gros soutien que l'on avait derrière lui. Avec les connaissances que j'ai acquises au cours de mes propres années, celles-ci étaient maintenant vraiment bénéfiques. C'était les six premiers mois de l'enfer à exécuter des choses que je ne peux pas énumérer dans ce livre. Alors le risque serait directement imminent que le parquet ait deux fêtes de Noël, la même année et je ne veux pas les donner quand j'ai commencé une nouvelle vie. On identifierait, formerait et re-testerait à quel point la loyauté était envers les membres et l'organisation l'était. C'était un lavage de cerveau propre. Mais vous l'avez pris à cause de ce qui allait se passer. (Homme de pensée) Il y avait une opportunité de louer un barack au clubyard. Je voudrais dire une petite boîte, en seulement 7 - 8 m². Il était possible d'y vivre et le coût était de 700 SEK, qui était payé directement au club-house.

On apprendrait de nombreuses nouvelles règles. Seuls les membres à part entière étaient autorisés à assister aux réunions du club, les membres n'étaient pas les bienvenus. On saurait ce qui y est discuté. Mais c'était calme comme le mur, sur ce qu'ils avaient dit lors des réunions. L'un se battait et tirait sa paille à la pile pendant cet entraînement dur, à la fois physiquement et mentalement. Il s'agissait de pouvoir faire face à la pression ou être totalement brisé. Puisqu'il y avait beaucoup de gens qui appartiendraient à l'organisation, alors le club devait être très dur dans le dépistage de ceux qui avaient le potentiel pour faire face à cet entraînement malade.

Cette projection était extrême dans notre club! Et par rapport au club avec lequel notre organisation était à cette époque en guerre. Y avait-il de grandes différences. Nos rivaux avaient une autre stratégie pour tisser de nouveaux membres. Il était assez tôt pour entrer dans l'organisation si vous connaissiez les bonnes personnes. Mais ensuite, ils ont également une mentalité sur leurs membres qui peut être décrite comme une instabilité instantanément. Il était à peine un hasard si l' un de leurs membres met un fusil canon dans la tête d'un petit enfant à une reprise. Leur organisation, cependant, nettoie ce membre lui-même. Mais cela prouve simplement que cela est entré, dans n'importe quoi dans cette organisation avec les bons contacts. Ce qui a pris cinq ans dans notre organisation n'a pris qu'un an pour eux. Ce qui crée une personne bondée avec une anxiété de performance! Là où ils au début de leur carrière doivent montrer aux ancêtres en réussissant leur travail de CHIEN, mais aussi de soi-disant PACK DONKEYS (passeurs de stupéfiants) où personne n'échouerait. De retour au club comme pack âne et où vous vous êtes débarrassé du paquet pourrait avoir des conséquences dévastatrices pour cette personne. Comme dans une telle situation devient désespérée. Si désespérés qu'ils ont même mis un fusil canon dans la tête d'un enfant. Absolument insensé à voix basse!

Pas parce que notre organisation était un agneau pieux. Mais exposer les enfants ou les femmes à une telle chose ne se produirait JAMAIS. C'était une loi non écrite que vous n'étiez en aucun cas exposé à eux ou même leur donner un fichier fléché. Il faut prendre soin de sa famille avec respect. À ces moments-là, il y avait un problème dans une famille, le club a rejoint la famille. Faire cet exercice tout en ayant une famille était directement associé à des problèmes familiaux. Le club n'a accepté aucun abus ou autre dans une famille. Cela sera réglé immédiatement dès l'arrivée du club.

Pendant la période de probation, nous avons reçu une formation sur les armes, une formation sur différents explosifs. Où vous apprendriez quelles armes vous utiliseriez à différentes occasions ou quel type de munition était le plus approprié pour un tour. Lorsque vous avez découvert les explosifs, la manière de diriger l'explosion était sur le point d'obtenir l'effet recherché. Vous avez été formé au combat rapproché avec différentes armes telles que des couteaux, des nuckles avec de petites lames de couteau soudées, et comment et où placer ces petites lames de couteau à différents endroits sur le corps de l'adversaire sans les tuer. Seuls les dégâts au premier stade. Il y avait un membre de l'organisation qui avait passé trois ans dans la l egion étrangère et où il avait été le soldat acharné à s'entraîner pendant ces trois années. Nous l'appelons Dan dans ce livre.

Ensuite, en tant que mission, nous avons dû nous entraîner à ce que l'on pourrait appeler l'art de la guerre. Où nous en apprendrions le plus sur les armes, les explosifs et les combats. Il représente également un étranger à certaines occasions pendant la formation elle-même. Ce qui m'a fait très surpris! Mais sa présence s'est expliquée assez rapidement lorsque ce type, déjà âgé de 24 ans, a pris sa retraite pour cause de maladie mentale. Cette maladie mentale était survenue pendant la période où il était dans la guerre entre l'Iran et l'Irak. Où ce type devait transporter les cadavres de ses compatriotes, et parfois seulement une partie d'entre eux, à travers la frontière du pays pour qu'ils rentrent à la maison. Qu'il soit mentalement instable, ce n'était pas beaucoup d'hésiter. Il avait son connard. La plupart des gens avaient un grand respect pour lui, alors une vie pour ce gars n'en valait absolument pas la peine! Voir la mort de l'œil blanc était quotidien pour lui. Et comme il l'a dit à certaines occasions! Je tourne ma propre mère pour 50 SEK sans problème! Dit-il sans toucher à une mine. Et je pensais que je me sentais en détresse. Je serais perçu comme une pure romance par rapport à cette personne blessée par la guerre.

C'était vraiment effrayant de se tenir si près d'une telle personne. Cette personne avait un nom étrange, dont je ne me souviens plus aujourd'hui. Mais ça ne fait rien! C'était en tout cas cette personne qui allait nous former à la guerre psychologique et comment apprendre à fermer après avoir travaillé. Il fallait simplement apprendre à effacer les émotions désagréables que l'on pouvait ressentir dans certains emplois. Juste cette partie de l'éducation, je peux maintenant vous dire qu'après toutes ces années, cela ne fonctionne pas. Ce qu'ils ont fait au cours de cette éducation, c'était d'apprendre à confondre les choses ou même à changer leurs sentiments. Rien que je recommande à une âme vivante. Quand il revient, aussi en sécurité qu'Amen dans l'église. Quoi qu'il en soit, revenir est tout sauf amusant.

Mais nous reviendrons sur le sujet précédent! Dan a commencé à expliquer quelles différentes grenades à main étaient disponibles et à quelles occasions elles avaient été utilisées. C'était très intéressant cette éducation. Ensuite, vous obtiendrez une grenade à main appelée grenade à main de distraction, qui peut être utilisée si vous voulez les électrocuter. Lorsqu'une telle grenade se déclenche, elle devient une lumière extrêmement brillante avec un bang extrêmement élevé. On parle d'un niveau de bruit de plus de 150 décibels et d'une lumière qui fige complètement le monde extérieur pendant quelques secondes. Parce que cette lumière est si forte, l'ensemble de nos cellules photoélectriques est activé dans l'œil et, à son tour, crée une image figée du monde extérieur. On pourrait le comparer à s'asseoir et à regarder la télévision, puis à appuyer sur le bouton pause. Et c'est pendant les secondes figées que vous vous allumez.

Ensuite, nous apprendrions à optimiser l'explosion grâce à diverses méthodes éprouvées. C'est ce qu'il a fait en montrant comment une rétention fonctionnait et à travers ce paramètre, a créé ce qui était une explosion ciblée. C'était très crucial pour les résultats, en fonction de la direction prise. On pourrait en apprendre davantage sur de nombreux explosifs. Pentyl était l'un de ces sujets que nous avons appris. C'est une poudre blanche. Cet agent est utilisé dans les grenades à main et dans de nombreux autres explosifs. On a tellement discuté de cette poudre de pentyle qu'elle est finalement devenue une blague parmi nous. Quand une personne pouvait demander s'il y avait Albyl ... Non mais Pentyl existe! Blague malade, mais c'était le cas.

La doctrine de la structure d'une grenade à main a été expliquée en détail. Tout, depuis les différents déclencheurs mécaniques, les bouts chimiques jusqu'au type de grenade fendue. Il fallait savoir quelles coquilles étaient en plastique ou en métal. Quels grenats utilisaient leur enveloppe comme séparateur et lesquels contenaient de la grêle, mais aussi ceux qui avaient leur explosif enveloppé dans un ressort en forme de spirale. Un avait à apprendre ce que l' explosion du sujet avait. Vous avez compté le volume, les énergies libérées par un bang. Et ce fut une explosion comme C4 où l' explosion ou comment rapide l' air pression est en mouvement par seconde et mètre, m tout dire qu'il explose! Mais peu savent ce que l' explosion vraiment est. Quand une explosion se produit, il est une énorme masse d' énergie libérée. Au cas où une accusation d' explosifs pâte C4 exploser, il serait dire que l' air de masse et la pression des les libérés énergies se déplacer à une vitesse de 8,400 M / (mètre par seconde) alors vous pourriez comprendre ces lignes, comment puissante explosion I » m parler au sujet. De nombreuses fois, il est difficile de décrire avec des mots comment puissant il était. Une comparaison que vous pouvez faire! Si vous pensez est un régulier grue camion qui soulève des différents bâtiments des matériaux en cours d' exécution sur la réelle grue bras. Quand une telle grue bras est poussé dehors, il est fait avec une pression de la concordance 60 - 70 kg. Comparez- le à un fusil de chasse qui soulage un fusil de chasse ordinaire. Là où la pression sur la grêle qui est en est au sujet de 600 kg. Donc, alors vous pouvez comprendre mieux. Il a été beaucoup à apprendre, et j'essayé de donner

leur a quelques heures d' étude affaires
économiques afin que leur pouvaient faire les
sophistiqués éco-vol au - delà.

Chapitre 28

Dan terminer la journée en disant que dans le matin, nous allions voir un des du du monde, la plupart des dangereuses armes et pourrait ne pas être révélé. Je pense comme un fou sur ce que les armes qu'il pourrait être. Cependant, il y avait très nombreux dangereuses armes sur le marché. Mais une arme qui n'a pas pu être révélée rendait la tâche beaucoup plus difficile à deviner. Ensuite, l'éducation a commencé à midi le lendemain. J'étais enthousiasmé par l'attente de cette arme dangereuse. Ensuite, vous obtenez un quotidien ordinaire? Tout le monde se demandait si c'était une blague. Dan lève maintenant le journal pour confirmer que le journal qu'il tenait à la main était l'une des armes les plus dangereuses au monde. La première chose à laquelle j'ai pensé était que Dan avait fumé de la mauvaise herbe! Très mauvaise herbe. Et ce n'était pas non plus le premier avril. Que veut - il dire que je pensais, s cris omebody et demande c'était ce qu'il avait appris dans la étrangère légion lire le journal! Un commentaire qui a fait rire tout le monde. Puis il a commencé à expliquer ce qu'il voulait dire par cette déclaration après que le rire soit passé. Il explique que si l'on roule dur le papier d'un jour, aussi dur qu'il devient comme un bâton fin, on pourrait transformer un quotidien ordinaire en une arme mortelle. Ce qui fonctionne réellement. En appuyant sur le point final du magazine à rouleau dur, vous pouvez facilement tuer une personne. En frappant un nez oblique sur les narines de la personne, la personne pousse son nez dans le cerveau et la personne meurt immédiatement. Vous pouvez également utiliser ce magazine pour blesser une personne très gravement. Ceci en frappant le journal directement dans les yeux d'une personne ou dans l'oreille de la personne. Tout cela pour nuire à l'ennemi. C'était exactement ce que Dan voulait dire avec les armes les plus dangereuses du monde.

Une arme sur laquelle personne ne devrait réfléchir. Un magazine qui, avec des moyens simples, et en quelques secondes est devenu une arme mortelle directe. Tout cet exercice a commencé à m'affecter négativement sur le plan purement psychique, car aucun humain n'est créé pour agir comme une machine. J'ai commencé à boire de plus grandes quantités d'alcool, lorsque cette intoxication est devenue une forme de relaxation. Mon corps était souvent la fin de toute l'entraînement et du lavage de cerveau psychologique tel qu'il était en réalité. Où en principe vous devriez en apprendre le plus sur les armes et comment blesser facilement un ennemi de la manière la plus efficace. Il y avait, comme je l'ai dit, de nombreuses règles à suivre au sein de l'organisation. Une règle est que vous ne devriez avoir aucune forme de problèmes de drogue. Oui, vous avez bien lu!

Ces règles étaient dures pour le club. Il fallait prendre de la drogue, mais ce serait dans des conditions contrôlées, ce que tout le monde pouvait comprendre ne fonctionnait pas correctement. Un membre! Nous l'appelons Mirko dans ce livre. Mirko a eu un gros problème avec la cocaïne, puis il a pompé de la testostérone, qui est des hormones mâles. Cocaïne et testostérone en combinaison, tout le reste est réussi.

Il souffrait d'une humeur fructueuse avec de nombreux résultats agressifs. Ce qui signifiait que Mirko enfreignait souvent une règle supplémentaire. La règle qui dit que vous ne pouvez jamais lever le doigt contre votre propre frère ou mettre un autre frère en danger ou en difficulté. Mirko était sur le point de le faire, à plusieurs reprises. Enfin, il a cassé la dernière, la règle mentionnée. À l'intérieur du club-house, il y avait une pièce appelée la salle de surveillance. Dans cette pièce, il y avait beaucoup de petits moniteurs (téléviseurs) où chaque moniteur montrait une image de ces caméras de surveillance qui étaient montées sur la planche entourant le club-house. Tout le monde avait un certain temps pour s'asseoir et surveiller ces caméras. Mirko se rendait à son laissez-passer vers trois heures du soir, puis entrait dans la pièce où un autre membre était assis et surveillait la zone. Lorsque Mirko entre dans la pièce, il voit ce membre assis endormi. C'était l'une des choses les plus sérieuses que l'on puisse faire pendant la période de guerre actuelle avec nos rivaux. Mirko prend une bouteille qu'il lui tire dans la tête, puis lui donne un gros coup. Maintenant, le reste du club s'est réveillé, qui a dû commencer à partager ces deux membres. Les deux avaient maintenant commis un crime très grave en vertu du règlement. Qu'est-ce qui a eu des conséquences! Déjà le même jour, ils ont tenu une réunion plénière des membres sur cet incident, et la rumeur a rapidement émergé qu'ils pourraient être hors de l'organisation. Là où l'organisation les a mis en mauvais état! La pire punition de toutes. Ce qui signifiait que ces membres devaient quitter l'organisation sans aucun soutien et où tout autre club Mc devait leur tirer dessus sans conséquences. Quelques jours plus tard, il a été constaté que ces membres avaient reçu un avertissement sérieux et un pari de 10 000 SEK. Une punition très mineure!

Beaucoup de gens pensaient que nous avions des fêtes sauvages où nous nous sommes battus et étaient très meurtrières. Le public avait une très mauvaise image de l'organisation. Ce qui signifiait qu'une décision avait été prise pour organiser des journées portes ouvertes où les voisins du club-house pouvaient entrer. Là où l'organisation proposait des grillades et des spiritueux. Mais nous avions acheté beaucoup de bonbons et autres pour les enfants en visite. Le jour où c'était une journée portes ouvertes, beaucoup se sont demandé si elle oserait venir n'importe quel visiteur. Les médias de masse avaient peint une image de nous, où nous apparaissions comme les pires psychopathes. Mirko n'a en aucun cas tenté de nous donner une meilleure image. Quand il avait vu un minibus une semaine plus tôt, un peu à l'extérieur des portes du club et où le journaliste avait pris une photo du club-house.

Lorsque Mirko le remarque, il marche et va chercher un balai, ouvre la porte, puis se dirige vers la fenêtre de la voiture sur le minibus avec le journaliste et insère le manche en bois dans la fenêtre . Le journaliste prend la panique et démarre la voiture, se jetant à l'arrière à plein gaz. Il survole plus ou moins un petit peu puis se dirige vers le terrain quelques centaines de mètres avant de s'arrêter. Ce journaliste paniqué n'a écrit aucune ligne positive directement dans le journal à propos de l'organisation. En raison de cet incident, beaucoup doutaient qu'il oserait se présenter à un citoyen ordinaire. Il n'y a pas eu de précipitation immédiate le premier jour. Vers onze heures ce matin, le premier visiteur est apparu. Il avait un pied à l'intérieur de la porte et l'autre à l'extérieur. Cela avait l'air assez comique. John a commencé à aller contre ce visiteur, le visiteur commence à reculer prudemment en raison de son insécurité et de la peur qu'il a reçues à travers les médias de masse. Nous étions des personnalités folles et mortelles. Lorsque John est arrivé au visiteur, le visiteur a dit qu'il était le voisin le plus proche de la cour du club et a commencé à pointer sa main vers sa maison. John lui a dit que nous aimions vraiment lui rendre visite. Le visiteur a dit alors! Oui, c'était amusant! mais maintenant je dois rentrer à la maison. Nous autres étions si proches que nous avons pu entendre le commentaire de ce visiteur sur son retour à la maison. Tout le monde a ri quand nous avons réalisé qu'il était très effrayé et nerveux. Nous étions environ six personnes qui ont maintenant commencé à marcher vers le visiteur. Il était aussi mérité. Mais après l'avoir accueilli et présenté, il est devenu un peu plus calme. Nous lançons des saucisses sur le gril pour que vous puissiez vous amuser! Bien! Je ne sais pas qu'il a dit au visiteur, la dame aurait la nourriture prête maintenant, donc ce sera probablement une autre fois. Non, viens maintenant! Dit John et commença à entrer dans la cour du club. Le visiteur regarda attentivement les autres avec des yeux anxieux. Mais plus tard, a commencé à entrer. Quand il était venu dans environ 20 à 30 mètres, il s'est soudainement arrêté à la contrary. Ici, il fera bon griller le visiteur dit tout à coup. C'était à environ dix mètres de la grille. Mais nous déplaçons le gril. Le fait qu'il restait là-bas était probablement parce qu'il voulait voir la porte pour pouvoir s'enfuir si quelque chose se produisait.

Le visiteur ne poussait pas directement à voir le club-house. Il était encore trop excité pour oser entrer dans le club-house. Tout le monde a vraiment essayé de le faire se détendre un peu et de prendre correctement notre invitation. Il probablement pensé que nous avions tuer lui. Mais tout d'un coup, il était comme sa nervosité juste disparu dans une étrange façon. Le visiteur voulait d' entrer dans notre locale. Lorsqu'il est entré, toutes ses blessures venaient d' être relâchées. Il a demandé à John s'il pouvait récupérer sa famille alors qu'ils également vu la chambre. Ils avaient un gars qui lisait tout sur l' organisation et était très intéressé par les gros titres et pour voir comment nous vivions. Le visiteur a dit le gars a vu tout à la télévision qui était à propos de Mc clubs. De Bien sûr, sa famille a accueilli les, comme ce fut le but de donner au publique une meilleure image de ce que nous étions debout pour et que nous ne pas mélanger ordinaires citoyens avec notre entreprise. Nous voulions à donner au publique une autre image et expliquer à ceux qui voulait à entendre que nous étions pas aussi fou que les médias destinés à nous. Mais convaincre ces visites des gens n'a pas été facile. Comme pour plusieurs années lire au sujet de la guerre que nous avions, il était maintenant pour nous d' être aussi humble que cela pourrait ne être. Lorsque le visiteur, le plus proche voisin de la club - house, retourné à la suite de sa famille, se sentait comme l' ouverture maison le jour, a été un succès tentative d' atteindre sur à ces simples citoyens. Le gars du visiteur était complètement lyrique et a finalement vu un club Mc dans la vraie vie et assis sur les vélos. Le visiteur a commencé à faire soigneuses demande s'il pouvait couper son herbe à côté de la club - house. Quelque chose qu'il avait pas fait pour un quelques années en raison de pure peur. Tout le mondes'est demandé pourquoi il n'avait pas, coupé l' herbe. Puis il s'en ce que le journaliste qui a récemment cassé sa voiture avait visité ce voisin plusieurs années plus tôt, et construit en une peur pour nous. Le journaliste avait à plusieurs reprises fait savoir à ce voisin qui lui serait certainement pas avec nous, et certainement ne pas montrer jusqu'à quand ce journaliste avait entendu que les gens avaient disparu pour de plus petites choses. Le tout club - house a commencé rire, quand personne ne l'avait entendu quoi que ce soit si drôle depuis longtemps. Même ce voisin a commencé à rire maintenant, alors qu'il se rendait compte que le journaliste parlait juste de fou. Même sa femme a ri fort, car elle comprenait également que tout était une tactique d'intimidation des médias de masse. Nous n'avions qu'à améliorer nos, relations de voisinage. Ce que nous avons fait en aidant ce voisin avec sa clôture quelques jours plus tard. Le fait d'avoir une journée portes ouvertes a été un vrai succès! Pendant ces jours, il y avait environ 15 à 20 citoyens ordinaires, mais pas de familles entières directement avec des enfants. Mais en tout cas, il y en avait, dont la plupart étaient satisfaits. Mais après la fête, l'exercice et le recyclage viendront!

Nous devrions maintenant être informés de son apparence dans la cour du club et de l'endroit où vous pourriez parler dans la cour, sans être intercepté par la police. Le club-house était l'une des deux fermes les plus interceptées dans toute la Skåne. La police a visé du matériel d'interception contre la cour du club. Ce que nous savions de la police de Skåne a révélé des informations! Comme un tamis. Il y avait aussi des règles pour cela et aussi pour quelles informations pouvaient être dites sur les téléphones portables. L'organisation avait incorporé un équipement pour les téléphones Ericsson où vous pouviez monter un petit dispositif de cryptage monté sous le téléphone. Cela ressemblait à un chargeur fixé plus large. En installant cette unité de cryptage, vous pourriez alors parler à une autre personne sans que la police puisse entendre ce que nous avons dit. Cet équipement a été pris en Israël, où le matériel de guerre était facile à trouver. Étant donné que cet équipement était directement illégal, et si vous utilisez cet équipement, qui est classé comme matériel militaire en Suède, vous deviez en faire la demande. Quelque chose que nous n'avions manifestement pas fait.

En formant le plan psychologique, il est finalement devenu toute cette information destructrice sur la façon de main e conduit des armes, des munitions, l' interception et la guerre psychologique est devenu comme un propre ADN. Vous avez été intelligemment nourri à la tête de toutes les informations et de la formation.

Vous avez été percé si fort que vous pouviez prendre une balle pour vos frères sans même y penser. Ce lavage de cerveau est devenu plus ou moins un stress, post-traumatique, dès que nous avons commencé à penser différemment de ce que nous avions appris à penser et à agir. Après 6 mois dans cet enfer, les gens avaient changé mentalement. Avec un stress intégré, vous étiez toujours sur vos gardes et ne saviez jamais quand tirer. Vous pensiez aux criminels 24 heures sur 24 et à la façon dont vous pourriez vivre en dehors de la loi. Le sentiment de liberté que vous recherchiez et où le hoo et le dollar ont joué un rôle extrêmement important. Avait maintenant commencé à montrer sa forme correcte. Je suis resté coincé en enfer!

Comme l'exercice et le lavage de cerveau ne suffiraient pas! De plus, la police était de purs pistolets gardant un animal mort au sol. La police a souvent attaqué mais a rarement réussi. Au bureau de police de Skåne, l'organisation avait deux policiers qui nous ont informés avant que cela ne réussisse. Ces policiers sont probablement des gestionnaires aujourd'hui. Ils ont publié des informations contre une somme d'argent.

Ce qui signifiait que nous pouvions nous débarrasser de tout avant le redressement. Mais c'est ce que le procureur devrait faire. Quand la police et son département du crime organisé ont frappé durement le club-house. Ils avaient aménagé une chargeuse sur pneus qui franchissait directement les portes. Ensuite, il se faufilera sur la planche de tous les coins. Une fois à l'intérieur, ils ont enfermé tout le monde dans la cour, dans ces garages où se tenaient les enroués lorsque nous les avons rencontrés. Puis explorez tout le club-house à la recherche d'armes et de drogues. Mais ils ne trouvent rien alors que leurs propres collègues nous avaient prévenus auparavant. Cela s'est terminé par leur

arrivée au commissariat sans quoi que ce soit
que le procureur puisse poursuivre. Mais le
bureau du procureur a gentiment payé les portes
de 80 000 SEK, qui ont été complètement
détruites lorsque la chargeuse sur pneus les a
traversées. La pression du club et des forces de
police vous rend dur et empathique. Vivre dans
un monde où l'échec était associé à la mort ou à
l'emprisonnement crée une machine sans,
sentiments. Beaucoup de ceux qui lisent ceci ont
probablement du mal à signer ce que c'était
vraiment. En même temps, être papa était
presque facile. Il fallait essayer d'utiliser les outils
qu'ils avaient appris pour éteindre et allumer.
Mais pour pouvoir fermer, il fallait que vous
abandonniez la vision humaine que vous aviez
autrefois élevée.

Une personne qui est constamment jetée entre
la loyauté enracinée, la fraternité et la
destruction devient un peu étrange tôt ou tard.
Les gens ont souvent l'impression qu'ils ne
contrôlent pas leurs sentiments, qui consistent
en haine, dommages, armes et le pire de tous. La
doctrine de la liquidation rapide de l'ennemi si
nécessaire. Qu'on nous a appris à se débarrasser
d'un corps humain sans laisser de traces visibles
ou de premier plan incluses dans la formation
elle-même. Cependant, c'est la seule chose qui a

été faite sur les animaux. Le squelette des animaux abattus a été utilisé lorsque les os et la peau de ces animaux devaient correspondre à un corps humain. Là, puisqu'ils ont été présentés, les méthodes les plus efficaces pour faire disparaître ces os et résidus cutanés de la manière la plus rapide et la plus efficace. Normalement, on pourrait penser que l'acide serait celui qui ferait le travail le plus efficacement. Mais ce n'est pas plus facile d'obtenir autant d'acide pour faire disparaître un corps humain. C'était la guerre et dans le pire des cas, il pourrait être nécessaire d'avoir un camion-citerne d'acide entier. Quelque chose qui ne pouvait pas disparaître sans que les autorités devraient être alertés. Un autre problème a été la façon de stocker, une telle quantité d' acide. Nous fîmes formé pas à un avis ou utiliser visibles armes que tout le monde se reflète sur, comme cela pourrait être appelé les flics dans les grands nombres. Il est vrai, même maintenant que un utile moyen pourrait être trouvé qui pourrait causer des os et la peau retard à disparaître. Enfin, c'est devenu de la chaux déchaînée! La chaux libérée est extrêmement corrosive et avec un peu d' eau, aussi efficace que n'importe quel acide. Cette chaux pourrait facilement être achetée sur les agriculteurs sans que personne ne réagisse. En tant que personne, vous ne pas réfléchir sur la façon dont malade ces essais vraiment été. J'étais par cette équipe pas humaine mais une seule machine plus ou moins . J'étais devenu encore plus indifférent à inhumains comportement que toute ordinaire personne avait été à peine choqué par. Je l'ai fait pire des choses que toute ordinaire personne pourrait avoir des cauchemars au sujet. Les choses qui étaient des cauchemars pour les gens ordinaires étaient ma vie de tous les jours. Mon niveau de tolérance était inhumainement élevé. Un niveau que l' on ne peut atteindre que grâce à des années de vie destructrice et empathique. Beaucoup d'entre nous ont été frappés par des cauchemars désagréables. Mirko avait le même rêve souvent, un rêve où il se réveilla en une chambre de l' homme pourris corps et il y avait eu une panique et pouvait sentir l' odeur du cadavre.

Je me suis eu un grand nombre de rêves, mais souvent des rêves où vous étiez dans le du monde de monstre avec différents ennemis où leur but était d' enlever un de la de la terre de surface. Je souvent réveille en froidement après combattu la pire guerre avec moi - même. Probablement ce fut le construit -dans la défense instinct qui était un must pour survivre à tout.

Je me souviens une fois je me allais à regarder quand mon petit garçon Alexandre va à jouer au football. Après le match, les parents ont dû aller voir les garçons sur le terrain. Derrière moi vient un autre papa qui m'a reconnu. Ce qu'il a fait, c'est qu'il est venu derrière moi et a mis ma main sur mon épaule et a dit mon nom en même temps. J'ai régné en balayant directement quelques mètres sur la pelouse. Un pur réflexe de mon côté. Alexander regarde son père et se demande ce que je fais. Tous les parents regardent et se retirent de l'endroit. Je suis allé voir le père et j'ai essayé de lui expliquer que c'était une pure réaction. Il s'est demandé pourquoi je l'ai fait? Eh bien, qu'est-ce que vous dites, c'était embarrassant Alexandre qui avait honte de son père, m y petit gars était en colère et pensait que son père était stupide, je ne pouvais pas expliquer à mon fils pourquoi son père se comportait comme le pire gangster, b Heureusement, les enfants pardonnent à leurs parents après un certain temps, et je leur en suis reconnaissant Comme je l'ai dit plus tôt, le temps libre était quelque chose qui a presque déclenché son absence. Mais bien sûr, vous étiez libre, mais toujours accessible. Mais à l'une de ces occasions, j'étais à mon appartement quand il a appelé la porte. Je n'ai pas vérifié dans le

judas de la porte mais je viens de l'ouvrir.
Dehors, le client représente Oxfilen et a l'air
vraiment maladroit. Il voulait entrer! Je l' ai laissé
dans, et nous sommes allés dans la grande salle.
Quand nous nous sommes assis, le client leur a
dit qu'ils se demandaient où j'allais. Ensuite, j'ai
changé le numéro de téléphone et je n'ai pas eu
de nouvelles de moi depuis le dernier choc.
j'avais pas eu de contact avec ces gars depuis
plus de six mois. Le client a commencé à
expliquer entre les lignes qu'on ne pouvait pas
simplement mettre fin à cette clientèle.
Maintenant, j'ai commencé à réaliser que nous
faisions face à un accord dans le monde
inférieur. J'avais fait mon choix et à qui
j'appartenais. Mais le client n'était pas du tout
sur cette ligne. Je lui ai dit que j'avais rempli mon
engagement envers ceux qui obtenaient de bons
résultats. Mais je compris aussi que maintenant t
- il en résulte que je réussissais maintenant que
ils ne pas laisser moi aller. J'étais une bonne,
source de revenus pour eux. Le client a dit
gentiment que je voudrais bien réfléchir à propos
de ma décision. Dans une sympathique façon,
avec une fatale issue à de mauvaises réponses!
Le client s'est demandé si je me souvenais de ce
que j'avais demandé! Pour qui ai- je fait la
boutique Oxfile? Oui, de bien sûr, je me souviens

qu'il, je répondis lui! Il, explique que c'était essentiellement un russe industriel qui tenait les fils et il était maintenant en colère et déçu que je viens soumettais. Il, veut à rencontrer moi bientôt si je pouvais penser de lui. Je n'étais pas du tout intéressé à rencontrer cet homme. Le client a pensé que ma réponse était extrêmement stupide, puisque vous auriez pas envie d' obtenir ce russe homme. Je savais que je devais sauvegarde de la club. Mais à la fois, vous devriez ne pas exposer le club à des problèmes ou tout seul frère pour elle. Cela a commencé à être problématique! Je savais que je pouvais tourner à John si j'avais un problème ou si je me demandais quand John a pris soin de moi à ce moment. Lorsque je rencontre John la prochaine fois que je demandé lui comment de résoudre ce? John a dit qu'il savait que je travaillais avec la Russie les clients avant qu'ils se sont intéressés à moi. John évidemment savait plus que je savais moi - même quand je l'ai fait l' affaire avec eux. John a également dit que je doit une fois et pour tous faire en avec eux, parce que sinon vous aurez jamais obtenir la paix et au calme. Ce que John a dit! Etais - ce que je voudrais faire place aux Russes dans le bas monde. Bien! Hm! Maintenant c'était un peu dur! Comment at - John pense? Dois - je aller pour moi - même et faire place avec un russe homme d' affaires et sa garde? Puis John dit! Ce que je vais décider du temps et lieu avec les Russes aussi vite que possible. On avait le cœur dans la gorge! Je ne savais toujours pas si je me rencontrerais ou si j'avais une sauvegarde du club. John irait voir le club s'ils pouvaient dire à nos ennemis de l'autre gang Mc que nous traversions leur territoire. Le fait que les clubs se communiquaient, c'était parce que cela ne serait pas perçu comme une action de guerre. Une tentative que les clubs avaient acceptée pour éviter les conflits aussi longtemps que cela durerait. Bien qu'il y ait eu une guerre entre les clubs. J'ai mis la main sur le client et j'ai décidé de l'heure et du lieu. J'ai choisi un point de passage au sommet de la route donc, il était un lieu public, de sorte que vous pouvez éviter la prise de vue. John arrive au clubyard après 10 minutes en disant qu'il m'accompagne et me libère de cet homme d'affaires russe. John a dit qu'il conduisait son vélo et il a dit que je prendrais la voiture et, devant. Nous avons apporté deux armes de poing en guise de sauvegarde s'ils avaient oublié tout type de piège. Ce serait la première fois que je sortirais avec un membre à part entière de l'entreprise. L'adrénaline n'a jamais augmenté comme maintenant. Quand nous sommes

arrivés, nous étions presque une heure en
avance. John voulait que nous prenions le dîner
sur la route et que nous mangions un peu!
Manger? J'ai dit que je ne pourrais pas avoir de
moulin à pain si quelque chose me poussait dans
la gorge. J'étais honnêtement stupide! Bien que
j'avais ma formation et un membre à part
entière avec moi. Peut-être pour faire face à un
accord dans le monde inférieur, rien ne se
passait et se sentait génial de quelque manière
que ce soit. J'adorerais rentrer à la maison en
voiture! John est entré, dans la rue pour dîner et
a commandé de la nourriture, puis il est allé
s'asseoir à l'une des tables, aussi calme soit-il. Là,
nous sommes entrés sur une chaussée armés et
mangions juste avant l'affaire. Je n'ai pris qu'un
verre d'eau, ce qui était assez dur pour
descendre. John a vu que j'étais chargé et
nerveux. John était habitué à ce genre d'accord.
John a dit que ce ne serait pas un si gros
problème, mais qu'il s'occuperait des
négociations et que j'avais juste besoin d'être
resserré s'il s'agissait d'une arme ou similaire.
Certainement! J'ai pensé! Soyez juste aiguisé,
facile quand vous étiez comme un milkshake
vivant. Bien sûr, je le suis, ai-je répondu à John!
John m'a dit de me préparer après avoir mangé.
Ce qu'il a dit, c'est que je ferais un manteau

discret donc, j'avais une cartouche dans la course
et sécuriser mon arme. Dit et fait! Nous avons
commencé à sortir de la route. Quand nous
sommes sortis, il y avait une voiture plus jolie
assez loin dans le parking et un certain nombre
de personnes devant la voiture. John a dit qu'ils
étaient là! Maintenant, j'étais CHARGÉ!

Nous allons à John, ont-ils dit! Nous avons
commencé à y aller! Ils ont également
commencé à bouger. Mais nous ne savions pas
encore si c'étaient les gens que nous allions
rencontrer, c'est probablement le cas!
Maintenant que nous étions si proches, j'ai vu le
client et je dis à John que c'est eux et que je
pouvais maintenant voir le client. Bon dit John!
Maintenant, nous nous tenions face à face et
nous nous saluions en prenant soin de nous.
L'acheteur a dit qu'il conclurait un accord. John,
demande où c'était pour un accord? Nous avons
besoin des services de cet homme une dernière
fois, pour un travail de données. Il me montre du
doigt! John répond que ce n'est pas une question
et leur a dit de revenir, maintenant quand
j'appartenais à ce Mc Club! Le client a dit que
cela pourrait signifier des pertes difficiles pour le
club à moins qu'il ne m'utilise une dernière fois
pour un travail. John, demande si le client nous
menace. Non! dit le client, je dis juste ce qui se

passera s'il ne m'utilisait pas une dernière fois.
Désolé, dit John au client! Le client se retourne
un peu. Un monstre qui a fait exploser John.

Merde ... Je pensais que, Est cognant
maintenant, il est frappant! J'ai eu un vrai coup
d'adrénaline maintenant! Alors, j'espérais juste
que je ne lâcherais pas mon arme. Ensuite, je
pourrais probablement frapper les nuages avec
une arme à la main. John reprend sa main droite
derrière son dos où il avait son arme et dit une
dernière fois au client de s'excuser.

Le client comprend que nous ne négocions plus
diplomatiquement. La sauvegarde du client se
propage sur les côtés, maintenant je prends mon
arme pendant un moment, mais ne la tire pas.
J'attends. L'impasse était ce que nous avions en
ce moment, quelqu'un sort de sa voiture! Un
homme dans un long rocher léger. Une personne
très sage. J'ai compris que cette personne était
l'homme d'affaires russe. Mais il s'est avéré que
j'avais tort. C'était le bras droit de l'homme
d'affaires russe. Le client a commencé à parler
russe avec la personne. Mes compétences en
russe n'étaient pas bonnes à ce moment-là, mais
j'ai tellement compris que ce n'était pas positif.
J'ai observé le client qu'il a été poussé par
l'homme qui est récemment descendu de la

voiture et a commencé à parler fermement ou d'une manière plus sage. Le client se tourne vers John et dit que son client ne veut pas me laisser partir sans aucune sorte de compensation! John dit au client qu'il serait en mesure de lui offrir une balle dans la tête s'il ne reculait pas et le client s'est excusé. Pendant que John dit, l'un de leurs hommes passe derrière leur voiture et fait un manteau. John et moi prenons nos armes mais maintenons-les au sol pour empêcher le public de voir nos armes. Maintenant c'était net! L'homme qui était le bras droit russe, dit quelques mots courts en russe. Ce qui conduit le client à dire d'accord, d' accord! On laisse bizarre même dit le client. John se transforme simplement en une personne pleinement capable de tirer sur ces personnes pour arrêter son arme et avoir l'air heureux. Je n'étais pas content! Je ne sais pas ce que j'étais, mais je n'étais pas du tout content. Tout se termine par le client excusant et soumet une nouvelle fois les souhaits de son client, g et l' aide de moi, mais ils vont payer moi et le club. Il n'y avait rien que je voulais faire. Quel John plus que savait! John a dit que notre intermédiaire se termine ici et maintenant. Ce qui a poussé le client et d'autres personnes en deuil dans cette falaise à sauter dans la voiture et à s'éloigner du parking. John dit que nous retournons au club. Juste au moment où nous conduisions du parking, d'abord Le chercheur de John est tombé et bientôt mon bip a sifflé. C'était le numéro de téléphone du club! Ce qui signifiait que vous devriez aller directement au club-house immédiatement. Appar ently, quelque chose était arrivé, mais qu'est - ce? On se demande si ce sont les flics qui ont encore frappé et que nous n'avions pas été prévenus par ces policiers qui étaient toujours informés bien avant une pause! Nous sommes immédiatement allés au club-house pour entendre ou voir ce qui s'était passé. Lorsque nous sommes entrés dans la cour, des membres à part entière sont venus discuter avec John. Il s'est avéré être un membre du test qui était allé tatoué avec un symbole qui ne peut être obtenu que si vous avez le consentement du club. Mais une condition était que vous soyez un membre à part entière. Ce qu'il n'était pas. Maintenant, ce tatouage peut ressembler à un problème de saleté. Mais dans le monde criminel et surtout dans les Mc liés, les tatouages étaient très importants. Les tatouages parlaient de nombreuses langues et chaque symbole représentait ce qui était digne et ce qui était passé. Une explication très simplifiée de l'importance du tatouage. John était assez bouleversé et c'est la raison pour laquelle ils nous ont rappelés. Les membres à part entière conseilleraient John sur la façon de résoudre le tatouage non autorisé de cette personne.

Tout le monde a convenu qu'il devrait disparaître. La raison pour laquelle personne ne l'avait vu était que le gars avait un large bracelet en cuir au poignet pour cacher le tatouage. Mais ce club possédait la majeure partie du studio de tatouage et, par l'intermédiaire du tatoueur, avait appris que le gars avait demandé à se faire tatouer avec ce symbole. Mais même le tatoueur s'était trompé en appuyant sur le symbole alors qu'il savait que le gars n'était pas un membre à part entière. Le tatouage serait à tout prix.

Et le gars est sorti, dans le garage et le broyeur avec une meule a commencé. Le gars était paniqué mais savait que cette solution était une meilleure punition que ce qu'il pouvait obtenir. La meuleuse d'angle a juste essuyé la peau et elle a rincé la peau et les éclaboussures de sang sur les murs du garage. On a vu comment le sang qui a frappé les murs a été aspiré dans les plaques de plâtre lorsqu'ils ont frappé le mur de plâtre. Personne n'a répondu. Tout le monde pensait qu'il était juste de faire cela. Il avait porté un tatouage qu'il ne pouvait pas supporter et était maintenant puni. Le gars a été aidé à nettoyer la plaie et à la remplacer. Le gars continuerait ses études. Le Tatuer avait un peu peur maintenant, quand il savait ce que le gars avait enduré à travers la souffrance. Le Tatuer a reçu un véritable avertissement sur ce qui se passerait s'il faisait cette erreur.

Chapitre 29

Il y avait toujours quelque chose qui se passait au club et maintenant c'était le voyage de Mirko. Il était resté coincé après un abus. Il a écopé de six mois de prison pour cela. Puis il y avait un homme à court au milieu de la guerre. Mais le quota a été reconstitué assez rapidement depuis le Danemark. Et il y avait des membres d'autres clubs, il n'y avait pas de défaut tout de suite. Mais par rapport à nos ennemis ou rivaux, nous étions considérablement moins locaux. Le club a commencé à soupçonner que les policiers qui nous ont donné des informations sur les saisies étaient gravement obsédés car ils n'avaient pas été informés depuis longtemps. Le club a mis en sécurité plus tôt l'incertitude et se déplace sur le magasin d'armes. Nous avons commencé à cacher des armes à des connaissances à des membres qui étaient enneigés et qui ne figuraient pas dans le registre du crime. En cachant de grands magasins d'armes avec des gens ordinaires qui avaient des affiliations avec quelqu'un du club, la police ne pouvait pas se rendre aux armes. Il était presque improbable que le procureur demande la fouille d'une personne sans contrainte et sans preuve. Nous ne pouvions pas avoir de grands magasins d'armes chez nous. Ensuite, la police a souvent frappé nos domiciles. Tous les trucs sont utilisés pendant la période de guerre. C'était très occupé. Nous n'avons eu aucune information pendant plusieurs semaines de la part de la police. Nous ne pouvions pas nous permettre d'avoir des chances, car cela pourrait signifier que nous avons perdu tout le magasin d'armes. Cela avait été un pur désastre.

Dans le même temps, nous nous entraînions et maintenions également l'ordre sur le marché et sur tout le territoire, donc aucun club très soudé n'a tenté de revendiquer les parts de marché du club. Tous les clubs qui ont tenté d'entrer sur le marché ont reçu deux choix. Soit c'était les membres qui pouvaient nous conduire leur club en tant que sous-club et où ils devaient porter les couleurs de notre club ou la liquidation.

La plupart des clubs qui se présentaient disparaissaient généralement en se résolvant d'eux-mêmes quand on leur disait que nous allions dans leur club. Il y avait aussi les nouveaux clubs qui voulaient tester notre capacité et où cela s'est déchaîné. C'est arrivé à la fin de mon procès et là on allait dans un nouveau club, pour s'assurer qu'ils disparaissaient une fois pour toutes. Nous avions un entraîneur du modèle plus grossier alors que nous sautions dans cinq personnes. Nous avions la voiture pleine de batte de baseball, des gants avec knogger isolés dans les gants. Quelqu'un avait une arme avec eux au cas où ils auraient des armes à feu! Arrivés à un carrefour, une voiture de police s'est glissée à nos côtés. N'ose pas que ces deux serpents nous restent. Ils sont allés aussi vite qu'il est devenu le feu vert. Nous avons roulé sans que l' ir ne nous suive.

Quand nous sommes entrés dans la ferme où ces Mc Guys avaient loué une partie de la cour du fermier, le fermier est sorti, avec un fusil de chasse. Il avait les cartouches de fusil à la main et le fusil était cassé. Quand il a vu l'Ouest, il est entré de nouveau. Il pensait que ce serait stupide de mettre son nez dans cette affaire. Les gars de ce nouveau club Mc étaient en fait assez flous et avaient une attitude. Ce qui est une bonne caractéristique de ce monde criminel! Mais pas contre notre club. Un de nos membres du club! Nous l'appelons Sam, dans ce livre. Sam a prononcé un discours de bienvenue qui a fait en sorte qu'ils reviennent au maximum. Il avait deux pistolets de la marque poulain. Il a commencé à se présenter en tirant deux coups en l'air. Mais maintenant, toute la performance a un peu mal tourné. Sam a gardé l'un des gars dans le pied. Le type a crié hystériquement de douleur quand il a reçu une balle dans le pied de calibre 45. La balle a traversé le pied et la balle est restée coincée dans le parquet. Maintenant, l'attention était maximale. Tous leurs membres disent que leur club cesse d'exister immédiatement, seulement nous arrêtons de leur tirer dessus. Leurs membres s'envolent hors de la salle. Maintenant, nous sommes entrés et avons cassé la place en jetons, alors ils ont vraiment réalisé que leur club n'était pas le bienvenu sur le marché. Puis nous sommes retournés à notre club-house. Le deuxième club ne semblait plus jamais être. Ce détachement semble certainement brutal pour beaucoup! Mais je peux vous assurer que c'était l'une des plus belles variantes.

Le fait que notre club soit exposé à des problèmes chaque jour est probablement le plus important à ce jour. Mais lire sur ce style de vie misérable est une chose. Certes, beaucoup se demandent ing pourquoi vous continuez. Vous ne pouvez pas vous arrêter, même si vous le souhaitez. Vous vous mettriez en mauvaise posture si vous trahissiez vos frères et l'organisation. Pour quitter le club en règle, je ne ressens personnellement qu'un cas avec. Mais ce type a dû acheter un club-house et payer des intérêts et un amortissement. Quel a été un saut dans le million! Vous pouvez toujours avoir de bons conseils et des solutions simples en lisant ce livre. Mais la réalité est basée sur de nombreux autres facteurs, événements et où vous êtes dans un état plus ou moins de lavage de cerveau. Nous avons fait de nombreuses actions non protégées. Cependant, il ne faut pas oublier qu'il a eu lieu pendant une guerre en cours. Une guerre comme la population ordinaire à une occasion particulière a été affectée. Mais même dans la guerre entre pays, des innocents ordinaires sont touchés. Nous n'avons jamais eu l'intention que ces personnes soient mauvaises, elles étaient simplement au mauvais endroit au mauvais moment. Plus la guerre évoluait, plus les ressources consacrées au crime organisé étaient importantes, la guerre Mc avait un budget assez important. La police a commencé à désigner des membres pour nous briser psychologiquement. Ils se sont tenus à l'extérieur de la porte du club et ont fait de leur mieux avec différentes provocations. Par exemple, ils pourraient cracher sur nous ou contre les conducteurs et les voitures entrant dans le club-house. Ils jettent des mots verbalement laids. Tout pour nous faire sauter sur le flic afin qu'ils puissent nous saisir pour violence contre les officiels.

Quand nous sommes partis sur nos vélos, ils se tenaient là et avaient un contrôle de la circulation. T hey avait le vol des inspections sur nos vélos. Ils pouvaient lancer un clignotant sur le vélo, donc il était plié ou nettoyé en morceaux. Ensuite, nous avons été condamnés à une amende. Regardé si nous étions sobres. Parlez-nous des personnes qui étaient en charge de l'inspection des véhicules. Ainsi, la police avait pris une somme plus importante des contribuables qui ont payé cet appel où les flics ont enfreint la loi pour nous faire enfreindre la loi. Une belle société juridique! Th e c ops se tenaient en dehors des portes qui ont souvent eu un passe - montagne sur leur visage, alors comment dur ils étaient vraiment, pourraient, à discuter. Les policiers qui nous ont prévenus avaient donné l'impression qu'il y aurait un coup dur dans la cour de club, mais ce n'était pas la police locale qui était censée frapper, donc nous ne savions pas quand cela arriverait. Nous étions assez calmes, mais, bien sûr, c'était tendu lorsque le SWAT est arrivé. Il y avait une bonne raison pour laquelle les collègues de la police les ont appelés pour le groupe suicide. Ces flics étaient aussi heureux que nous. Donc, quand il a frappé ces opérations, vous ne saviez jamais ce qui pouvait arriver. Le club a décidé que nous serions à court d'activité, de récupération et d'autres activités illégales pendant deux jours de plus jusqu'à ce que nous voyions si cela réussissait ou non.

Nous avons une plus grande partie dans l'intervalle, et il y aurait deux professionnels de tripetease danseurs pour célébrer la journée pour nous. Quelque chose d'amusant que vous pourriez avoir. Mais notre préparation était au plus haut niveau, ce qui signifie que tous les membres ne pouvaient pas contribuer à, ce parti. Devinez s'il y a eu des protestations de la part de ces membres qui auraient regardé cette nuit-là. Eh bien! Comptez dessus…

Ce serait une bonne bouffe, mais nous n'avions pas directement quelqu'un qui pourrait appeler le chef. Donc, c'est devenu une salade de pommes de terre et du porc fumé. Nous avons teint, avec une longue table et riche en papier, avec des couverts en plastique. Tout le monde attendait avec impatience cette fête. Ce sont les stries qui ont tiré et ont fait un soupir pour faire la fête. Nous venions d'entendre une seule de ces rayures. Elle serait extrêmement douée dans son travail. Nous venions de commencer à manger un peu lorsque le premier spectacle a commencé. Tout le monde a arrêté de manger pour voir s'il était doué pour se déshabiller. Je peux dire qu'ils l'étaient. Le numéro principal était la bande mentionnée. Personne ne pouvait manger après son spectacle. C'était une très belle fille, mais son spectacle était purement grotesque. Elle a essentiellement arrêté sa main entière dans son bas- ventre. C'était vraiment dégoûtant. Personne n'avait envie de salade de pommes de terre après ce spectacle. Certains ont même jeté leur nourriture. Elle était un peu trop rude dans sa pratique en matière de strip-tease. Quand nous ne pensions même pas que c'était bien, alors on pouvait imaginer ce que les gens ordinaires aimeraient. La fête était très bonne, avec de nombreux éléments amusants. Nous avons eu une fête humaine. Même si la préparation était au plus haut niveau, nous pourrions passer un bon moment. C'était comme si ces heures duraient la fête, c'était ce qui vous poussait à prendre plus de conneries.

Tôt le matin suivant, la police a repris, avec force. Nous nous sommes réveillés parce qu'une tronçonneuse fonctionnait et on a entendu dire que cela ressemblait à quelque chose. Il s'avérerait que les autorités de police de Skåne avaient aidé leurs collègues de la force de frappe de Göteborg, et ce sont désormais eux qui ont décerné le prix. Les collègues s'étaient rendus à

Skåne parce que le bureau du procureur et le bureau de police avaient clairement indiqué que la police de Skåne avait fui. Le procureur en avait assez de toutes les accusations infructueuses et l'État coûtait cher économiquement. Non seulement parce qu'ils ont dû remplacer le club pour les inventaires corrompus par les saisies, mais aussi parce que les policiers avaient leur salaire.

Là, le procureur a dû prendre une décision éclairée sur un appel mais sans résultat, ce qui ne faisait pas, bonne figure dans la réputation du procureur. Où la participation est devenue une dépense coûteuse. Ainsi, l'argent du contribuable.

Même cette fois, cela devint plus ou moins un échec, car ils ne trouvèrent que des choses plus petites comme des kn uckle-duster et des pièces Mc volées. Là, ils ne pouvaient pas lier quelqu'un à la crise. La tournure des événements a été qu'une équipe de flics a vu un trou dans l'étagère qui entourait la cour de clu b et c'est la tronçonneuse qui a réveillé tout le club. Vient ensuite une équipe de flics dans une lucarne contre l'une des portes du club-house. Deux flics qui se tenaient dans la lucarne avaient leurs casques de combat portant un pistolet tommie comme arme de service. Certains membres ont eu la gueule de bois après la fête d'hier et se sont demandé où cela se passait. Les flics jettent à la fois des grenades fumigènes et des grenades de distraction. Ça a frappé comme un enfer. C'était la luminosité du pire réveillon du Nouvel An. Cette fois, il y avait une guerre propre à l'intérieur du club-house. Chaque fois que vous regardez, c'était un gâchis. Les flics étaient disciplinés, plus qu'ils ne l'étaient auparavant. Ils entrent dans la porte principale en tant que soldats d'élite et où le moindre petit mouvement en mouvement déclencherait un fusil de chasse. Les c ops étaient très tendus et nous n'en étions pas moins actifs. Les flics craignaient que nous commencions à libérer certaines armes. Mais nous n'avions pas d'armes là-bas. Rien de plus qu'un coup de poing américain et une batte de baseball. Aucune arme directe contre eux. La meilleure chose que nous pouvions faire était de les laisser nous enfermer à nouveau, dans le garage, afin qu'ils puissent ramper dans le club-house. Avoir les joues dans la haie a commencé à être une routine de routine. Que nous ne résisterions pas a été donné, quand le procureur avait applaudi et pouvait nous enfermer. Après le virage, c'était comme si toute la ferme ressemblait à la ville que Dieu avait oubliée! De

grandes parties de la planche ont été détruites et
ce n'était rien que la police avait à payer
lorsqu'elle était partiellement gérée en trouvant
des vols et des armes illégales. Ensuite, l'État n'a
pas à payer pour les dommages, la loi aussi. Les
voisins de la cour du club ont constaté que la
police avait réagi de manière excessive la plupart
du temps. Il y avait une forte détonation qui a
été appelée par les grenades à action distr, si
hautes que les voisins se sont levés dans leur
propre lit comme des pompiers. C'étaient des
familles d'enfants et elles ont dû souffrir lorsque
la police s'est arrêtée. La police et les journalistes
avaient tendance à assombrir leur échec et les
journalistes ont seulement écrit sur l'efficacité
du département du crime organisé dans leurs
efforts pour cartographier et éradiquer les
réseaux criminels. L'image médiatique du travail
de la police avec de grands succès a été portée
dans les nuages par ceux qui achetaient des
journalistes que la police dirigeait en promettant
à ces journalistes de belles histoires alors que
d'autres choses se produisaient dans la société.
Les autorités policières donneraient ainsi au
public une fausse image de sécurité selon
laquelle les autorités avaient un œil sur le gang
Mc. Quand la vérité est que les contribuables ont
reçu et doivent encore payer pour les efforts

ratés de la police. Là où une partie des revenus des contribuables a également contribué à plier les journalistes, ce qui donnerait à la société une image modifiée de la communauté juridique effective. Une image d'une société civile inexistante. Si la police avait été aussi efficace qu'on l'a souligné, de nombreux criminels ne seraient pas à l'extérieur des prisons et encore moins de gangs Mc. Mais malheureusement, la société fonctionne de cette manière. Les politiciens doivent apporter leurs contributions à l'autorité policière. Mais personne n'a perçu le jeu de ping - pong entre la police et les politiciens. Parce que si la police veut obtenir plus d'argent, elle doit montrer qu'il y a un besoin. Les politiciens doivent voir des succès, dans les sommes allouées au crime organisé.

Mais il n'y a pas de succès et ne montre pas la réalité qu'il y aurait une réduction des organisations liées au Mc, bien au contraire. Les clubs MC s'élargissent au plus haut fou e très journée. Il y a des sous- cubes dans ces grands gangs et les grands gangs pénètrent dans de nouveaux marchés. Il y a actuellement des livres sur le marché qui demandent pourquoi de plus en plus de gangs criminels Mc apparaissent en ce moment. La vérité n'est pas aussi sophistiquée que vous pouvez l'imaginer.

Les exigences de base de la vie d'un grand
occupant. Soyez Fraternité, soyez libre, hors de
la loi, prenez soin de vous et de l'entreprise que
vous avez entreprise. Que la guerre commence
est facile à expliquer quand le marché dans ce
pays est limité, et, actions marché étaient le
fondement même de la guerre. Encore une fois,
je céderais leurs parts de marché à l'autre club.
C'est un conflit! GUERRE… La force motrice de la
guerre est devenue de l'argent, de l'argent!
Difficile, vous n'avez pas besoin de l'expliquer.
Mais le résoudre était beaucoup plus difficile.
Lorsque deux clubs forts se battent pour le
même gâteau, cela devient un gâchis. Tout
comme dans la vie normale, rien d'étrange. Le
problème était que Mc Gang ne se consacrait à
rien et c'est ce qui est différent du reste de la
société. Là où ces citoyens élus suivent la loi et
ont des barrières humaines. Ces barrières ne
peuvent être tirées que pendant une vie difficile.

Chapitre 30

Ce club devait créer un revenu sûr pour les dépenses fixes. Le club avait initialement des revenus importants provenant de la drogue, des récupérations, de la reprise des studios de tatouage. Cette étape a également appelé la première vague! Le mot Wawé, aurait viennent à être le mot qui décrit le développement criminel pour le public. La deuxième vague a consisté en des activités protégées des restaurants et autres entreprises, où ces entreprises n'avaient pas le choix majeur si elles avaient besoin de cette protection ou non. Ils auraient cette protection. Sinon, leur entreprise pourrait disparaître sous les enseignes des drapeaux et le détenteur du restaurant pourrait se réveiller au MAS, Hôpital général de Malmö. C'était une pure extorsion de haut niveau. Une protection obligatoire qui serait payée par le pourcentage du chiffre d'affaires annuel d'une telle entreprise. La deuxième vague comprenait également de nombreuses autres parties, telles que la prostitution et la traite des êtres humains. Mais où le contact n'était pas directement lié au Mc Club mais géré par d'autres personnes qui se trouvaient directement sous notre club. Beaucoup pensaient que les membres à part entière étaient les pires, mais c'était exactement

le contraire, lorsque les membres à part entière
ne se chiaient pas les mains inutilement. Comme
mentionné, la saleté a été faite par les chiens.
Ces chiens énergiques qui voulaient entrer dans
le club n'avaient absolument aucune barrière. Ils
se sont révélés compétents et ont souvent été
habitués à leurs aspirations, devenant membres
à part entière. Là où beaucoup sont devenus très
déçus quand ils n'étaient habitués qu'au
maximum.

Mais l'une des sources de revenus utilisées s'est
heurtée à la philosophie du club! Sur la façon de
prendre soin de leurs femmes avec respect.
Parallèlement, les revenus de la prostitution ont
augmenté, où le corps de base était composé de
femmes. Certes, cette source de revenus était
très éloignée dans la branche du réseau lui-
même. Mais ce n'est pas grave, c'est un principe,
une discipline. Les autorités ont fait tout leur
possible pour entrer dans l'organisation par le
biais des opérations d'Undercover. Là où la
police a tenté de se faufiler. Quel jugement a
vraiment réussi dans le deuxième gang avec
lequel nous étions en guerre. Que la police soit
arrivée là-bas était due à leur façon de recruter
de nouveaux membres. En plantant des policiers
dans les Mc Clubs, ils essaieraient de prédire la
prochaine étape de la vague criminelle. Mais la

troisième vague ne pouvait pas prédire les autorités. Et c'est grâce à cette tentative désespérée qui donnerait aux autorités une longueur d' avance, commencer à se retourner avant que l'organisation ne riposte au système juridique de la société. Mais les autorités s'attendent à un mauvais retour de tir. Là où les autorités croyaient que le gang de Mc's obtiendrait une position forte grâce aux menaces et autres illégalités. Le film est probablement la TROISIÈME VAGUE! Ce qui décrit le mieux ce qui allait se passer, mais le film est venu pour la première fois 10 ans plus tard. Alors la société était déjà sans défense et là, l'information était sans fonction. C'est la troisième vague qui a complètement bouleversé toutes les autorités. Il n'y a aucune protection contre la troisième vague.

Pour les autorités, concentrez-vous sur la capture des criminels dans différentes organisations criminelles et sur la perte totale du contrôle sur ce dont il s'agissait vraiment. L'argent est le pouvoir!

Le club a dérouté les autorités en attirant leur attention sur les mauvaises zones d'établissement, permettant ainsi à la grande caisse d'épargne de se remplir vigoureusement.

Grâce à l'important capital de l'organisation dans différentes banques à l'étranger, la première phase de la troisième vague pourrait commencer à prendre forme. Le club a commencé à reprendre diverses sociétés de manière tout à fait légale. En rachetant les actions de l'entreprise. Que n'importe quelle entreprise vendrait 51%, donc le club a obtenu une majorité d'actions! Et, ainsi, pourrait contrôler l'entreprise dans la direction souhaitée. Les entreprises qui refusaient sont devenues faciles à convaincre, car elles n'auraient que la paix et la tranquillité. Il y avait toujours un homme d'affaires qui jouait Brother Good! Mais ils n'existent plus dans ce pays. Le club calculait toujours avec une certaine perte d'argent et de membres. C'était le prix du succès. Un prix que même un club Mc ne pouvait éviter. Les pertes qui frappent souvent le club sont que quelqu'un est allé en prison. Une perte acceptable lorsque les entreprises étaient dans l'intérêt du club.

Le club paie toujours pour les actions, donc à ce moment-là, ce n'était pas illégal. Mais juste au moment où vous les obtiendriez 51% qui ont donné une position de leader dans l'entreprise! C'était généralement assez étrange, et avec beaucoup de menaces et de violence illégales! Le club avait décidé, puis c'est devenu! D'une manière ou d'une autre! Mais l'entreprise doit entrer dans l'organisation du club ainsi que dans le réseau. Mais notre club n'était pas le seul à avoir ces plans, et l'acquisition de différentes sociétés est devenue le pur matériel qui valait l'or dans un double sens. En collectant les actifs liquides de ces sociétés, ils pourraient être utilisés pour l'établissement et le développement. Mais aussi, pour obtenir des articles illégaux, tels que de l'alcool, de la drogue et des armes. Le plus souvent, les sociétés acquises avaient une très bonne réputation, ce qui facilitait grandement la collecte de ces marchandises illégales! Ces entrepreneurs ne se joindraient certainement pas au club. Et encore moins, ils voulaient que les douanes et la police décèlent leur aide à la criminalité. Cette peur a permis de garder son calme et d'effectuer, par exemple, des transports.

Bien qu'ils aient pu faire n'importe quoi pour s'échapper. Tout a été très soigneusement planifié par le club. Où chaque entreprise est devenue un puzzle, dans le travail organisé. Pouvoir utiliser ces entrepreneurs a créé des opportunités incroyables au niveau international. Là où les autres frères du club dans d'autres paie pourraient facilement envoyer du matériel important. Personne ne pouvait imaginer qu'une

entreprise réputée conduisait le transport
d'armes à feu. Mais la réalité aussi! Une réalité
qui a dépassé le citoyen ordinaire. De nombreux
dirigeants d'entreprises achetés par le club ont
été autorisés à vivre une double vie contre leur
propre famille. Là où ils ont gentiment gardé la
couleur et là, ils n'avaient plus le contrôle de leur
propre entreprise. Un sort terrible pour ces gens,
où ils ne pouvaient que faire un rapport de
police. Mais alors leur vie serait, soit très courte,
soit deviendrait une vie qui ferait percevoir à
l'enfer la pureté du ciel. Très peu de policiers
détectent un club Mc. Ceux qui ont signalé!
Annuler aujourd'hui! Certainement ...

Mais revenons à l'événement ...

Beaucoup de violence a été nécessaire à
certaines occasions lorsque le club a tenté de
racheter les entreprises. Ce genre de violence
que peu de gens peuvent accomplir sans être
affectés ou blessés mentalement. Mirko était
une telle personne qui avait une humeur
extrême et ne souffrait pas du tout de nuire à
d'autres personnes dans quelque condition qu'il
soit. Mirko était censé être libéré de sa peine de
prison pour 6 mois d'infraction et tous les clubs
espéraient beaucoup que les ressources de son

humeur seraient d'un grand avantage lors de la troisième vague. Un certain nombre de membres avaient préparé Mirkos libéré avec une fête et quelques jolies filles, car les filles ne poussent pas directement sur les arbres devant les murs de la prison. Mais bientôt, il semblerait que Mirko ne sortirait pas de la boîte. Il y avait eu un meurtre dans la prison où Mirko était assis. L'affaire était que Mirko avait appris, que l' un des stagiaire de a ploi eaked Informations aux gardiens de prison d'un incident et où la personne qui a été révélé a été placée sur l'isolation. Un bavardage qui a rendu Mirko fou. Mirko prend alors une de ses propres chaussettes et met deux boules de billard. Puis il entre chez le gars dans sa cellule, qui bavarde son compagnon et s'assoit sur l'isolant. Il donne une paire de coups dans la tête puis finit par frapper la chaussette avec les boules de billard plusieurs fois dans la tête du gars. Ce qui fait que le gars a le front déprimé et provoque un saignement interne grave. Puis Mirko met le mec au lit et passe la couverture sur la tête du garçon comme du sang en colère. Puis il tire à nouveau la porte de la cellule et part de là. Lorsque le garde enfermait alors les stagiaires, le gardien leur disait bonne nuit et généralement la personne de bonne nuit disait bonne nuit aussi.

Mais pas dans ce cas. Le mec est inconscient sous la couverture et ne peut tout de suite rien dire. Le gardien croit alors que le gars dort déjà et referme simplement la porte de la cellule. Le matin, lorsque le gardien a ouvert la porte de la cellule, ils ont réalisé qu'un crime grave avait été commis. Le type était mort pendant la nuit de leurs blessures internes. Avait la garde juste entré la cellule dans la soirée, la vie de l' enfant pourrait avoir été sauvé, selon de l' enquête faite à la prison. L' alarme a et la garde a commencé à balayer les cellules selon la Mirko données. Ils ont trouvé la chaussette qui a prouvé que Mirko avait réalisé sur l' assassinat tentative selon de la technique preuve fournie par la police de cours l' enquête elle - même. Le procureur a accusé Mirko de points d' action, tels que l' assassinat ou l' homicide. Cela s'est terminé par des tentatives d' homicide après toutes les négociations. Où Mirko a été condamné à six ans de prison. Il ne se retour à la club.

Malgré la grande perte d' un membre, la guerre a continué car rien ne s'était passé! Il vient se pire pour tous les jours qui se. Maintenant, il était la guerre sur le plus haut niveau. Là où nous avions des directives comme donner aux opposants la devise que nous avons si peu observée. L' adversaire serait sauter jusqu'à dans l' air une fois et pour tous. Dan ... notre expert en armes et quelques autres membres ont planifié une opération contre nos ennemis. Il serait être une opération qui pourrait écrire l' histoire dans cette guerre. Dan, considérait qu'il s'agissait d' un bazooka de la marque Carl Gustav. Avec un tir de 84 mm serait faire le travail à fond. Tout le monde pensait que ce coup allait exploser jusqu'à nos ennemis de tout le club - house et tous ceux qui étaient à l' intérieur de ce bâtiment. La planification était rigoureuse sur cette opération particulière. Correctement planifié, cela pourrait signifier une victoire locale et une plus grande surface de marché. Ce qui en fait était au sujet. Dit et fait! Un groupe grimpe sur un toit sur les 150 mètres de la du club locale zone, et commence à plate - forme jusqu'à la bazookan et charges l' armure. Tout le monde était fou au sujet de l' effet que le bazooka tir aurait avoir à leur club - house. Dan était le seul un qui pouvait gérer le bazookan et il a été donc obligé de lui à tirer. Dan est tir loin le coup d'armure, il est devenu son qui correspond à 50 nouveaux missiles année être loin coup. Ils 150 mètres car l'armure était censée être connue comme une éternité. Le tir frappe dans leurs bois et traverse toute la maison et sort de l'autre côté pour atterrir dans l'herbe. Nous avons vu tout le monde surpris quand nous nous attendions à une explosion. C'était une explosion qui ne semblait pas exister. Tout le monde regarde maintenant Dan! Qu'est-ce qui s'est passé? Est-ce que la première question spontanée est apparue dans nos, esprits? Je ne sais pas dit Dan! Quoi? Tu ne sais pas? Il n'y a rien de mal! Croyez-vous que nous avons dit! Non, comment pouvez-vous y croire? Dans le même temps, nous redescendons rapidement l'échelle et partons avec la voiture qui nous a emmenés à cet endroit. Ce fut une vie foutue dans la voiture et où nous avons commencé maintenant aux compétences de l' émerveillement et de danse de question sur un bazooka, w e ne pouvait pas aller à notre club - house, quand les flics commenceraient à regarder là - bas et maintenant, nous avons des pommes de terre chaudes. Nous avions arrangé un refuge et c'est maintenant où nous sommes allés. Tout le monde était en colère contre Dan lorsque cette opération a été totalement infructueuse. Quand nous sommes arrivés à la maison où nous allions rester quelques jours, les discussions ont commencé à monter en flèche. Ensuite, nous gardions nos mâchoires fermées alors qu'il se demandait ce qui n'allait pas. Quand il a réfléchi pendant un moment, il s'est rendu compte que c'était un coup de feu armé et que c'était exactement la faute. Le coup a touché la planche de bois, et un tel coup doit frapper un matériau en béton ou en tôle d'acier pour exploser. Qu'est - ce que cette opération est devenue le flop, non seulement parce que le coup de feu n'a pas explosé, mais aussi parce que leurs membres à part entière ne sont pas dans la chambre. Il n'y avait qu'un seul de leurs membres échantillons dans la pièce et il était assis à regarder la télévision lorsque le coup de feu lui traversa la tête et sortit par l'autre extrémité. Le membre du test doit être assez lâche dans l'estomac lorsqu'un coup de bazooka passe dans la salle de télévision.

La police a été maintenant fou pour les auteurs, qui ont tiré un bazooka tir. Il est très sérieux d' effectuer une telle chirurgie. Heureusement, pas un a été blessé, mais il pourrait avoir dévastatrices conséquences si le coup avait explosé. Là, peut-être que tous leurs membres étaient morts. Mais il n'y avait rien que vous pensiez au sujet alors, il est seulement maintenant que vous réalisez que la folie de cette mesure. C'était la guerre et l' innocuité pour l' ennemi était la seule chose qui était pertinente à ce moment - là.

Chapitre 31

Notre ennemi, de cours, a vu cette mesure comme une très grave escalade de la guerre, et ils étaient pas en retard pour apporter des contre - mesures. Déjà le jour après la bozouk un coup de feu, planter leur une main grenade dans une de nos voitures, sous le capot. Ils doivent être extrêmement stressés quand ils montent votre main grenade. Tout d' abord, ils ne pas obtenir l' ensemble, capot arrière, ce qui était probablement un stratégique plan. Ensuite, ils ont mis un acier fil dans l' anneau lui - même qui a fait il possible de tirer sur le sprint. L' acier fil avait les attaché, dans le capot lui - même. Donc, leur intention était de soulever le capot et puis l' acier fil se retirer le sprint et la main grenade pourrait exploser. Cela pourrait fonctionner si elles ne pas mettre trop longtemps un fil. Cette grenade à main peut être facilement retirée et sécurisée. Ce n'était que le début de l' escalade d' une guerre très cruelle et longue, entre deux gangs Mc. Tous de ces plantés main grenades et d' autres explosifs, mettre la pression sur la police de l' autorité. Qui a été souvent affecté à aller à la TIRER PORTES comme ils appellent cela. Tirer les portes signifiait que la police a eu pour attacher une corde autour de la porte poignée et puis revenir un certain nombre de mètres, puis en tirant la porte dans le but de voir qu'il a claqué. Tous ceux qui étaient impliqués dans cette guerre sont devenus effrayants. Il est apparu de différentes manières. Mais notre organisation s'est inversée et où nous traitons tout le monde plus ou moins comme le pire ennemi, ce qui vous fait tout voir en noir. Vous ne pouviez faire confiance qu'à vos frères, à personne d'autre. Vous avez développé une partie mécanique sur votre propre corps purement mentalement pour chaque jour qui s'est passé. Tandis que cette humeur maladive se développait avec moi en tant que personne, j'avais deux enfants pour prendre soin l'un de l'autre week-end. Anna a réalisé que j'étais sur une glace extrêmement mince et a commencé à agir contre moi. Elle a commencé à vouloir la garde de nos enfants communs. Ce qui est venu une autre guerre pure! Même si c'était le mieux qu'elle ait fait, je ne pouvais pas accepter cette humiliation pour ma vie. Je ne pouvais pas voir le mieux de mes propres enfants. Les enfants étaient à moi. Mais je n'ai pas vu mes propres mauvais traitements dans le fond du crime. C'était comme si on était juste réglé sur une fréquence qui consistait simplement à détruire, écraser et liquider. Aucun sentiment normal ne pouvait pénétrer fermement au milieu, plus que bien, savait que l'on n'était pas comme une personne. L'un était contrôlé par une télécommande et était contrôlé centralement par le centre pervers de l'organisation. Dans le même temps, ressentir une puissance sans précédent et un manque de, sentiment. Les sentiments sont probablement les plus difficiles à décrire de manière crédible, mais ces mots ci-dessus sont si proches que vous pouvez obtenir le registre des sentiments que j'avais à ce moment-là. Finalement, j'ai réalisé que le mieux pour les enfants était qu'Anna avait la garde et rédigeait les papiers que son représentant légal avait compilés. À ce moment-là, j'avais commencé à réaliser à quel point j'avais tort à ce sujet et, grâce à ma signature, j'ai fait quelque chose de bien pendant cette période sombre. Anna et ma relation d'amitié n'étaient pas très bien dites. Mais nous pourrions en tout cas être dans la même pièce sans conflits majeurs. Mais en réalisant que faire des erreurs est une chose, faire quelque chose est une tout autre affaire. Quelque chose à peine quelques heures après la disparition de la signature, et là, en tant que personne, j'ai pensé qu'ils pensaient qu'il ne s'agissait que d'une confusion temporaire. La guerre et le club ont une fois de plus pris une force de moi et de mes pensées. Je suis vite revenu sur les rails et pleinement actif dans le petit monde criminel dans lequel vous viviez. Comme tout le monde dans le club, j'étais déterminé à battre nos ennemis. En effet, ils avaient réalisé la connaissance du troisième mur et où il y avait de nombreux avantages, mais pas des moindres importants actifs liquides qui pourraient facilement être gérés par ceux qui les ont pris en, premier. Notre prochain mouvement a été de lancer un certain nombre de grenades à main avant leur planche et il espère que ce Mc Gang disparaîtrait de la zone de la peur pure, car une pluie de grenades à main peut rendre n'importe qui facile sur la plante des pieds. et vite. Le plan était de se mettre derrière leur club-house. À l'arrière de leur ferme, il y avait un petit ruisseau. C'était au bord du printemps et assez frais encore le soir. Il ne nous restait que quelques mètres avant d'être si loin devant nous pour pouvoir lancer les grenades à main. Après l'effondrement de ces grenades à main, le plan était d'entrer dans leur quartier général et de monter de vrais explosifs, de sorte que tout le bâtiment serait carrelé. Mais certains membres de leur gang sont apparus sur le dos alors qu'ils faisaient pipi et nous voyaient. C'était maintenant des feux d'artifice. Tout le monde a vidé son magazine à la suite d'une telle fusillade.

Ça cogne comme un enfer. J'avais complètement sommeil et plaisanter sur le sol était tout à fait naturel. Oubliez tout ce que vous avez regardé des films, où le héros se lève et tire. C'était un endroit pointu avec des armes blindées et comme garanti, tout le site est devenu complètement hyperactif. J'ai ressenti une surdose d'adrénaline. Je viens de sentir le doigt de la gâchette qui vient d'appuyer et d'appuyer jusqu'à ce que les cartouches soient terminées. En principe, le bruit des armes n'était pas entendu, bien qu'il y ait des niveaux de bruit qui pouvaient les faire mourir sans aucun problème. Personne n'était préparé à ce développement. Nous avons dû rentrer quand nos ennemis avaient environ 36 hommes, dans le club et nous n'étions que 7 hommes, pour le moment. Nous aurions été massacrés au moins si nous étions restés là. Lorsque nous remontons, le membre Sam attaché, étant malade et incapable de bouger. Il n'était pas blessé, mais s'il le touchait, ils l'avaient vu. Et puis ils l'auraient probablement exécuté sur-le-champ. Nous ne pouvions pas revenir en arrière immédiatement, car cela entraînerait probablement plus de tournages. Sam eu probablement terminé les munitions et si nous avions retourné, il aurait probablement pas l' abeille capable de se défendre. Nous n'avons pas osé risquer cela. Il a été décidé que nous devrions attendre quelques heures. Sam eu s'est écrasé dans le bassin alors qu'il flottait autre chose que de l'eau chaude. La pause que l'on pensait pendant quelques heures serait bientôt de près de deux jours. Nous ne savions pas si Sam allait se fixer pendant deux jours dans de l'eau froide. Pas parce que c'était l'hiver, mais probablement assez froid pour tomber malade. Après presque deux jours entiers, nous avons obtenu un poste, afin que nous puissions prendre Sam! Il était à peine conscient de l'eau froide. Deux hommes sont venus le chercher et l'ont emmené dans notre club-house. Il avait grand besoin de soins. Il a dû être conduit à l'hôpital le plus proche car il avait contracté une pneumonie double face et avait une forte fièvre à cause de cela. Maintenant, il y avait deux hommes de moins et les choses ne facilitaient pas les choses. Il a commencé à attirer des membres du Danemark, de sorte que le quota serait maintenu. J'étais tellement fatiguée, alors tu as presque vu des étoiles, mais tu devais continuer. Mon humeur était comme un ECG qui montait et descendait. J'ai allumé tous les cylindres pour les croquis. Tout le monde était aussi fatigué. Je voulais juste m'allonger. La fatigue était probablement très psychique,

quand j'étais impliqué dans des choses que peu
de gens ont besoin de vivre et que je ne veux pas
que quiconque expérimente, même dans leurs
pires cauchemars.

Nous avons décidé de visiter la maison où ce club
était autrefois formé. Nous sommes allés à
l'ancien club-house et avons essayé de nous
détendre, ne serait-ce que pour quelques
heures. Quelqu'un avait une petite partie , et
nous avons été invités on avait l' impression d'
accord pour y aller. Il y avait des esprits, des
fêtards et d'autres gens sympas. Beaucoup de
gens ordinaires sont venus à la fête.

Beaucoup pensent que la vie que nous vivions
était très intéressante. Beaucoup de ceux qui
voulaient se sentir libres, mais ils ne le pouvaient
pas, parce que, tout d'abord, ils n'avaient pas de
psychisme pour une telle vie. Mais aussi, parce
qu'ils devaient s'occuper de leur famille.

Les filles se regroupent autour de nous juste à
notre arrivée et étaient si gentilles. Mais j'ai
grandi avec des mariées et leur curiosité assez
tôt. Ils voulaient juste être vus et ont fait
n'importe quoi pour y arriver et s'asseoir sur nos
vélos. Mais nous avions notre point de vue sur
les femmes et maintenant, après tout, je pense
que ce point de vue était un peu miteux. Pas

parce que nous devrions battre une femme ou la rendre malade purement psychologiquement. Mais tout en les laissant se déshabiller, se sentir un peu opolitique, avec des messages doubles. Pendant la fête, des gens sont venus nous voir et nous ont dit qu'il y avait un gars dans la fête qui se vantait de rester à l'extérieur de la planche du club-house et de nous viser avec une visée laser. Nous n'avions qu'à vérifier s'il était vraiment vrai que quelqu'un serait si suicidaire que la personne est allée dire de telles choses. Ou si c'était juste une munition ou peut-être un mauvais assaut. Le gars a été assez difficile de découvrir que c'était une petite fête. Nous sommes entrés dans la fête et nous avons juste souhaité que nous entendions ce gars se vanter de ses braves contre les membres du club. Une fille apparaît et montre le gars. Nous allons placer trois hommes derrière son dos pour entendre s'il parlait vraiment et parlait de la merde. Nous avons rapidement découvert que le gars était affecté par les esprits et était plein de dire des choses comme.

Citation: Les gars Mc sont totalement inoffensifs, je pourrais les tirer facilement sans même remarquer d' où venaient les tirs. J'ai un look, laser et je tiens généralement le point rouge, dans leur tête. Citation de fin.

J'ai frappé le gars sur son épaule, puis Dan a fait un pas en avant! Quel était le nom de Mc gang de dire Dan, t - il homme trempé dans une milliseconde et a commencé à st totale, t nom d'héritier est Red Bulls, je crois! dit le gars. Dan a demandé au gars si ce n'était pas une boisson gazeuse pour les petits gars comme lui, et a également dit qu'il ne connaissait pas un gang Mc dans ces régions avec ce nom. Le gars a ri de manière très incertaine et espérait qu'il n'y aurait pas de problème. Dan lui a dit qu'il nous accompagnerait au club-house. Le gars a essayé de sortir de l'endroit, mais il n'a pas réussi. Dan t vieux lui pour aller sur son HD avec lui au club, afin qu'il puisse voir si elle était notre planche que le gars a couru autour d'un laser de visée. Nous avons dû attacher le gars autour de Dan! Donc, il ne sauterait pas sur le pouce. Une fois de plus au club, le garçon a commencé à obtenir un coup, franc, car il comprenait maintenant qu'il allait reprendre des forces parce qu'il était devenu fou. Nous l'avons attiré dans le club-house, l'avons mis sur une chaise et l'avons attaché, avec du ruban argenté. Dan voulait juste effrayer le gars. Nous n'avions aucune intention de lui faire du mal, mais là pour lui faire peur, il a arrêté de courir et de dire qu'il nous visait avec une visée laser pendant la guerre qui prévalait.

Dan dit qu'il était bientôt de retour! Je pensais que ce venir maintenant, h mettre e dans une arme pour lui faire peur. Pas d'arme mais là contre une tronçonneuse. Oh! J'ai pensé, dans mon esprit calme. Le gars crie hystériquement quand Dan lui dit qu'il va vivre mais, il a voulu lui couper la jambe pour que nous soyons en retard. Je savais que Dan ne ferait rien d'aussi stupide. Mais cela ne connaissait pas le gars. Dan! En démarrant beaucoup la tronçonneuse et les gaz, toute la pièce était fumée avec de l'essence mixte à deux temps. Maintenant, le gars n'arrêtait pas de sortir. Dan a mis la chaîne de la tronçonneuse sur le jean du garçon, à tel point que votre jean glisse. Le gars a à la fois énervé et est tombé au total. Ça pue trop! Nous avons dû couper le ruban et avoir la vie dans le gars. Il hocha la tête et sortit très rapidement du club-house et ne resta pas sur le tronçon le plus proche. Ce mec ne parle même plus jamais.

Oui! La violence était fréquente, et il m'a fallu très psychologiquement quand je en tant que personne n'a jamais voulu blesser les gens. Afin de faire face à cette misère, j'ai commencé à boire de grandes quantités de Whisky. Je n'étais pas du tout pour la drogue. Mais l'alcool est également en grande quantité un gros problème comme toute drogue. Une dépendance qui s'élevait à 8 bouteilles ou plus par semaine quand c'était le pire. Le fait que j'ai tant bu, c'est parce que je ne peux pas supporter cette quantité de violence sans aucune sorte d'anesthésie. Je ne voulais vraiment pas continuer la violence ou blesser les gens. Je n'avais que des dollars comme fondement de mon crime et j'avais maintenant une liste solide de beaucoup de crimes. Tout ce que vous avez fait était criminel, quoi que vous fassiez, c'était lié ou c'était un acte criminel pur.

J'étais assez loin de mon monde de hackers en toute sécurité. Il s'agissait maintenant de remplir leur quota contre le club et même de gagner des dollars.

Chapitre 32

Il a été décidé que je serais responsable d'une plus grande livraison de voitures volées de la variante la plus luxueuse et où elles auraient une nouvelle peinture et de nouvelles enseignes. Ainsi, une voiture volée devrait être légale. J'ai eu une livraison réussie de 20 voitures. Il en était souvent ainsi si on réussissait, on répéterait à nouveau la même approche. C'est quelque chose que je proteste personnellement à plusieurs reprises en retour. Le risque de faire cela était que cela devenait un modèle que la police pouvait analyser et suivre. Sans parler d'un méchant procureur aurait des faits sur la table si vous échouiez.

J'avais rencontré la personne qui a pris les voitures dans le pays à plusieurs reprises et il semblait tout à fait bien! Mais cette fois, je suis allé sur un coup. Un coup qui me coûtait la vie.

Kenna et John étaient bien au courant de cet accord. Il y aurait de gros gains dans une entreprise prospère. Une victoire d'un million de dollars. Ce qui signifiait que beaucoup auraient leur part. La dernière fois que j'ai rencontré la personne qui a pris les véhicules dans le pays, elle a laissé une liste de tous les numéros d'immatriculation. La première chose que j'ai

faite a été de vérifier les numéros
d'immatriculation par rapport à la base de
données d'immatriculation des voitures, donc
ces numéros n'étaient pas déjà là. S'ils avaient
été là, cela aurait été une arnaque. Mais tous ont
été enregistrés et c'était positif.

Je parlais à Kenna et John! Qu'ont-ils pensé de
l'accord? Pas parce que nous avions payé
quelques dollars à l'avance. Mais contacter des
personnes comme le club avec qui faisait des
affaires, dans le cas habituel, était un gros risque
si cela se révélait être une grosse arnaque. C'est
devenu des jeux de haut niveau, où la
précipitation du club serait honteuse à moins
que l'accord ne soit conclu.

John pensait Il était la peine de vérifier sur un
temps supplémentaire, donc tout allait bien avec
les voitures et qui ils vraiment existé. Qu'est - ce
que je l'ai fait en demandant une conversation
avec le contact avec personne, w ho avait les
voitures en Allemagne. L' information que j'ai
reçue était un nom d' entreprise avec un vrai
numéro d' organisation et où tous ces
documents étaient en accord avec les autorités.
Alors que était si vrai. Même les enregistrement
des numéros qui étaient sur la liste, l' allemand
gars pourrait confirmer. Mais le gars aussi laissé

les bonnes dates sur les livraison jours. J'étais douteuse quand beaucoup de la voiture serait aller à l' du club des clients qui étaient très considérés. Le club pourrait ne pas faire mauvaise affaire, comme nous toujours gardé notre parole, ne importe ce qu'il serait être comme, un mot était saint et jamais rompu. J'ai décidé de conclure l' affaire et j'ai donné à mon contact un signe clair. Le gars a dit que les voitures vont venir assez vite de la commande leur, et que leur seraient vérifier les véhicules, ce qui est une exigence pour les importations de véhicules. Je voudrais seulement faire que de distribuer les véhicules à ces nouveaux propriétaires et d' être en contrôle de lui. Les voitures seraient arriver à Halmstad et de là je n'organiser pour venir à Helsingborg dans une industrielle zone sur Berga! Le même jour que la première voiture - livraison était à être fait, le gars a appelé et a dit de nous que là était l' un jour Livr rès retard! En raison du manque d' espace, j'ai commencé à avoir de mauvaises vibrations! Quelle était la pire chose qui puisse arriver! J'ai immédiatement adopté une attitude extrêmement agressive envers le gars. J'explique directement, que s'il y avait de mal sur ce buisness, il était sacrément mal à y! Un message de ce que le gars vraiment pris soin de sérieux.

J'ai appelé John! Parce que je voulais de rencontrer lui, à dire h e au sujet du retard. John a tout le monde un heureux un sur ce gars et serait probablement abaisser lui directement, sans la moindre hésitation. John spontanée commentaire était que il devrait m Anage leurs engagements Sinon, un tout nouveau groupe sera lié à ce type. John me dit que l' un des clients qui ont commandé la majorité de ces voitures, c ould causer des problèmes car ils étaient tout sauf inoffensif. La pression sur moi n'a pas été diminuée immédiatement parce que je devais obtenir cet accord dans le port alors, la réputation du club ne serait pas honte de quelque façon. Cela faisait maintenant un jour et il était temps pour la livraison, mais aucune voiture n'est venue! J'ai commencé à voir que cet accord contiendrait beaucoup de violence désagréable. J'ai compris que maintenant je devais trouver ce type qui ne gérait pas son entreprise et cela rapidement.

Les impressions et les nombreuses demandes du gros client du club avaient déjà commencé dès le premier jour. Mais ces questions avaient répondu à John et ne m'avaient rien dit! Quand il ne pensait pas que je me sentirais mieux en sachant qu'il y avait une forte, pression contre le club, alors les voitures n'étaient pas livrées.

Kenna m'appelle au téléphone! Et je veux que je rentre chez lui. Quand je suis entré, dans l' appartement de Kennas, il m'a dit que je garderais un profil très bas lorsque le gros client voudrait me chercher. Je dis à Kenna que je m'occupe du gars lui-même! Et dire h e, je lui lève les yeux. Kenna ne voulait pas que j'y aille, car il y avait de grands risques de m'avoir là- bas et quand il y avait des gens dans le monde inférieur qui me recherchaient intensément. Mais j'avais décidé! Alors, je suis allé à Halmstad à l'adresse municipale mentionnée par le gars lors de nos premières réunions. Quand je suis arrivé, il n'y avait personne au nom que je cherchais. Je ne pouvais pas me dire que quelqu'un oserait jouer avec le club. C'était un pur suicide, faire une chose pareille.

Après de nombreuses recherches, je trouve le frère du garçon qui a été étrangement dit sombre effrayé quand je suis arrivé, à la recherche de son frère.

Lui, raconte que son frère a quitté le pays il y a deux jours mais ne savait pas où aller! Il n'aurait pas aimé dire à son frère quand ce frère pourrait révéler la destination s'il était pressé. J'ai réalisé que je devais régler cette affaire d'une manière ou d'une autre.

J'ai appelé John et Kenna et dis-moi comment
c'était! Ils ont dit que nous nous rencontrerions à
mi-chemin de la matinée et que je devais
chercher des fils qui pourraient mener à l'auteur
réel jusque-là. Je cherchais tout, et j'étais
extrêmement en colère et violente contre tout le
monde à qui j'allais échapper à l'information.
Parce que je l'aurais eu ou ces gens qui pensaient
qu'il était possible de me piéger. J'étais
complètement obsédé par votre culpabilité, alors
ça s'est passé de façon assez dramatique, avec
beaucoup de violence. Il était difficile de savoir
qui accrocher les orteils! Pour cet échec et la
question qui prenait de plus en plus
d'importance, était-ce qui faisait un profit
économique sur cette affaire de bluff?

Je suis entré, dans un réservoir d'essence pour
faire le plein et trouver quelque chose de
comestible. J'étais totalement bouleversé d'avoir
faim à la poursuite de ces auteurs, qui m'ont mis
dans une situation très difficile. Une fois à
l'intérieur du mack, il s'est avéré qu'ils n'avaient
rien qui attirait un ventre suédois affamé. Il y
avait un restaurant adjacent à la station-service
et je suis entré pour commander un vrai repas
éclatant. Quand je suis entré, dans le restaurant,

j'ai vu ces gens qui me cherchaient. Il est entré
en plein milieu de la porte et s'est rapidement
retourné pour sortir du restaurant. Mais je viens
d'arriver aux portes coulissantes, alors certains
de leurs gangs sont venus me voir de l'extérieur.
Absolument incroyable ce que le monde est
petit. Mais ils avaient été dans le même quartier
pour s'occuper de moi ainsi que du gars que je
cherchais. D'une réaction nette, j'ai essayé de
m'éloigner de l'endroit, mais ils étaient deux, j'ai
parié fort et j'ai frappé mon coude droit sur les
narines de l'un, qui est directement cassée, et le
sang éclabousse, et ses yeux commencent à
s'écouler. Quelle était l'idée de cette bataille!
Ensuite, ce serait juste l'un des gars restants.
Mais ceux qui était assis dans le restaurant de
venu courir à leur aide, et il est devenu
impossible pour moi de me débarrasser de moi.
Ils sont tirent moi dans une voiture et mis moi
dans le dos siège et un gorille sur chaque côté de
moi! Donc, je ne pouvais pas prendre me sortir
de la voiture.

Chapitre 33

Ensuite, ils conduisent moi à un appartement et commencer à entendre et abuser de moi en tapant un baseboll arbre dans ma tête sur ma gauche côté si le sourcil est la fissuration. Un coup que les vagues me assez bien! La toute pièce était en train de tourner et je ne pas voir plus, car il a couru dans mon oeil. Ensuite, je reçois des coups répétés contre mon corps et contre mon coude gauche. Ce qui était un dur b ang , donc il avait l' air comme il accroché une quilles boule sous mon coude comme il enflé jusqu'à . Il a fait le vrai putain de douleur! Ce qui voulait dire que je viens voulais de tuer ce gars! Mais il y avait un gars, à côté du gars qui a frappé moi, avec un grand fichu couteau qui avait un couteau lame de presque 30 cm. Donc, il n'a pas été un bon endroit juste maintenant. L' un des les gars vient jusqu'à d' entendre si je voulais de dire que vous où les voitures étaient partis! Et qui avait été assez près de faufiler les voitures? J'ai dit à ce gars! Ce qu'il serait appeler John au le club parce qu'il pouvait certifier qui j'étais. Le gars dans le baseball arbre, bat moi à ma gauche l' épaule, et la moitié crier je suis tout simplement parler fou! Mais le gars qui est venu jusqu'à de, poser les question, maintenant qui John au le club était et voulait à obtenir de John téléphone numéro. J'ai donné lui le numéro afin qu'il puisse appeler John! Pendant ce temps, le gars avec l' arbre de baseball commence à avoir une apparence beaucoup plus incertaine. Il était, très inquiet que c'était la vérité que je dis au premier! Il, a regardé à elle tout le temps La personne qui parle avec John sur mobile téléphone. Après quelques minutes, l' appel se termine. Le gars avec le baseball arbre demande directement si j'étais la personne que je délivré à être? Eh bien, il est, répondez au gars comme la bague John! Le gars avec le baseball arbre juste laisser tomber le baseball arbre tout droit vers le bas sur le sol. Il comprit que il était très mort l' homme! Quand il m'a complètement cassé à moitié.

John et Kenna venaient à l'endroit où j'ai été arrêté et battu. Pendant ce temps, nous avons attendu qu'ils apparaissent! Je demande des esprits, de mourir des douleurs qui étaient puissantes. Ma tête plongeait comme Big Ben dans la tête. Ils avaient 80 pour cent de Rome! Comme j'ai une bouteille de. C'était bien! J'ai dessiné un certain nombre de verres de cette Rome pour me sentir un peu mieux. Je ne sais pas lequel a fait le plus de douleur, à la tête ou au coude. Mais ce qui était le plus difficile, c'était le sang qui coulait hors du temple et coulait dans les yeux. Je devais tenir ma chemise contre la plaie ouverte pour que le sang s'arrête. Mais il n'a pas été facile de l'arrêter. Quand Kenna est entré, dans la pièce avec John, a-t-il obtenu un allumage oblique quand il a vu à quoi je ressemblais! Kenna était super comme maison, et maintenant il était fou. Il manque une personne après l'autre! Donc, ils penseraient qu'ils étaient sur la mauvaise personne. Kenna tient le gars, avec l'arbre de baseball, dans la chemise, et lui donne deux coups vraiment durs au milieu du visage. Le mec tombe quand son genou se replie. Il était éteint pendant quelques secondes. Pas étrange avec deux coups d'une personne qui pratique 150 kg en développé couché dans des cas normaux. Il y avait de la pression derrière les batailles que le gars avait reçues. Kenna s'est demandé ce que je voulais faire avec le gars! Et demandez aussi combien de paris j'avais reçu de lui? Quelque chose qui n'était pas simple était facile à retenir! Puis, au moins, j'étais en colère contre les 80% de Rome qui avaient commencé à agir! Kenna a pensé que je couperais un doigt pour chaque espèce. Je me suis levé du canapé! Cela tournait plutôt bien dans ma tête après le traitement que j'avais reçu. John voudrais-je me rapprocher de lui quand il a envie de dire quelque chose d'un peu discret.

John a dit que j'imaginerais quelle décision je prendrais quand il s'agissait du type qui me maltraitait. La raison était qu'il y avait un certain nombre de personnes en dehors du club qui avaient été impliquées dans cette détention! Et cela rendait totalement impossible de retirer le gars de la surface de la terre. Même si j'étais assez folle et folle de ce type, je ne pouvais rien faire, du moins comme ça. J'étais très détestable envers le gars et je voulais vraiment le battre. J'ai levé le gars alors, il s'est levé sur ses jambes. Je lui ai donné un coup vraiment gras, qui a frappé sous son œil et la peau a éclaté juste sous l'œil. Ça a commencé à drainer le sang du gars! Et j'ai vraiment senti que je pouvais le tuer! Le gars s'excuse et dit que c'était une grosse erreur, ce qui s'est passé. C'était probablement le seul sur lequel nous étions d'accord. J'ai juste lâché le gars et lui ai dit! Que nos chemins ne se sont jamais plus croisés! Parce qu'alors je le promets! Qu'il a un résultat complètement différent. Le gars a dû quitter l'appartement gravement blessé. Je n'ai jamais été aussi sûr que ce serait juste de tuer quelqu'un! Mais je suis soulagé d'avoir pris mon bon sens pour attraper et de ne pas avoir fait plus avec le gars. Kenna pensa que le gars était trop timide.

Deux jours plus tard, il était temps d'avoir les enfants. Je les chercherais chez Anna.

Chapitre 34

Quand je sonne à la porte! Ouvre Anna et vois à quoi je ressemble. Probablement pas une belle vue. J'avais une ampoule de 2 - 3 cm de haut qui reposait sur mon œil gauche et mon œil gauche était complètement peint avec toutes les couleurs de l' arc-en - ciel. Sous cette bosse j'avais une ouverte blessure, qui regard quoi que ce soit, mais bon. Anna a immédiatement dit que les enfants ne pouvaient pas venez à moi! En tant que temps que je regardais comme je l'ai fait. Quelque chose qui fait me allumer jusqu'à peu. Maintenant, après, sa décision était une décision très sage. Mais à l' heure actuelle, c'était juste une colère que je connaissais pour Anna. J'étais genre assez pour aller loin sans les enfants, pour aller à la maison et lécher les blessures comme il est appelé. John savait que je serais être chez un quelques jours après cet abus, que j'ai été exposé à! Et il se sentait bien pour se détendre juste sans un grand nombre de must. Nous avions décidé que cette voiture boutique serait être fait à fond, que dès que j'étais un peu mieux. Il a fallu un beaucoup plus à récupérer, que je l' avais déjà pensé. Peut-être pas si étrange! C'était une sacrée masse du genre que j'ai reçue! Et qui avait du mal me fait un grand! Mais après la pluie vient le soleil! Je commencé après une semaine pour ouvrir ma gauche oeil à nouveau, même si elle était floue, ce que j'ai vu! Avez - il se sentir assez en tout cas! C'était douloureux et mon corps me faisait mal à plusieurs endroits. Mon coude a eu un gros coup et s'est senti après plus d' une semaine plus ou moins abusif. Je pensais qu'il avait le gonflement à faire et que tout ce gonflement poussé sur un nerf. Mais je peux dire qu'après 10 ans, j'ai toujours un engourdissement dans ce bras. C'est comme ça que ça coûte d' être au top. Un pic Je veux que j'avait jamais atteint. Mais maintenant, il était seulement de se rendre compte que c'était en retard et faire le plus de la pire!

Huit jours après la mésaventure, il était temps de chercher pour les péchés. Bien que nous savions qu'il serait être extrêmement difficile, je déterminé à trouver les. Pour eux, ils avaient un gros blâme payé, mais aussi ma propre colère contre le responsable, a créé une force motrice qui a été appelée! Je juste battre la merde hors de l' homme! Même si je voyais, il y aurait comme un risque de se faire attraper. Mais ce gars serait seulement être abaissé. Les pensées que j'avais avant que je suis devenu passé à tabac ont commencé à apparaître à nouveau. Il était la pensée de qui serait être si sacrément suicide suspects que ce serait risquer de se une toute organisation dans la couverture des les petites sommes qu'il était au sujet. Vous n'êtes pas fou une telle organisation à 1 - 2 millions de couronnes suédoises et penser que qu'ils pourraient rester loin tout au long de leur vie! Il serait pas être que la somme d' argent suffisante. Il était seulement après que je pensais à propos de ces pensées pour un tout, comme je commencé à comprendre que le gars que j'avais eu un contact avec, probablement vous avait été soufflée sur la friandise! A la même époque, Je me suis demandé pourquoi le gars ne m'avait rien dit, pour qu'on puisse lui donner du renfort. Je venais de lui donner l'avertissement, s'il y avait un problème dans l'entreprise. Mais si sérieusement, je ne pensais pas que l' avertissement était, donc le gars ne pouvait pas demander de l' aide. Mais peut - être mon avertissement avait peur lui aussi bien, alors il pourrait se sentir mieux à quitter le pays. Il suffit de quitter le pays avec la connaissance de ne jamais revenir exige une grande planification, ou il aurait ont été contraints par l' Allemand voiture concessionnaire? Et avoir peur de sa garde? Oui! Les questions étaient nombreuses, mais les réponses brillaient par leur absence. J'ai appelé John et je me suis demandé s'il y avait eu un succès, un peu codé et discret. John vient a répondu que la l' organisation, allemande club avait trouvé l' entreprise et se faire sortir pour se tenir de l' entreprise signe et secouer lui fortement, s o nous pourrions obtenir la clarté dans cette affaire. Cela dit à John avec des mots complètement différents. Je dis que je suis allé à des parents à nouveau. Puis à la garçon frère qui avait un contact avec moi! Pour entendre et pomper cela sur les données. Le frère n'était pas à la maison, alors j'ai attendu une demi- heure puis son frère était un S mith ordinaire qui travaillait dans les jours. Lorsque le frère arrive à sa maison, je laisse la voiture. Le frère me volt et devient très nerveux! Mais ne court pas. Il se lève et attend que j'arrive à lui. Le frère a commencé à me le dire avant même que je dise bonjour! Que son frère avait envoyé deux boîtes avec les porte-clés de BMW qui se trouvaient dans une boîte similaire à un kit de clé à douille ordinaire. Dans ces boîtes en plastique, toutes les clés étaient dans toutes les séries, donc nous pouvions démarrer toutes les voitures. Les clés ne ressemblaient pas à des clés communes. Ils ressemblaient à un mandrin que vous remarquerez en fer ou en métal! Et au bas de cet objet en forme de mandrin se trouvait une clé. Vous devez simplement enfoncer la clé dans le contacteur d'allumage, puis utiliser une clé

ordinaire de 10 mm pour couper le contact afin
que la voiture démarre. Une construction assez
intelligente qui a vraiment fonctionné! Le
problème était simplement que nous n'avions
pas de voitures. Donc, la question qui est
apparue dans la tête était de savoir dans quoi
nous devrions avoir les nouveaux mots. Soit
c'était l' explication des gars qu'il avait gardé sa
part, et lui-même avait été soufflé, soit c'était un
rire moqueur. John a eu quelques succès majeurs
du côté allemand. Ils avaient mis la main sur le
propriétaire, de l'entreprise qui livrerait les
voitures. Il ne croyait pas à son pire cauchemar
d'avoir trompé un gang Mc et donc resté dans
son pays natal.

Il s'est avéré que le concessionnaire automobile
avait porté ce coup à de nombreux
groupements, mais notre organisation faisait
partie des rares clients qui ne payaient pas à
l'avance. Mais nos, paroles étaient devenues
honteuses. Peut-être pas si évident, mais c'était
déjà assez grave, quand nous avons toujours
tenu parole dans un accord.

Bien sûr, quelqu'un paierait pour le dommage,
même s'il n'avait pas de préjudice économique,
cela aurait été une mauvaise réputation pour le
club. Ce qui ne pouvait en aucun cas être

accepté. L'ensemble de l'accord se termine avec
la reprise par notre club de la société automobile
allemande, puis le signataire de la société
obtient un pari d'un demi-million. Le club a
ensuite été récompensé pour le gros client avec
quelques centaines de milliers de dollars, de
sorte que la relation commerciale ne se soit pas
déroulée dans la course. Tout le monde n'était
pas aussi heureux du résultat de cet accord. Ce
fut le concessionnaire automobile allemand qui
fit une dernière tentative désespérée pour
garder sa compagnie. Ce concessionnaire
automobile allemand menace le Mc Club
allemand de notre organisation en envoyant
Maffian au club s'il ne rendait pas son entreprise.
Nombreux sont ceux qui ont eu du mal à quitter
quand le club est arrivé. Mais le concessionnaire
allemand pensait avoir fait peur au club. Il va si
loin qu'il se rend en Suède pour conclure l'
affaire. Un accord qui était déjà prêt du club.
Sauter au club doit être un travail fou. Qu'est-ce
que ce concessionnaire automobile allemand a
appris? Il est sorti, dans une vieille grange. Cette
grange était le véritable point de rencontre et où
le concessionnaire automobile allemand
amènerait ses gardes du corps. Il y avait des
gardes du corps intelligents, puis ils ont sauté et
leur ont caché le bruit de quelques tirs en l'air.

Le concessionnaire automobile allemand a été sévèrement battu dans cette grange. Probablement tous les os ont été brisés, et un membre rejoint le concessionnaire automobile allemand et lui dit à quel point il est mal à lui, et entre-temps, il dit au concessionnaire automobile allemand ce qu'il aime, Up une aiguille d'injection et une pompe qu'il habituellement a dû pomper de la testostérone et d'autres préparations antidopage pendant son entraînement. Mais cette fois, il ferait un point pour cet imbécile! Comme il a crié une fois pour toutes. Je me suis demandé ce qu'il ferait. Ce membre est sorti de son vélo, pris le bouchon du gaz et sucé toute la pompe avec de l' essence. Puis il entre avec la seringue et tire l'aiguille dans la gorge du concessionnaire automobile allemand! Et dis-lui! Si vous ne le faites pas, retournez immédiatement dans votre foutu Hitlerland! Allez-vous obtenir de l'essence propre directement dans votre gorge. Nous autres qui étions dans la grange avons couru contre ce membre et nous ont jetés par-dessus lui, pour qu'il ne lui enfonce pas l'essence dans la gorge. Cela signifierait alors que l'homme est mort immédiatement. Le concessionnaire automobile a commencé à hyperventiler lorsqu'il s'est rendu compte que sa vie était en grand danger. Il

n'avait plus aucun problème avec le fait que ce
Mc Club était propriétaire de son entreprise et
qu'il avait une dette d'un demi-million en même
temps. Le gars avec qui j'avais eu des contacts a
reçu un message de notre part, par l'
intermédiaire de son frère! Qu'il pourrait rentrer
à la maison dans sa famille. Puis, apparemment,
il n'essayait pas de nous faire sauter. Lorsque le
constructeur automobile allemand a procédé à
un examen approfondi, toutes les informations
ont été trouvées sur les numéros
d'immatriculation utilisés par le concessionnaire
automobile allemand! Mais aussi, sur quels
groupes il avait tenté de faire sauter la
confiserie. Parce que ce Mc Club possédait
maintenant la société automobile, le club a été
obligé de faire échouer toutes ces tentatives de
soufflage. Ce que toutes les personnes
impliquées ont été bien pensé et ils ont pu
récupérer leurs efforts ... en partie! Les dépenses
du club ont été déduites en, premier.

En même temps, j'avais fait une grenouille dans
le magasin! Puis ça s'est terminé joyeusement
pour ma part et j'ai eu une bonne, impression
que je faisais mon affaire. Cet accord s'est soldé
par des marges bénéficiaires nettement plus
élevées que ce que le club avait initialement
calculé. Mais ce n'était pas simple et ce n'était

pas une affaire de diplomatie. J'avais moi-même
été gravement blessé et il y a encore des jours de
cette affaire dans ma vie.

L'accord est devenu comme une pièce de puzzle
bien adaptée dans la troisième vague , bien qu'il
ait été initialement pensé comme un
complément financier au club-house. C'est un
accord réussi mais douloureux.

Je peux maintenant penser que la troisième
vague a été la plus violente de toutes. Bien que
ce soit la troisième vague qui rendrait le
légalement illégal. Il est tout à fait
compréhensible qu'il y ait eu de vives discussions
quand quelqu'un essaie de reprendre la part
décisive dans une entreprise. Mais le fait que
tant de gens aient osé risquer leur propre vie
m'étonne en fait. Ensuite, c'est une question
d'argent et de biens immobiliers. Mais à
plusieurs reprises, l'entreprise était bien fondée.
Bien sûr, vous défendez une telle chose. Mais
pas à n'importe quel prix. J'étais maintenant une
personne avec une tolérance bien au-delà de
l'humanité! Et là où j'étais dur comme le granit,
je suis devenu comme un humain ou plus comme
une machine, plus dur pour chaque jour. Ma
psyché a presque tout toléré! Et comme une
parabole avec un ouvrier du bâtiment qui a des

callosités dans ses mains, plus ils travaillent, tout
aussi bien est devenu ma psyché pour tout ce
que j'ai accepté. La grande différence est qu'une
psyché blessée ou une psyché exposée vous
permet de, porter le reste de votre vie. Alors que
les callosités d' un professionnel disparaissent
avec le temps.

En relation avec une nuit bruyante! Arrêtez le
club à l'extérieur d'une boîte de nuit. C'était
assez désordonné dehors. C'était plus calme
quand nous sommes arrivés. La chose amusante
à propos de cette occasion était que notre
ennemi se tenait dans une autre boîte de nuit de
l'autre côté de la route. Quand nous étions
restés, ils nous ont appelés et nous ont dit que
nous allions venir! Ainsi, ils pourraient nous
inviter à une bière. Bien sûr, la vie est étrange! Et
o ur la vie était étrange! Une semaine, nous
avons essayé de nous tuer ou de nous faire
sauter. Une semaine plus tard pour inviter et
boire de la bière ensemble ... Commentaire
inutile! Nous n'avons pas bu de bière avec nos
ennemis, cela n'aurait pas l'air si beau. Nous
sommes restés de notre côté. Plutôt bientôt, il y
aura un assez gros mec à Sam et commencer à
toucher sa moto, ce qui était un péché mortel et
Sam marqué tout de suite pour que le mec
suppose que vous ne touchez pas le vélo sans loi!

Le gars a complètement wacké ce que Sam a dit!
C'était probablement à cause d'une grande
intoxication. Sam, g et vraiment en colère et,
avertir le gars et lui dire de descendre du vélo
immédiatement. Ce que le gars a fait! Mais Sam,
qui était maintenant vraiment énervé, prit un
coup de poing avec de petites lames de couteau
soudées d'environ 1,5 cm de long et commença à
frapper les lames dans la poitrine de la poitrine.
Le gars a eu 2 - 3 bâtons de couteau! Sam, disant
glacial au mec! Vous saignez... garçon! Croyez
que vous devez aller à l'hôpital... c'était donc le
moment de calme! Nous avons dû retourner au
club-house. La police est rapidement sortie dans
la cour du club pour trouver l'auteur. Le suspect
avait laissé un signal similaire à Mirko! Mais ces
policiers n'ont pas été mis à jour. S'ils avaient
vérifié Mirko auparavant, ils savaient qu'il était
assis dans une institution, ce qui est le meilleur
alibi du monde. Alors, la police a essayé de
trouver quelqu'un comme ça. Nous leur avons
demandé d'aller en enfer! Ensuite, ils n'ont eu
aucune recherche. Ce qui a rendu ces flics assez
horribles! Mais nous avions la loi de notre côté,
et ils le savaient très bien. La différence entre les
affaires des criminels et la communauté
d'affaires habituelle n'est pas aussi énorme
qu'on pourrait le penser! Certes, nous n'avions

pas de limites et il y avait souvent des objets volés qui étaient vendus. Mais en passant, une bonne affaire s'est déroulée sans heurts et raisonnablement, tant que personne n'essayait de nous faire exploser d'une manière ou d'une autre. Un accord commercial pourrait avoir lieu dans un restaurant comme dans le monde des affaires ordinaire. Cependant, il y avait de grandes différences en cas de problème! Ou si quelqu'un entre dans son territoire.

Que pouvait-il t'arriver pour un dîner d'affaires un jour, et le deuxième jour c'était la guerre! Où vous avez essayé de tuer l' autre partenaire. Cet événement n'était pas trop inhabituel et si une dette n'était pas payée à temps, à peine un avis de recouvrement de 150 SEK était ajouté comme coût supplémentaire. Non! Ensuite, il s'agissait de donner à cette personne des règles de conduite claires et claires et, dans le pire des cas, cela s'est terminé par une graisse d' arme sur le front. La vie était très difficile et vous serait toujours être sur la garde. Tout le monde qui était nouveau à l' club se demandait quand ils se vont à mettre sur la veste et combien de temps il a fallu avant qu'ils ont obtenu leur pleine adhésion. Mais il était une question qui a été jamais répondu, si quelqu'un pouvait comprendre ce que cela signifiait pour devenir

un complet membre. Les réponses données
étaient que quand ce jour viendra! Ne vous savez
si vous allez à rire ou pleurer. Ce fut la seule
réponse donnée. Sur le jour, il serait être célèbre
que la personne est devenue un membre, la
personne en question vraiment remarqué. Il y
avait quelques avis de membres différents. L' un
de ces rituels était de prendre à la personne dans
une forêt quand le club était à cheval un vélo.
Pour plus tard rester et aller sur dans les bois
pour barbecue et parti comme il était si chaud.
Maintenant, ce n'était pas une fête sans la
célébration d' un nouveau membre à part
entière. L' événement était que tous ceux
impliqués sont allés dans les bois à prévu endroit
et quand nous étions presque à la forêt un
certain nombre d' armes, telles que AK4 et
autres petites armes, ont été tirés et dirigé à la
personne qui serait devenu un complet membre.
Ensuite, cette personne s'enfonce plus loin dans
les bois pour voir bientôt un trou creusé dans le
sol. La personne en question se fie à la pure peur
et à la confusion. Les pensées sont spinning! La
personne se demande ce que cela a fait pour
être soumis à une démission. Quand alors Le gars
est devant le trou creusé dans le sol, on dit que
celui-ci se retourne contre la falaise. Comme
maintenant en train de tirer tout le magazine.

Cela sent si profondément dans l'enfer et la personne tombe sur le terrain d'un pur choc. Ce ne sont que des munitions en vrac dans les armes qui sont soulagées. Ensuite, une fois le magazine terminé, tout le monde court vers la personne et la félicite et la souhaite la bienvenue en tant que membre à part entière du club. Après une telle fête, vous savez ce que signifient les mots: vous ne savez pas si rire où pleurer!

Plus vous êtes entré, dans le club, plus vous avez reçu d'informations. Lors des réunions dont ils discutaient maintenant, les gens étaient attaqués ou soumis à des pressions. Quelles entreprises entreraient dans l'organisation ou, plus précisément, quelles entreprises seraient rachetées S'il y avait des mesures très drastiques contre une personne ou une entreprise, nous avons été très prudents avec ces informations, car le club-house et toutes les autres communications étaient interceptés par la police autour l'horloge. Les informations les plus sensibles ont ensuite été écrites sur un tableau griffel à la craie. Donc, personne ne pouvait idée de ce que les actions seraient prises. Le plus souvent, seuls les policiers ont entendu ce qui nous a interceptés, par exemple où nous allions aller avec les vélos ou autres. Cela doit être extrêmement frustrant quand ils savent que nous planifions toujours quelque chose de honteux conformément à la loi. Et si destructivement, ma vie a continué pendant de nombreuses années!

Chapitre 35

Je suis allé de nouveau à une peine de prison plus courte, un tournant qui serait le tour de ma vie destructrice. J'ai eu cette sanction à cause d'une menace illégale. Lorsqu'ils m'ont libéré, je suis entré en contact avec deux types de policiers très étranges que je n'avais jamais rencontrés auparavant.

Leur première action a été d'envoyer un policier à la libération elle-même. Je m'en suis presque débarrassé. Un salaud qui veut me parler quand je vais chez mes amis. John et Kenna m'attendent et maintenant c'est un désordre à la place. Yuk! Qu'est-ce que c'est pour un piège, ai-je pensé.

Veut-il m'enfermer à nouveau? J'avais 100 pensées en tête et pas une seule n'était directement positive. Le policier voulait juste que je lui donne un quart pour expliquer, afin que je puisse faire ce que je voulais en retard ou être d'accord avec sa proposition. Qu'est-ce que c'est? Caméra cachée ou? Est-ce que je me demande t o le policier? Je comprends que vous pensez que cela semble étrange, car nous ne le faisons généralement pas, a déclaré le policier! Oui, c'est vraiment bizarre, ai-je répondu au policier! J'ai essayé de penser clairement, mais si

vous vous êtes enfermé, vous n'êtes pas si large
dans vos pensées quand vous êtes libéré! Et
cette police le savait très bien. Il, dit que le
Département du renseignement criminel du
comté a lancé un projet dans lequel ils
élimineraient ces criminels lourdement
organisés. J'ai ri de la police en plein visage, puis
c'était facile comme un croquis net.

Qu'est-ce que tu veux de moi? Ai-je demandé au
policier?

Je veux que vous fassiez partie de ce projet afin,
nous pouvons exécuter l'opération elle - même.
Le projet est basé sur la volonté de quatre gros
criminels, d'initier cela pour avoir une nouvelle
vie! En dehors de la vie criminelle, vous vous
moquez de moi. Non! Absolument pas répondu
au policier! Vous êtes désolés! Mais pour moi, on
dirait que c'est un chien enterré! Et le tout cela
semble mousseux, du début à la fin, j'ai dit au
policier. Je n'ai jamais entendu parler de telles
opérations dans ce pays. Si nous étions allés aux
États-Unis, je n'avais pas, remis en question cette
opération. Mais dans ce pays où tout est soit noir
soit blanc, toute la mise en page semble
paniquer! Je comprends vos pensées ont
répondu au policier. Ce policier a pensé que
c'était une opération étrange au début!

Cependant, a souligné et assuré que cette opération était ancrée aux directeurs généraux au sein du service de renseignement. Le policier m'emmenait dans un motel pendant le week-end jusqu'à ce que la police grise revienne lundi. C'était vendredi! C'était le jour où j'en avais rêvé quand je pourrais revoir mes enfants. Mais maintenant, j'ai de nouveau été confronté à une décision décisive. Les enfants, les enfants! Que dirais-je de la raison pour laquelle je ne suis pas venu les récupérer? Et je ne savais pas avec certitude que cette opération était grave. Que l'État permettrait au service de renseignement de la police d'éloigner des gens et de leur donner une nouvelle vie. Je pense maintenant que j'écris ces mots que cela ressemble à un film et que cela aurait dû être un film vu. Mais c'est la triste vérité sur la façon dont cela s'est passé, assez effrayante. J'ai dit au policier que je voulais en savoir beaucoup plus avant de me décider. Une décision que ce policier a comprise. Le policier m'a emmené dans un motel nommé F1. La chaîne de motels est F1 et vous qui avez dormi dans l'une de leurs chambres savez à quel point elles sont petites. Il se sentait comme passer d' une cellule à une autre . La seule différence était que les fenêtres pourraient ouvrir si vous vouliez à. Et que vous pourriez aller à chaque fois que vous vouliez à. A ces motels vous ne payez avec un crédit carte et une carte sera être émis qui a été la clé de la chambre que vous payé pour. Le policier serait je rester à l' hôtel sur le week - end. Ils paient tout! Je reçu un téléphone numéro pour ce policier que je pouvais utiliser ce week - end s'il y avait quelque chose que je besoin ou demandé au sujet. C'est devenu une nuit sans sommeil! Là, les pensées étaient très déroutantes. Qu'est ce que j'ai fait? John et Kenna, ce seraient ils penser? Mais la plus grande question était de savoir comment pensaient mes enfants! Étaient- ils tristes ou effrayés que quelque chose soit arrivé à leur père? Je me sentais terriblement mal et avec une tête feutre comme il serait exploser. C'était un week - end dans un motel dans le signe de la frustration parlé avec douceur. Je n'ai pas eu à appeler mes enfants, car cela pouvait poser un gros risque. Je quitte une organisation puissante. Une organisation qui avait un vaste réseau de contacts. Je savais comment c'était arrivé quand quelqu'un essayait de quitter l' organisation. Mais aussi les méthodes utilisées. Suivi des équipements et contacts avec différents téléphone entreprises avait une toute organisation d' un ensemble ensemble de. Où les employés vérifient les numéros de téléphone et les postes où un téléphone particulier se trouve géographiquement. Trouver des gens n'était pas un gros problème. Mais j'avais cette informations et cassé le potentiel de tous les possibles communications. Le week - end a été vraiment va à travers. J'étais très inquiet de ce qui pourrait arriver si l' organisation pensait que j'étais allé, dans la clandestinité et que je commençais à divulguer des informations. Je ne savais pas ce qui m'attendait après le week-end où les décideurs politiques qui étaient en charge entreraient en contact avec moi. Je me demandais clairement quelle était leur prétention à mon égard. Parce qu'ils prétendraient que j'étais tout à fait donné. L'Etat ne devrait pas laisser les personnes fortement criminelles sans surveillance et nous donner de nouvelles identités. C'était trop beau pour être vrai. J'avais entendu parler avec itnessprotection plus tôt, mais la personne en question témoignerais crime pour obtenir cette protection de l'État. J'étais très clair à ce moment-là. Je ne salue pas un salaud, ils peuvent aller en enfer immédiatement. Ces pensées étaient probablement la seule chose dont j'étais sûr. Devenir un golbag était quelque chose qu'ils pourraient oublier immédiatement, si c'était leur vision de pouvoir y mettre des gens en leur

donnant un peu de liberté et une nouvelle vie.
Puis ils avaient fait les mauvais choix. Même si
j'étais extrêmement sceptique, j'étais également
curieux et en attente de cette opportunité. Une
opportunité où je ne savais pas quel serait le prix
à payer.

Tôt le lundi matin vers huit heures! Appeler le
policier qui m'a réservé dans cette chambre de
motel et m'informe que j'irai au poste de police
de Malmö! N'êtes-vous pas vraiment sage? Dois-
je aller dans un poste de police? Quoi? Calmez-
vous, dit le policier! Un policier arrive et vous
rencontre à l'entrée. Donc, vous h ave
totalement fermé la fonction du cerveau dans
votre esprit? Je ne me suis jamais porté
volontaire dans un poste de police et je ne le
ferai pas non plus maintenant. Ce qui est devenu
ma réponse au policier! Le policier a pensé que
je serais un peu compatissant alors qu'ils
essayaient de me donner une nouvelle vie. Que
l'État me donnerait une nouvelle vie! J'ai
commencé avec le risque de ma vie à la place,
quand ils voulaient que j'aille au poste de police.
Quand le club était parti, avec moi, ils ont
commencé à chercher, et s'ils me voyaient entrer
dans un poste de police, ils ne leur ont pas donné
de bons signaux. Toute l'opération a commencé
à me sentir vraiment mal et remplie de grandes

prises de risques pour ma propre vie. Dans ma main, je savais que le service de police avait divulgué des informations. Ce n'était rien de nouveau! J'ai décidé que le club vérifierait auprès de ses contacts avec la police. Je ne pouvais qu'espérer que les responsables politiques pourraient faire leur travail et n'appartiendraient pas au service de police qui a fui. Je ne sais pas comment expliquer ce que j'ai ressenti. Se faire prendre soudainement et laisser sa propre vie entre les mains de quelques policiers se sentait presque en sécurité. La police et les autorités, j'ai détesté si longtemps, j'aurais maintenant confiance.

Croyez-moi quand je dis que le sentiment était totalement indescriptible et effrayant.

J'avais l'impression d'être debout à un grand saut en montagne et le risque de dévaler augmentait à chaque minute. En même temps, je ne pouvais que demander une prière discrète pour que cette tentative gouvernementale fonctionne vraiment. Mes amis étaient probablement assez clairs sur le fait que je ne reviendrais pas et avaient préparé ce déménagement. Ils avaient un maillon faible. Et les liens faibles se débarrassent immédiatement.

Il s'agissait maintenant de retarder la récupération de cette mission fatale. Je suis sorti du motel pour me rendre au poste de police de Malmö. Je venais de recevoir des instructions pour que j'entre dans l'entrée de la réception du poste de police. Il y aurait des policiers qui me rencontreraient. Ils avaient de nombreuses photos de moi qu'ils avaient au fil des ans. Je viens d'entrer et immédiatement une personne assez grande et raide vient à moi. Il avait un joli look Mc- guy et c'est devenu tout de suite devenu simple quand je me suis demandé si c'était une torpille ou quelqu'un du département des collections du club qui m'attendait maladroitement. C'était à long terme, mais pas impossible!

Il s'est avéré que c'était une police du renseignement qui, dans la plupart des cas, a infiltré Mc Gang. De là le profil! Il a immédiatement montré une carte d'identité de la police pour que je sache qu'il était policier!

Cette police de l' homme dit bonjour! Et quelques informations d'identification. Puis il a immédiatement dit que nous étions hors du poste de police. Il se dirige vers une porte qui nous amènerait au garage de la voiture de police pour y aller, pour que je puisse être mis en sécurité. Quand nous sommes montés dans la voiture, il a regretté que son collègue soit si bouleversé parce qu'il m'a dit d'aller au poste de police.

C'était la première fois que je sentais que la police était sur la bonne voie et avec le bon conseil de sécurité face à une telle organisation.

Ce policier gris n'a pas voulu dire son nom pour des raisons de sécurité au début, mais a expliqué qu'ils avaient des noms de code. Il a dit que je l'appellerais Black! Je ne pouvais pas m'empêcher de rire un peu, car tout était ridicule et irréel. La raison en était que je découvrirais leur vrai nom au bout d'un moment! Quand ils ont lu de moi et ont vraiment vu que je voulais commencer une nouvelle vie. Les pensées qui me sont venues à l'esprit étaient que ce projet était probablement tombé un peu plus tôt et peut-être pour cette raison qu'ils ne diraient pas leurs vrais noms tout de suite.

Le trajet en voiture a été assez long. Environ 4 - 5 miles nous sommes allés. Ce M. Black, comme on l'appelait, me demandant si je voulais quelque chose, dans le magasin avant notre arrivée à la maison, j'atterrirais. Non merci! Ou oui! acheter du tabac à priser! Quel genre le policier a-t-il demandé? Général! J'ai répondu! Je peux acheter des bouteilles de whisky si tu le veux! Ce policier semblait connaître mon besoin de whisky, et il était étrange. Mais en même temps, on avait l'impression qu'ils avaient vraiment le contrôle de qui ils avaient été enlevés! Et ce que cela signifiait. Pendant ce temps, alors que Black était dans le magasin, mes pensées ont commencé à monter, dans ma tête. L'identification policière peut être fausse? Non! Ensuite, la carte d'accès n'avait pas fonctionné dans leur garage. Non, ça ne peut pas être, ai-je pensé! Ou? M. Black, sort du magasin, avec un certain nombre de sacs de nourriture qu'il avait achetés, car je les aurais à l'endroit où je resterais un moment. Nous recommencerons le voyage vers cet endroit. Nous étions maintenant sur une route forestière mousseuse, ou une route vraiment tortueuse et mousseuse. Probablement même pas sur une carte. Alors que nous roulons sur cette route forestière tortueuse pendant environ cinq minutes,

M. Black arrête la voiture. Avant de partir, il dit qu'il va récupérer une clé et me demander de, rester! Hm j'ai pensé! Une toile de fond où quelqu'un va tirer sur la voiture avec des trous de balle! Même parce qu'il part, j'ai pensé! Maintenant, je me battais à 110% et le moindre bruit ou chose qui bougeait était perçu comme

une menace mortelle! Vous pensez peut-être
que j'ai exagéré l'image de la menace. Mais alors
il faut penser à la vie que j'ai vécue et là, la
violence et autres misères étaient ma vie de tous
les jours. Dans un monde Smith, il peut être
difficile d'entrer dans le sentiment. Mais pour
moi, c'était incroyablement excité et
désagréable. M. Black sort de la maison où il a
récupéré la clé. Puis on repart, vient-il de dire!
Jusqu'où sommes-nous vraiment dans cette
forêt! Je demande? Nous montons juste et nous
sommes en retard. Nous passons devant un
jardin avec des chevaux, et quand nous arrivons
à l'arrière, il y a une grande maison d'environ 150
- 200 m². Où habites-tu maintenant, dit Black!
Une maison entière pour moi! J'ai pensé! Nous
prenons les boîtes de nourriture et entrons dans
la maison. Une très belle maison en effet! Avec
cheminée ouverte, grande cuisine! Le mobilier
était pas à jour, mais convient bien avec le style
de de la maison. Il était une maison avec le haut
étage et il y avait tout ce que vous pourriez peut
- être besoin. Ces maisons ont la police et ces
maisons appelées Safehouse.

Il est une maison où ils peuvent protéger les
meurtriers ou les personnes qui peuvent être en
danger d' être trouvé. Je demande Noir à propos
de la façon dont beaucoup de gens connaissaient
cette maison? Il n'y a que moi et mon collègue!
Qu'est- ce que mon collègue me demande alors?
Je suis un partenaire que je veux vous à
rencontrer! N o façon, je dit tout droit de suite!
Est- ce que toute cette foutue année policière ne
vient pas ici et me rencontre bien? Non! Mais
vous décidez si vous voulez de rencontrer lui,
mais vous pouvez faire confiance à lui. Avec tout
à cause le respect, je ne peux pas dire que je fais
confiance des cris, vous obtenez ce tout
comprendre! Ai- je répondu! M. Black lève les
yeux vers moi, où nous nous sommes assis à la
table de la cuisine et dit! Non! Je comprends que
vous ne vous sentez pas en confiance et encore
moins me faites confiance! Puis il me demande si
je pensais que c'était tellement plus facile pour
lui de faire confiance à un bandit? Hm! Und
oubtedly il aurait pu marquer un point de avec
cette question! Une question qui a été le début
d' une certaine forme de roleplay entre un flic et
un dur, où les règles de la partie ont été basées
sur mutuelle honnêteté et la confiance dans le
sol.

Que j'avais un grand nombre d' interrogatoires
avec différents policiers était rien d' inhabituel.
Mais pour démarrer une structure de confiance,
avec un flic, il y avait quelque chose de
complètement différent et de nouveau pour moi.
Qu'est - ce ne j'ai pour le choix? Il vient semblait
que la situation de et voir ce que le temps
expulsé. Après nous emballé tous les aliments,
Noir serait aller à nouveau. Je laisse vous
maintenant et à venir de retour mercredi, a dit
Black! Qu'est-ce qui me quitte alors? Pourquoi?
Qu'est - ce qui va se passer maintenant et, au-
dessus de tous, comment ne nous procédons?
Les questions étaient nombreuses de mon côté?
Black dit qu'ils veulent me donner quelques jours
pour atterrir. Atterrir, il voulait dire redescendre
les pieds sur terre après tout ce tapage! Black est
sorti, dans la voiture pour ramasser un sac dont
je ne savais pas ce que c'était pour quoi que ce
soit. Quand il est entré, il avait 8 vidéos avec
lesquelles il pensait que je pourrais passer du
temps. Puis il a dit que je pouvais déconner, donc
je savais où toutes les choses étaient. Tapez dans
la cuisine et autres! Puis il a dit que nous vous
verrons mercredi. Nous nous sommes dit
bonjour! Et puis je me suis assis dans une maison
quelque part à Skåne au milieu d'une forêt.

Le sentiment que j'ai ressenti était assez d'apathie, d'insécurité et de solitude. Qu'est ce qui c'est passé? Il y a quelques jours, j'étais enfermé et maintenant je me suis assis dans une maison que la police avait aménagée et où je recevais de la nourriture de l'État. Le loyer payé et avec un avenir très incertain.

J'espère que vous qui lisez ces lignes fermez les yeux et pensez ce qui suit, car j'aimerais que tout le monde puisse ressentir ce sentiment. La solitude et vous êtes triste, en colère. Vous savez que vos enfants sont dans une autre partie de la Suède et vous vous demandez si, en tant que père, vous êtes mort ou vivant. Vous ne devez absolument contacter personne. Et après une longue vie criminelle, leurs seuls amis sont la police, que vous avez détestée pendant tant d'années. Où toute votre vie est maintenant entre leurs mains. C'était comme si le couteau de la frustration se brisait dans mon âme. J'étais déprimé, alors vous pouviez presque entendre leurs enfants crier après leur père et voir à quel point ils étaient tristes. Terrible, douloureux et impardonnable.

Maintenant, vous devriez passer le temps à nouveau! Mais je pourrais aller dans les bois en marchant et c'est bien de pouvoir le faire. Je doute d'avoir vraiment fait le bon choix! Tout se sentait de plus en plus mal et avec un tel désespoir que je le faisais à mes propres enfants. Que je ne pouvais que laisser tout se tromper. C'est totalement impensable pour moi aujourd'hui.

Les premiers jours de la maison se sont assez vite, quand tout était nouveau, et l'environnement a également été nouveau pour moi. Où la liberté était la destination. Toutes les nouvelles impressions m'ont fatigué. L'air frais m'a fatigué. Être enfermé et soudainement libéré a pris les forces. Il est rapidement en train de devenir institutionnellement blessé. Son corps et son état d'esprit étaient passifs, et les gardiens ont régné un jour. Se promener un peu dans les bois puis retourner à la maison pour préparer le dîner pourrait créer une fatigue qui correspond à un marathon. J'avais une très mauvaise forme physique. Mais cette fatigue était principalement due à ma fin mentale. Mais il me restait ma persévérance. Il était cependant porté dans une pure paresse et un confort bien développé! J'aime tout le monde, m'habituer au luxe. J'avais vécu une vie très dure. Mais loin d'être une vie pauvre.

Mercredi était arrivé, et M. Black reviendrait à onze heures. Quelque chose que M. Black avait appelé et avait déjà déclaré à huit heures du matin. Il était moins apprécié qu'il ait appelé si tôt. Quand Mr Black est venu! Est- ce qu'il nous veut aller à un restaurant et ont un déjeuner Il était agréable d'aller dans un restaurant, je pensais, puis aller dans la voiture et vers le r estaurant. C'est devenu un petit restaurant lun ch! Assez joli mais petit. La nourriture le menu était pas directement impressionnant, mais il se sur ce qu'ils pouvaient faire cuire là - bas au moins! Je ne pourrais absolument pas dire que la nourriture a mauvais goût. Il était en fait vraiment bon. Quand nous asseoir là - bas et manger et parler au sujet de la façon dont la police a s'organiser un hébergement dans un autre lieu en Suède pour moi. Tout à coup, M. Noir interrompt la conversation, le sujet, en disant que qu'il a à faire un appel. Il prend jusqu'à son téléphone portable et compose un numéro. Lorsque la personne que M. Black a appelée, répondez! Est -ce qu'il fait valoir à dire son vrai premier et dernier nom. Il rapidement regarde en haut à moi, avec un regard qui dit! Avez- vous entendu mon nom? Je viens élevé mes sourcils comme une confirmation, que j'entendu son nom. M. Black poursuit sa conversation, sachant que je connaissais désormais plus son vrai nom. Après avoir terminé sa conversation, il a dit que était son, patron, il a parlé à. Je n'ai que maintenant après ces années que son patron avait probablement une assez bonne, pression sur M. Black! Considérant que cette opération a été payée avec des impôts. Nous avons continué notre conversation! M. Black s'est demandé s'il y avait quelque chose dont j'avais besoin ou que je voulais faire? Je veux pour rencontrer mes enfants, je répondais lui! Nous serons en mesure de résoudre ce qu'il a répondu! Quand me suis - je demandé alors? Nous devons d' abord examiner un grand nombre de documents qui s'appliquent à votre nouvelle identité, tels que les nouveaux noms, les nouveaux passeports et autres documents similaires. Ainsi, des cours, lorsque nous passons sur et installons vous dans votre nouvelle maison et la vie!

Où ça peut être! Répondit M. Black! Je commençais à comprendre que ce serait être un à long voyage, et où ce policier serait obtenir que beaucoup d' informations de moi que possible. Il était à l' endroit que nous ne pas d' accord du tout. Black me demande si je pense plus à rencontrer son collègue Oui, je lui ai échangé! Mais pas directement de manière positive. M.

Noir a remarqué que juste que peu d'introduire
ce collègue m'a fait beaucoup plus avec dessiné.
J'ai juste pensé! Un indice pour ... Nous avons
terminé le déjeuner pour retourner à la maison.
Une fois que nous sommes entrés dans la maison
et que nous nous sommes de nouveau assis à la
table de la cuisine, M. Black a commencé à
expliquer que cette opération avait un budget
fixe. Ce qui signifie que nous devons être en
mesure de défendre les coûts chaque méchant
coût. Je me suis demandé directement s'ils
s'attendaient à ce que je diffuse quelqu'un de
mes anciens amis? Non! Répondit directement à
M. Black! Tellement bon j'ai répondu! Et dites à
ce policier M. Black! Que si vous vous attendez à
ce que je dénonce quelqu'un, nous pourrions
immédiatement annuler cette opération. Car
cette possibilité n'existe pas et ne le fera jamais
non plus. M. Black explique qu'avant le début de
cette opération, les prérequis ont été discutés
pour leur permettre de la mettre en œuvre avec,
succès. Le service du renseignement possède
une vaste expérience de la criminalité lourde et
du crime organisé. M. Black dit que toute
l'opération est basée sur la sélection des
personnes sélectionnées, expliquant quels
crimes elles ont commis et expliquant également
comment elles se sont déroulées. Mais aussi, que

le vieux méchant devrait donner des armes ou d'autres biens illégaux. Je demande à M. Black! Si le méchant laisse les armes et reconnaît le crime , que se passe-t-il alors? La personne en question sera-t-elle alors facturée pour cela? Non, a dit M. Black! Nous amenons nos armes à la destruction et alors plus rien ne se passera! Comment puis-je savoir que vous ne dites pas seulement cela et que j'obtiens un procureur dans la haie? M. Black était un peu ennuyé par mes questions. Des questions qui m'importaient et qui en cas de malentendu pouvaient conduire à des poursuites contre moi. Comment voulez-vous que les armes vous amènent à vous demander M. Black? Oui, peut - être à travers vous, j'ai jeté un coup d' œil à M. Black. Maintenant, M. Black était presque énervé que je ne crois pas ce qu'il disait. Et expliquez une fois de plus que cette opération donne à la police un aperçu du crime organisé. Vous ne devriez pas m'en dire plus que ce que vous avez fait. Vous ne devez pas dire avec qui vous avez commis le crime et tout ce que vous soumettez ne sera pas une infraction pénale. Êtes-vous avec moi, a demandé M. Black! Je suis avec toi j'ai répondu! Pouvons-nous continuer à nous demander M. Black? Absolument j'ai répondu! Vous aurez un papier que vous pourrez remplir lorsque vous serez vous-même et que vous me laisserez la prochaine fois que nous nous rencontrerons, a déclaré M. Black! D'accord, j'ai dit que ces papiers sont pour votre nouvelle identité et un formulaire est pour le nouveau passeport que vous recevrez. J'ai dit beaucoup de papier à M. Black! Il n'y a pas répondu mais a continué à lancer une forme après l'autre, qui est finalement devenue un peu haut sur la table. Oui, je dois le faire, dis-je un peu ironiquement! Oui, c'est bien, dit- il, le temps ne sera pas si long quand vous serez ici. Hm! Vous pouvez appeler une réponse ironique, ai-je pensé! Avez-vous déjà pensé à rencontrer mon partenaire? Je me demande M. Black? Oui, j'ai fait ça! Si vous êtes d'accord, c'est mieux, car selon les règles, nous préférerions travailler deux et deux! Et alors? Tu ne peux pas me rencontrer? Je me suis demandé? Non, selon les règles, quand le méchant peut être en désordre et alors nous serons deux. Mais tu es plus calme maintenant ou? Wo il ndered. Oui, vous remarquez cela.

Je me suis levé pour mettre un pichet de café. Je n'ai pas bu autant de café ce jour-là et j'ai commencé à ressentir un mal de tête plus facile, probablement le manque de café. Mais vous pourriez facilement obtenir un cas de migraine plus petit de toutes ces formes, comme M. Black, présenté sur la table. Je me suis assis à nouveau à la table de la cuisine quand je me suis assis sur le café. Alors je lui ai dit que j'avais accepté de rencontrer votre collègue si vous faites du bien pour lui! Absolument, je répondrai à M. Black! Bon! Alors on le rencontre cet après-midi, dit- il! D'accord! Lui ai-je répondu en me demandant s'il accompagnerait la maison? Oui, c'est si attentionné! Y a-t-il des problèmes avec ça? Wonder Mr Black! Non, je voulais juste savoir, lui ai-je répondu. Nous allons aller au commissariat de Malmö aujourd'hui et prendre de nouvelles photos ", a déclaré M. Black! Et alors? Si vous n'avez pas de photos de moi, ça suffit, je lui ai répondu: Non! Nous avons besoin d'autres photos de vous. Non tho soi dans le casier judiciaire, at - il dit, et rire pour une seconde. que M. Noir se mit à rire appartenait aux unusualities . Je ne pense pas qu'il a ce registre aussi bien. pour décrire brièvement ce M. Black! Pouvez - vous dire qu'il est probablement la personne sur terre qui a donné au beurre et au contrôle une impression plus profonde sur l'humanité.

Maintenant, rétrospectivement, je ne peux que dire qu'un policier plus sûr doit être recherché. Il peut vraiment faire son travail. Le fait qu'il soit aujourd'hui à la tête du service de renseignement n'est pas surprenant. Alors là, le service de police a trouvé un policier qui sait ce que signifie le mot sécurité et où il peut vraiment faire ce qu'il peut. Espérons juste qu'il éduque davantage selon son approche. Mais revenons à l'événement ... Nous avions commencé d' aller à la police de la station pour la photographie, les photos qui serait être ma nouvelle identité. Il se sentait très étrange que vous voulez être une autre personne et où les gens tout à coup s'appeler moi un complètement différent name! Il se sentait comme un mauvais espion film, avec ici l' agent de qui sauvé me serait supprimer mon existence et maintenant donne - moi un nouveau nom. Je voudrais être une nouvelle personne. Honnêtement, c'était une sensation très étrange qui a commencé à s'insinuer à l' arrière de ma colonne vertébrale. Felt un peu comme se frotter à un peu, sans savoir pourquoi. Une sensation de froid, peut - être plus, était une forme d' anxiété plus facile. La peur que d'une personnalité serait être retirée et se produit dans une autre forme. Du papier pur, mais la sensation était de toute façon inconfortable. Il avait beaucoup de pensées et frais Lings qui passaient la route à la police de la gare. J'ai commencé à réaliser que ma vie était extrêmement menacée et qu'une action drastique était nécessaire pour me permettre de continuer à exister. Tout ce que

M. Noir prévu a été très soigneusement reviewe
d un certain nombre de fois avant qu'il a décidé
de mettre en œuvre ce. Lorsque vous ne faites
les choses qui sont si prévues, la vie devient
étrange et vous voyez la vie dans une
complètement différente façon. J'avais vécu une
très contrôlée vie. Mais une vie contrôlée!
Comme vous ne vous contrôlez pas, cela devient
étrange et tendu. Quand nous sommes entrés
dans le garage de la police, M. Black avait encore
un contrôle total. Il, n'a pas confiance tout la
police a, il était clair. C'est gentil avec moi que je
ne me méfie pas seulement des policiers, ai-je
pensé! Mais c'était, après tout, les collègues de
M. Black.

Chapitre 36

De toute évidence, vous êtes confus lorsqu'aucun policier ne fait confiance à ses propres collègues et surtout c'était un sentiment étrange lorsque vous êtes dans le garage de la police et que M. Black ne pense pas que nous sommes en sécurité. Nous allions au service du renseignement et prenions les photos et nous avions l'impression que ce serait moins tendu de voler la Riksbank. Je ne savais pas pourquoi M. Black était si strict dans la maison polonaise elle-même. Mais comme je l'ai dit! Il n'était pas du genre, chat. Bien sûr, il voulait que nous prenions les escaliers au lieu de l'ascenseur, réduisant ainsi le risque de courir autant de collègues de M. Blacks. Au service du renseignement, nous allions directement voir leur photographe. Il y avait beaucoup de flics dans leurs bureaux. Ils me regardent et moi qui détestons. On pourrait facilement avoir une allergie aux flics. Lorsque nous sommes entrés dans la pièce où les photographies ont été prises, un autre policier s'est tenu là. Une police étroite et presque flanelle. Il a à peine dit bonjour! Il a juste haussé sa tête, et ce fut la façon dont il le salua. Je me sentais tout sauf la bienvenue à cette, secrète la police département. Être au service du renseignement n'avait rien d'amusant. Mais il y avait à l'intérieur du quartier général de la police grise. La police avec laquelle vous ne voulez pas avoir affaire. Ces flics étaient ceux qui ont infiltré les organisations Mc et qui avaient à la fois l'équipement et les connaissances nécessaires pour contrôler une mouche s'ils le voulaient. Vous étiez tous tellement fous. Tout au long du couloir, on sentait que quelqu'un n'était pas le bienvenu. Pas même Black ne s'est arrêté chez aucun de ses collègues pour discuter ou peut-être simplement dire bonjour! Non, c'était une sensation très étrange et désagréable.

Le photographe a fait son travail en 10 minutes, puis il était à nouveau, hors du poste de police. Je ressentais des sentiments étranges tout le temps. J'étais un criminel depuis tant d'années. Et la dernière chose que je pensais, c'était que je serais dans le quartier général des pires flics. Beaucoup peuvent penser que Säpo est le plus secret de la police et de la sécurité. Mais c'est faux!

Ces policiers n'étaient que six dans toute la Suède. Il y en avait deux à Malmö, deux à Göteborg et deux à Stockholm. Puis, une fois de plus, vous étiez piétiné dans un nouvel enfer. Mais cette fois du bon côté de la loi. Probablement ce qui m'a le plus effrayé. Une page sur la loi que j'ai laissée il y a longtemps. Mais comme je faisais face à nouveau. Oui, ça s'est bien passé, dit M. Black! Avec une voix déterminée et avec un regard épluché et scrutateur sur l'environnement autour de la voiture dans laquelle nous étions. M. Black a dit qu'il était censé rencontrer mon collègue si cela vous convenait? Oui, je n'ai pas de plus grand choix ou? Me suis-je demandé plus? Oui, nous pouvons le faire sauter si vous le souhaitez. Mais comme je l'ai dit! Nous travaillerons deux et deux. Oui, mais alors il n'y a pas, grand, chose à dire j'ai dit! D'accord! alors nous allons conduire dit M. Black!

Maintenant, il y avait encore quelques kilomètres dans cette voiture. Mon cerveau est devenu presque brûlant sur tous les problèmes qui me passaient par la tête. Je pensais que tout leur département était plein de mousse. Là, personne ne s'est parlé. J'ai demandé à M. Black quelle autorité supervisait leur service de renseignement?

Il y a des enquêteurs internes dans la police et il y en a d'autres comme JK (Justice Chancellor) si ça va si loin! Que veux-tu dire?! Vous allez si loin? Il est très difficile de faire examiner notre ministère pour des raisons de sécurité. Et s'il devait être revu, il y a beaucoup à prouver que quelqu'un a commis une faute grave ou autre, a déclaré M. Black!

Nous avons le registre de police habituel et notre département a un registre séparé auquel seul notre personnel de notre département a accès. Mais les crimes pour lesquels vous avez été puni disparaîtront au bout de 3 à 5 ans! N'est-ce pas ce que j'ai dit? Oui, vous disparaissez du registre de police habituel, mais pas de notre registre du renseignement, dit- il!

De quoi parlez-vous trop mal? C'est alors que vous avez évolué dans les cercles que vous avez créés. Alors c'est votre prix. Où vous serez toujours dans les rôles, a déclaré M. Black, montrant l'un de ses rares rires avec beaucoup d'ironie et de sarcasme. J'ai été terriblement surpris qu'il n'y ait qu'à y aller. J'avais l'impression que tout leur département était à l'extérieur pour tout contrôle du gouvernement. Cette discussion avait bien duré, et nous étions bientôt à la réunion où j'allais pour la première fois rencontrer son collègue. Je devais juste demander à M. Black à propos de leur contrôle sur moi parce que j'étais dans le registre ASP de la police (Police Capture Register)? Il a une expression faciale qu'une personne très surprise a eue! ASP a dit M. Black, que pensez-vous de cela? Avez-vous manqué la dernière charge que j'ai dite! M. Black a dit qu'il n'y avait rien sur le registre Asp? Oui, j'ai dit L'avez-vous vraiment manqué? Et je devais juste rire un peu légitime contre ce maniaque du contrôle pour s'écraser. Putain d' idiot aux procureurs, s'est exclamé M. Black! Que vous soyez inscrit dans le registre ASP, vous n'en auriez aucune connaissance. Il est l' un de la police de » secretest dossiers, dit - il très frustré.

Une déclaration qui est devenue la dernière chose qui a été dite dans cette voiture avant d'arriver chez le collègue de M. Black.

Il a rompu le silence en disant! Là, mon collègue vient en marchant. Plus loin sur la route, un homme est entré, dans une veste d'automne plus épaisse et avec un pantalon sombre. Il avait des cheveux et des lunettes auto-verrouillés. Une paire de lunettes qui s'est imbibée immédiatement quand il s'est assis dans la voiture. Le collègue de M. Black se tourne rapidement vers le siège arrière et dit bonjour gamin! Mais il n'a pas dit son nom! Je demande clairement immédiatement après son nom. M. Black ajoute immédiatement un commentaire pour que nous puissions donner un nom approprié à mon collègue. J'ai pensé que je pourrais!

Nous avons décidé d'aller déjeuner et le restaurant que Mr Black avait en tête était évidemment à plusieurs kilomètres de l'endroit où nous étions. Le voyage vers ce restaurant de déjeuner a commencé immédiatement. Personne n'a immédiatement parlé, ce qui a rendu le voyage encore plus long. Mais après un demi-mile, ce collègue voulait que M. Black reste alors il a fait pipi. Lorsque ce collègue est revenu après avoir relâché la pression, nous avons continué. Mais nous n'avons pu parcourir que quelques kilomètres avant que ce collègue n'ait à nouveau besoin de relâcher la pression. Je dors et demande si ce collègue a des problèmes de prostate? Vous pourriez penser qu'il a dit M. Black! Quand ce collègue est remonté dans la voiture, je devais juste dire à ces gars que j'avais maintenant résolu le nom de code du collège de M. Black! Il a dit que j'aimerais entendre ce nom. Étant donné que votre collègue doit toujours soulager la pression et que vous vous appelez M. Black, je pense que votre collègue peut s'appeler M. Pink! Mais, étant donné il pisser, c'était un nom approprié. M. Black pouvait presque arrêter la voiture en riant. Son collègue n'est peut-être pas directement impressionné par sa difficulté à ne pas se moquer de lui. Un surnom approprié qui le harcèle encore aujourd'hui.

Il était une fois au restaurant du déjeuner, il s'est avéré que vous deviez manger ce que vous vouliez pour 65 SEK! Pas parce que je devais payer. Mais j'étais une personne plutôt en surpoids avec pas mal de kilos de trop. Ainsi, dans la plupart des cas, vous n'avez jamais été mesuré dans les restaurants ordinaires. C'était en effet le bonheur d'un Skåning affamé. Alors que nous étions à table, M. Pink a commencé à poser un certain nombre de questions. Il voulait tout savoir! Je ne voulais pas parler de ce flic que je viens de rencontrer je me sentais vraiment mal, avec chapeau, il a remarqué. Mais il n'a pas arrêté de le demander. Il était du genre funéraire que M. Black l'était.

Mais il s'en assez vite que ces gens allaient essayer de conduire un classique sur moi. Parce que l' un de la police a été désagréable et l' autre type ly. Puis le mal et le bon flic! De toute évidence, je une fois encore demandé si ce serait la fin comme un flop, où ces policiers seraient essayer de faire me une prostituée putain. Où tout était sur le point de se vider et d' oublier. Alors foutu client, ils ne peuvent pas être que je pensais! Ce serait être une chose si ce avait été communs flics, qui pourchassaient plus et étaient pas utilisés pour elle. Mais ces policiers seraient symboliser ce du pays secret, et gris la police. Ils devraient être si intelligents qu'ils devraient l'être. Après un long déjeuner! Et en ce qui concerne à beaucoup de questions, nous aimerions maintenant quitter ce restaurant de pour aller à la maison de nouveau. M. Black se demander moi un peu des questions encore ... M. Pink ne pas accompagner cette fois à la maison. Il était plus la question que je voudrais rencontrer ce collègue afin qu'il puisse se joindre à la maison. Étrangement tout ressenti! Je ne pouvais pas laisser aller de ce Hollywood sentiment et que tout ne se produit pas. Mais combien plus je pari, dans ma lèvre, ces câlins mis en avant de moi de toute façon.

Il était au sujet du temps que je commençais à réaliser que je pris loin de la criminalité et tous mes amis. Tout à coup, je presque commencé à perdre mon pied attente, purement mental. Mentale, je commence à comprendre et réalisé que je ne pouvais pas plus revenir à ce que je savais était sûr pour, moi. Ma vie quotidienne dans le monde criminel. Cela peut sembler étrange et difficile à comprendre pour une personne normale! Mais vous vous y habituez et

vous tournez dans l'environnement dans lequel
vous vivez. Bien que ce soit totalement
dangereux pour le monde, cela me semblait en
sécurité. Mais je ne pouvais pas dire que je
savais que j'avais deux policiers armés qui me
protégeraient et me chercheraient. Je préfère
dire que j'étais totalement confus sur tout ce qui
s'est passé. Être capable de faire comprendre à
une autre personne normale le sentiment d'être
retiré de sa vie quotidienne et d'être ensuite
appelé pour un autre nom et une identité
protégée.

Je ne pense pas qu'il y ait autant de mots pour
ces sentiments que j'ai ressentis. Le fait que je
puisse obtenir de nouvelles informations
personnelles et des noms peut ne pas sembler si
sérieux. Mais seul ce moment, suffit pour briser
un psychologue pendant un quart. Ensuite,
essayez de vous assurer qu'en tant que personne
disposant de ces nouvelles données
personnelles, vous n'existez pas dans la
communauté ordinaire. Si quelqu'un compose
votre numéro de sécurité sociale, il n'y aura
qu'une page noire avec des informations à un
bureau des impôts et une personne de contact.
Mais rien sur vous-même en tant que personne.
Pour affronter un tel enfer, je ne souhaite pas à
mon pire ennemi! Je peux seulement dire que

j'avais l'impression d'être debout devant un miroir et que lorsque vous vous êtes regardé dans le miroir, il n'y avait pas d'image de mon visage. Un sentiment incroyablement effrayant qui a secoué toute mon âme. Les pensées sur la façon dont mes enfants sauraient si je vivais ou non n'étaient que quelques-unes de ces sensations désagréables et glaciales qui se glissaient sous ma peau. Une peur qui roulait sous ma peau et qui ne pouvait être touchée.

 J'ai fait des choses très stupides pendant ma vie de criminel. Mais le sentiment que je vivrais comme un fantôme vivant me faisait presque peur. Savoir ce qui allait arriver était, comme pour regarder dans son propre avenir.

M. Black a continué son interrogatoire! Bien qu'il ait assuré que ces conversations n'étaient pas des interrogatoires, mais seulement une enquête sur mes propres crimes. Oui! Cher enfant a de nombreux noms! C'était tellement difficile de revoir une fois de plus sa carrière criminelle, peut-être que cette fois c'était un bon objectif. Mais comme je l'ai dit, c'était difficile et très destructeur pour moi en tant que personne. Puisque ma liste de crimes n'est pas directement courte. J'ai remis en question à plusieurs reprises ces tentatives de planification par mes propres crimes. Puisqu'il n'y aurait pas de pénalités, j'ai pensé que c'était comme jeter un temps précieux dans le lac. M. Black a déclaré que cette enquête était la raison pour laquelle l'État a payé ma deuxième chance dans la vie. Mais comme l'État en supportait les coûts, ils recevraient une contre-performance de notre part, quatre personnes impliquées dans l'opération elle-même. Comme aucun de nous quatre ne se connaissait, je n'ai pas pu évaluer directement la capacité de charge de cette opération. Je ne pourrais probablement pas apprécier autant dans l'état dans lequel je me trouvais. Je n'avais pas encore atterri et j'avais l'impression que mes pieds n'étaient même pas du tout près du sol. J'ai essayé de me concentrer sur les questions de Black. Mais s'asseoir et reconnaître les crimes pour un cri ne faisait pas du bien. Je voulais lui faire confiance, mais c'était plus facile à dire qu'à faire. J'étais en désordre, peu importe à quel point il était bon dans son travail de renseignement. Il était tout à fait conscient qu'il était très clair quand, lors de la première conversation ou de l'interrogatoire, il a vigoureusement indiqué qu'il ne pouvait pas assombrir le meurtre, le laisser tomber ou autre. Donc, j'aurais été coupable de tels crimes que je ne dirais certainement pas. Parce qu'alors il le signale immédiatement, quand il est, la police comme lui, a dit Beautiful. Tout le reste il pouvait avaler et noircir, quand ces policiers étaient de la variante Grey. Ce que je veux dire avec un flic gris! Est -ce que ces gris flics avalent presque tout, t hey ne cherchent pas à mettre votre personne. Sans enquêter seulement, le crime. Peut sonner comme un moment 22. Mais un gris flic fonctionne, alors qu'un com mon flic est en noir et blanc, et tout le reste est un crime. Mais pas pour ces policiers gris. M. Black s'est demandé où j'avais caché mes armes et autres illégalités? Hm! Je ne, dit que je! Dans une tentative naïve et désespérée de ne pas remettre mes armes. Oui, vous ne l'avez pas, M. Black sourit un peu puis dit que nous y reviendrons plus tard. Maintenant c'était un peu serré! Dois-je abandonner mes outils. Je pense à plusieurs reprises si cela était un bluff et ils ont juste essayé de me faire ramasser les armes alors, ils pourraient revenir à la détention à nouveau, avec moi.

Imaginez si c'est le cas? Et mince! Ce que mon cerveau tourne. Serait-ce l'intervention la plus triche de l'année pour briser les groupes organisés? Et en cachant les armes des gens, ils pourraient nous lier à des crimes. Alors enfermez-nous à nouveau. Maintenant, c'était comme si vous étiez dans un jet d'action où vous êtes soudainement devenu le protagoniste d'un drame dans lequel vous ne vouliez pas être. Qu'est-ce que ce bordel, je pense? M. Black a vu la glace se refroidir! Peut-il avoir si froid, alors il est assis ici et discute de ma nouvelle vie. Quand il, peut juste essayer de m'y mettre? Je n'ai eu aucune bonne, sensation d'estomac. Je n'avais que de mauvaises vibrations et ce qui à son tour a verrouillé toute la conversation. M. Black a pensé que nous prendrions une civière de jambe et que nous pouvons continuer pendant un moment. Je n'étais pas du tout intéressé par un autre interrogatoire ou ses conversations. Il a remarqué que mon intérêt pour ces conversations ne figurait pas au premier rang de ma liste de priorités. Il a essayé avec tous les différents sujets pour m'intéresser à nouveau. Mais il est entré, dans une oreille et par les autres. Mon intérêt était inexistant.

J'ai ouvert la porte d'entrée pour prendre l'air. Toutes les questions et déclarations, sur les crimes que j'ai commis, pourraient suffoquer un pour moins.M. Black sortit dans le jardin. C'était à son tour de glisser pendant que le fer était chaud. Maintenant, il a essayé d'attirer mon attention en parlant d'armes. Vous êtes un fou d'armes! Dit M. Black, il savait que j'aimais les armes de toutes sortes. Seulement il y avait une arme, si brillante dans mes yeux. J'ai compris que ce sujet n'était qu'un moyen d'entrer dans la peau. Mais ça valait le coup, on parle d'armes à feu.

Il s'est demandé ce que je pensais de la nouvelle arme de service de la police. Leur nouvelle arme de service était un ascenseur par rapport à leurs anciennes. Sig Sauer est une bonne arme, dis-je. Mais pas un favori. Quelle est donc votre arme préférée? Pour moi, c'est un Beretta 92F, dit Strange M. Black! J'aime aussi cette arme. Oui, nous avions quelque chose en commun pour une fois, dis-je!

Chapitre 37

Après une longue conversation sur différentes armes, nous sommes revenus! Maintenant, ces questions délicates ont recommencé j'ai pensé! Mais maintenant je l'ai surpris en prenant son arme de service. Il a sorti le magazine et a fait un mouvement du manteau pour s'assurer qu'il n'y avait pas de tir dans la course. Puis il manipule ses bras et dit que je peux ressentir comment je vis leurs armes de service. Je lui ai pris les bras en même temps en lui demandant un peu ironiquement pourquoi il avait sorti le magazine? Il m'a juste regardé avec un regard qui garantissait de dire! Pensez-vous que je suis fou ou? J'ai dit, bien sûr, je vérifie votre pistolet de service, mais jetez ici le magazine, je vais le vérifier minutieusement. Calme et gentil maintenant! Il a dit!

Maintenant, nous prenons les choses faciles et silencieuses. Je peux reprendre l'arme. Et alors? Ne devrais-je pas tester l'arme? Non! Dit-il d'une voix plus ennuyée. Probablement, il pensait que cela finirait mal s'il ne me prenait pas son arme de service. J'ai demandé comment cela était arrivé à mes enfants et quand je les rencontrerais. Nous planifions votre rencontre avec les enfants. Nous ne devons l'ancrer qu'avec notre patron qui l'approuve, car cela est lié à certains coûts. Nous devons sécuriser la zone avant de pouvoir les rencontrer. Ensuite, Anna doit également approuver que les enfants vous rencontrent. Ce n'est pas sans risque et Anna a la garde des enfants, donc la seule chose qui puisse mettre des bâtons dans la roue! C'est si Anna refuse de quitter les enfants. Bien! Ensuite, nous avons assez de problèmes avec le gros P! Que voulez-vous dire, alors, se demanda M. Black? Oui, j'ai mis ma dernière pomme de terre avec Anna! Et elle est un peu en colère contre moi! Je comprends qu'il a dit!

Mais nous aurons ce problème quand il arrivera. Bonjour, je l'ai dit. Il semble que plusieurs mois s'écoulaient avant que je puisse rencontrer mes enfants. Non! Pas des mois, mais des semaines peut-être dit-il! Des semaines! Et alors des semaines? Dois-je devenir une sorte de boisé avant que vous en ayez fini avec moi. Cela dépend beaucoup de vous dit-il! Comment cela peut-il m'accrocher? Je suis juste assis ici dans une forêt et je ne peux pas me déplacer directement! Ainsi! Plus vite vous parlez de l'endroit où vos armes illégales existent, afin que nous puissions les récupérer. Plus vite vous rencontrerez vos enfants et commencerez votre nouvelle vie. Mince! C'est de l'extorsion pure dis-je! Vous ne pouvez pas, poser d'ultimatum selon lequel je dois laisser mes affaires avant que nous puissions passer à autre chose. Oui, je peux! Je suis devenu fou de sa réponse, de ma question! Certainement! Je n'obtiendrais aucune sanction, mais c'était un niveau élevé d'extorsion. Comment suis-je arrivé dans cette position! Un bordel qui me pousse, c'est absurde pour un fan! J'ai pensé. On peut prendre le reste demain, dit-il, puis il me demande si j'avais rempli le tas de papier qui touchait ma nouvelle identité? Oui, je lui ai répondu très ennuyé. Eh bien, je vais les emmener avec vous, nous obtiendrons vos nouvelles pièces d'identité dès que possible. Je suis allé chercher la pile de papier et je les lui ai remis. Il a regardé un peu rapidement sur le papier et a ensuite dit qu'il avait l'air bien. Mais vous pouvez dire que l' industrie un rire e d'une manière ennuyeux. M.Black quitte la maison pour rentrer chez lui dans sa famille! Oui, si tu pouvais seulement faire ça, je pensais que j'abandonnais!

J'étais ravi de regarder des films des années 70 - 80. M. Black n'avait pas loué les films les plus récents mais avait pris de vieux films. Ils étaient probablement moins chers à louer! Je pensais que c'était très difficile de rester assis là dans cette maison au milieu d'une forêt. En tout temps, vous étiez à l'aise. J'ai vu des choses qui sortaient de la forêt tout le temps ou des sons qui m'éclairaient complètement en quelques secondes. Pour revenir ensuite à la détente, quand il a été déterminé que c'était juste moi qui étais effronté. Ayant vécu une vie criminelle aussi lourde, il est facile de devenir paranoïaque pour moins cher. Je n'osais tout simplement pas quand j'entendais des sons douteux ou voyais quelque chose d'étrange. Peut-être juste une ombre d'une branche. Que je réponde à de si petites choses peut être difficile à comprendre! Mais! Les chances pourraient signifier que je mets ma vie en danger. Donc, sur ce front était ma devise: **la confiance c'est bien - le contrôle c'est mieux!**

Une grande partie de mon énergie a été utilisée pour des activités de réflexion. Par exemple, comment serait demain. Quand je devais m'asseoir avec deux flics gris et leurs questions destructrices et ennuyeuses. Ce jeu de rôle comme j'ai vécu les questions de la police comme. Je suis allé gagner la confiance l'un de l'autre. Je pensais que cette structure de confiance était comme essayer d'aller sur l'eau! Pour si mauvais et dur, c'était ressenti. Faire confiance à ces policiers. Oui! Quoi dire! C'était une chose difficile à faire et que vous n'aviez pas le choix! N'importe pas mieux!

Tôt le lendemain matin, M. Black et M. Pink sont venus, je pouvais les voir depuis la fenêtre de la cuisine! Ils sont restés un petit moment, dans la voiture. Ils mettraient en place une stratégie sur la façon dont ils me laisseraient loin de mes tâches. M. Pink! Soyez le premier à la porte d'entrée et d'une voix joyeuse, il crie Bonjour! Puis M. Black est venu! Avec son attitude sombre et maîtrisée. Il a dit bonjour! Mais pas si sensiblement directement! M. Black, l' homme qui a donné un visage au contrôle! Alors, depuis le début, dites M. Pink, ne vous parlez- vous pas, je me suis demandé? Oui, mais je veux vous entendre, a déclaré M. Pink. Après m'avoir dit ce que je faisais, M. Pink a voulu que je dessine un endroit où j'étais pressé. Quel était ce but, je ne peux pas comprendre aujourd'hui! Possibilité d'enregistrer le crime dans leurs listes secrètes.

Mais sinon, je ne vois pas le sens de cet exercice. Nous avons certainement siégé pendant trois heures avec un crime. Certes, nous avons fait nos pauses lorsque nous sommes allés manger. Tous ces interrogatoires ou discussions ont duré trois semaines. Tous les jours! Pendant un week-end, j'ai dû laisser sortir ces interrogatoires. Mais ce n'était pas, parce que j'allais me reposer! En dehors de cela, M. Black avait sa famille qui avait besoin de temps avec lui. Ces policiers étaient très différents en termes d'approche. M. Black a essayé de me briser par le silence et l'isolement. Pendant ce temps, M. Pink était gentil mais pouvait être lié Je ne sais pas combien de fois il a dit des commentaires comme ça! Si vous faites plus de crimes tout au long de votre vie, je viendrai personnellement vous chercher pour le moindre crime et vous mettrai derrière la serrure et le boum pendant de nombreuses années. Ou il pourrait dire pour un repas qu'il avait huilé la détention pendant le week-end et puis il m'a regardé. Une promesse implicite de sa part. C'était un peu une blague dans l'ensemble! Mais je prends clairement le message! M. Pink n'aurait pas hésité le moins du monde! Pour venir me chercher si j'avais été coupable de crimes. M. Black était le calme ty pe vous ne saviez où vous aviez, il était beaucoup de fois comme parler à un mur. Je pense que le mur est plus franc que il est. Ces c ops me sauvent la vie! Aucun doute là-dessus. À ce moment, je veux d' être en plus clair. Mais nous allons revenir à lui.

Par conséquent, je ne révèle pas leurs vrais noms dans le livre. Leur nom séjours avec moi jusqu'à ce que j'obtenir un terrain avec la terre! Après un grand nombre d' interrogatoires, vous commencé à réaliser combien très beaucoup stupides choses que vous aviez fait. Mais il était seulement maintenant que nous avons commencé à sentir les conséquences lorsque ces policiers étaient pas en retard au point de, sur ce porc avait été, et où nous avons vu la vérité dans le blanc des yeux. Je trouve cela étrange que vous pouvez faire différents crimes et penser qu'ils étaient cruels et intelligents. Mais maintenant que vous avez ce dans votre visage vous ne pas avoir si beaucoup de pommes de haut! Il était seulement de se rendre compte que vous étiez comme un vrai maniaque sans prendre en! Mais comme vous le dites habituellement! Tard, le pécheur se réveiller en ... Maintenant, il était comme mon psychisme a commencé à comprendre ce que endommage je causé. J'ai commencé à devenir très mauvais de tout ce que j'ai fait auparavant. Mais qu'est - ce que cela a aidé maintenant? Je une fois encore eu à essayer de contrôler ma psyché afin que je ne pouvais pas obtenir dans le fond quand toutes les mauvaises pensées ont commencé. Vous pouvez ne pas tenir ce dos pour une longue durée. Mais je le pensais! JE! La personnalité très dure sans, sentiments! Maintenant confronté à un nouveau, match difficile avec un adversaire

que je n'ai jamais rencontré auparavant! Moi-
même!

Se rencontrer est probablement l'une des choses
les plus difficiles qu'une personne puisse subir!
C'est un vrai moment 22 où vous devez réaliser
vos crimes! Sans vous cogner les jambes. Tout
comme un boxeur qui monte sur le ring et essaie
de se terrer, mais pas de le faire, car alors vous
ne pouvez pas sortir du ring. Ce qui, dans mon
cas cela signifierait que je ne pouvais pas être un
citoyen ordinaire à nouveau b ut afin d'être un
citoyen ordinaire à nouveau, je devais répondre
à ces crimes de lourds j'effectués! Afin de
pouvoir réintégrer la société!

J'ai commencé à comprendre qu'il y aurait toute
une équipe de personnes de soutien et d'autres
dans la médecine légale qui devaient être là!
Quand je devais retourner dans la société.

J'ai demandé à M. Black à quoi ressemblait le
paquet de mesures et quelles étaient les
autorités concernées. Il a répondu que nous
avons contacté les autorités sociales où nous
avons une personne de contact. C'était bien, dis-
je! Mais quelles autres autorités en plus de la
police sont impliquées. Personne n'a plus
répondu à M. Black! Mais j'ai demandé un
logement! Eh bien, nous allons y regarder de plus

près, mais vous n'avez pas besoin d'y penser maintenant. Tout semblait propre à l'enfer.

Il y avait probablement plus de chance de gagner sur Bingolotto sans acheter à la loterie! Mais cela finirait bien! Maintenant, quelque chose ne va pas, j'ai dit à M. Black! Quel est le problème maintenant? Il s'est demandé? Vous n'aimez pas les questions sur où séjourner et quelle aide je vais obtenir! Faites partie des questions les plus normales! Vous l'avez dit! Voici ce que nous demandons, pas vous! D'accord, je pensais juste que ça allait être faux. Mon humeur montait et descendait comme un ECG! J'étais faché! Mais en même temps inquiet de la façon dont cela se passerait. Je viens eu à réussir. J'étais dans une impasse et tu ne veux pas enfoncer la tête dans le mur. Que seraient mes enfants faire alors? Ils déjà se sentent mal, en ne sachant où leur père était. Et maintenant je voudrais pas même obtenir une réponse à laquelle je dois vivre. Peut- être M. Black, j'ai commencé à avoir une haine contre lui. Ce qu'il a remarqué! Puis il a mis M. Pink en lieu, il ne faut pas entendre les question et ces audiences se verrouiller! M. Pink a essayé de lever l' état d' esprit en disant que tout va être réglé et que ils évidemment trouver une habitation pour moi, ils inclus les! Oui, il se sentait mieux quand il a dit qu'il! Mais la question était si elle était juste une stratégie que je voudrais ne pas mettre dans leurs question. M. Pink dit que nous aurions plutôt recueillir mes irrégularités dans l' après - midi ou le soir donc nous ne venir. Je me suis demandé comment cela se passerait? Vous êtes autorisé à monter sur la banquette arrière! J'étais complètement fou! Que voulez - vous dire ou comment devrais-je être déguisé? Est-ce que je me demande? Nous avons des vêtements et autres équipements Et c'est ainsi devenu!

Avec un grand nombre d' étranges vêtements et aux cheveux longs perruque, nous sommes allés à des endroits où je l' avais caché mon truc. Nous y sommes allés un peu plus tard dans l' après - midi! Ce fut un voyage qui a pris la toute la soirée. Et un voyage qui s'est bien passé! Bien qu'il était excitant que certains de mes anciens amis seraient apparaissent. Nous sommes allés dans deux voitures différentes! J'ai voyagé avec M. Black en tant que chauffeur.

Lui, a remarqué que j'étais sur mes, gardes. Il sentait étrange d' être nu (sans armes), mais M. Black dit au cours de la cours de la route pour que je ne devais pas douter qu'il me protège! Et il a dit qu'il tirait s'il le fallait. Ce feutre! Pas sûr! Je n'avais pas d' arme moi-même! Et que je ne compterais que sur ce flic pour tirer me semblait imparfait! Quand ça a commencé tard ce soir, M. Black demande s'ils ont tout obtenu maintenant et il voulait que je réfléchisse bien! Puis j'ai réalisé qu'il y avait un sac avec mes parents à l'époque! Il ne contenait rien de légal. Faux titres! Et d'autres petits et partis. Mais vous n'aurez peut-être pas besoin de l'obtenir. Non! Cela ne semble pas si important, a déclaré M. Black! J'ai si bien pensé! Nous retournons à la maison à nouveau dit-il! Puis il appelle M. Pink, qui tourne derrière nous, si ce serait un coup de feu avec mes vieux amis. Il dit à M. Pink qu'il peut rentrer chez lui en voiture et que nous retournons à la maison. Quand nous sommes revenus à la maison, M. Black irait tout droit. Il était environ onze heures du soir. A demain tôt, M. Black a dit oui, nous le faisons, je vous l'ai dit! Ensuite, entrez à nouveau, dans la maison, seul avec un désir ardent pour mes enfants pour lesquels j'avais si mauvaise conscience. Ensuite, je n'ai pas été immédiatement papa de cette année, j'ai essayé de réfléchir un jour à la fois, car ce ne serait pas trop difficile et me sentirait complètement impossible. Les heures passaient assez vite, jusqu'à ce que les flics reviennent ... J'étais assez fatigué, alors je me suis endormi presque une fois après être arrivé à la maison.

Mais j'étais très inquiet. J'étais fatiguée chaque jour. Que je ne puisse pas dormir n'était pas si étrange. Qui pourrait dormir face à une toute nouvelle vie, pas moi en tout cas! J'ai dû régler l'horloge à sept! Quand vous ne saviez pas quand ils sont venus. Vous n'en avez presque jamais eu quelques fois. Seulement si c'était le matin ou l'après-midi. Je me suis levé et m'a fait commander et bu du café pour qu'ils puissent avoir un peu de fougue avant leur arrivée. Je n'ai jamais su ce qu'ils avaient dans leur planification. Je me demande si même les chercheurs ont eu la moindre idée, j'entends un bruit de moteur et fais attention! Ce n'était pas la voiture que j'attendais! Maintenant c'était net! En quelques secondes, j'étais prêt à sortir et à liquider ces intrus. Cela prouverait bientôt qu'ils ont changé de voiture pour des raisons de sécurité. Mais j'ai pensé que c'était très mauvais qu'ils ne m'en aient pas informé! Ensuite, la situation était tendue sans qu'il soit nécessaire d'empirer les choses.

Chapitre 38

Une fois qu'ils étaient entrés dans la maison! Dites simplement à M. Pink que je rencontrerais mes enfants aujourd'hui! Quoi? Est-ce vrai? Je me demandais!

Oui, c'est ce qu'il a répondu! Pourquoi tu ne me dis pas hier? Nous ne voulions pas nous inquiéter! Ensuite, vous avez été éveillé toute la nuit et vous devez être gentil et attentif lorsque vous rencontrez vos garçons, dit-il!

Oui, c'était une sage décision, mais je n'étais pas mentalement préparé à cela! Quelles pensées tournaient dans ma tête! Que dois-je dire et que dois-je porter? Beaucoup de pensées se sont brisées dans ma tête! M. Black dit qu'il y aura un certain nombre de policiers en arrière-plan qui maintiennent ces limites de sécurité externes sous surveillance. Moi et M. Pink irons devant et derrière vous et les enfants. Anna s'est levée dans mes pensées! S il avait accepté cela, j'ai pensé, incroyable! Dis-je haut et fort. Que dit incroyablement M. Black? Qu'Anna a approuvé cela. Elle fait ça pour les enfants pas pour vous, elle voulait que je vous présente! Je comprends, je viens de le dire! M. Black allait chercher les enfants à Anna pour ne rester que quelques instants dans la maison. M. Black dit qu'il était comme un gilet pare-balles dans ma voiture, je vous verrai bientôt! D'accord, dis-je de manière concise. Maintenant, ça a commencé à se sentir vraiment irréel, devrais-je rencontrer mes enfants avec un gilet pare-balles? Comment mes enfants le prendraient-ils? Les enfants sentiraient que leur père avait quelque chose sous la veste, je pensais! Que dois-je dire alors? Pendant que je réfléchissais à ce que les enfants allaient dire, j'ai réalisé que j'étais, vraiment mal sinon, je n'aurais pas besoin d'un gilet de protection, Oh maintenant c'était, vraiment dur.

Que vous ne devriez pas pouvoir rencontrer vos propres enfants sans gilets de protection, alors, c'est vraiment dommage je pensais!

M. Black est allé chercher les enfants et les amener à l'endroit qu'ils avaient prédéterminé! Maintenant, il ne restait plus que M. Pink et moi dans la maison. Il voulait nous aussi, passer par les routines de sécurité qu'ils avaient. Et il a souligné qu'il était très important que je fasse ce qu'ils disaient quand ils étaient appelés mode pointu! Absolument je lui ai répondu. J'aurais eu un gilet de protection. Mais alors vous étiez au milieu de n'importe quelle zone de guerre. Le fait que mon cerveau relie mes tuteurs et mes

enfants était une toute nouvelle chose pour moi!
J'avais très peur que mes enfants aient peur et
ne voulaient pas rencontrer leur papa! J'ai pensé
à ce que je dirais aux enfants?! Vous vouliez en
dire beaucoup, mais cette situation était tendue
et militaire. Une autre préoccupation était que je
n'avais jamais rencontré leurs collègues. Et cela
garantirait la sécurité des frontières extérieures.
Des personnes qui ne seraient là que pour des
raisons de sécurité.

 Ce n'était pas directement comme aller chercher
les enfants un week-end sur deux, en toute
tranquillité. Non! La paix et le calme, était la
dernière chose, je me suis senti avant cette
réunion.

Mais j'étais tellement excitée et j'avais un si long
désir pour mes enfants, que je n'avais pas vu
depuis longtemps! C'était presque irréel, oui!
Toute ma vie me semblait irréelle. Une fois que
nous avons revu leurs routines, cela signifiait, en
principe, que toute la réunion avec les enfants
pouvait être annulée s'il y avait la moindre
indication que mes vieux amis étaient dans le
coin ou s'il y avait l'un des autres gangs qui
pourrait apparaître. De nombreux facteurs ont
été enregistrés. Mais j'avais des règles de
conduite extrêmes lors de cette rencontre avec

les enfants. M. Pink a essayé de me remonter le moral! En disant qu'il pensait que ce serait bien et que bien sûr, ils ont organisé une autre réunion si cela allait mal. La pire chose qui pourrait arriver était si mes enfants me voyaient et que nous devions annuler pour des raisons de sécurité. Ce serait douloureusement purement émotionnel et cela rendrait les enfants tristement oisifs! Mes enfants étaient certainement inquiets pour eux. Mais ils ne savaient pas ce qui se passait en arrière-plan. Ils savaient seulement qu'ils rencontreraient leur père. Que ce jour symbolise une journée avec mes enfants était absolument merveilleux. Mais tout mon corps était en état d'urgence! J'étais prêt à protéger mes enfants, même si je savais qu'il y avait des policiers pour les protéger. Mais comme papa, tu ne penses qu'à protéger les enfants. Je n'ai certainement pas essayé d'atteindre mes enfants s'ils s'envolaient. Ensuite, nous suivions simplement leurs routines de sécurité et revenions à la voiture. Les enfants les ont emmenés directement en sécurité. Que mes vieux amis se rendent chez mes enfants ne représentait aucun risque. Ils me cherchaient juste! Mais je ne voulais pas que mes enfants soient exposés pour voir que leur père pourrait être blessé.

Pendant le voyage vers le lieu de rencontre, des pensées ont commencé à me monterdans la tête! Ce qui a été dit lors des réunions du club - house, e out ce qui a été écrit sur le tableau de bord était ces informations que nous ne voulions pas la police d'entendre par interception. Écrit des choses, pouvait être par exemple si une personne que nous recherchions, avait un garde de sécurité ou non! Cela pourrait être d'une grande importance lors de la sélection du type de munitions à utiliser. Si la personne n'avait pas de gilet de protection et utilisait des munitions blindées, la balle ne traverserait que la personne en question. Et la personne avait un la veste protecteur et elle utilisait des munitions ordinaires! Ensuite, le ballon se coincerait dans les gilets de protection. Toutes ces pensées sont aigres dans ma tête! La question était de savoir s'ils savaient que je rencontrerais mes enfants ou non? Et s'ils avaient été informés d'un flic corrompu?

Oui, ça pourrait être vraiment mauvais! Qu'ils aient eu l'occasion de me choisir, je n'hésite pas une seconde. Je ne l' avais pas re vealed qui que ce soit, et il était bon qu'il n'y avait pas besoin. Quand j'étais assis là à penser à ce que mes vieux amis avaient pour les projets! Sinon, vous êtes devenu paranoïaque au plus haut degré. J'ai juste pensé! Comment puis - je agir comme un papa régulier avec w protecteur is et beaucoup de flics autour de moi? Comment puis-je jouer avec mes enfants et les serrer dans mes bras sans avoir un œil sur les environs? J'ai eu assez froid quand j'y ai pensé!

Une fois sur place, je commençais à devenir un néfaste, j'avais une tension tendue dans la tête qui ne voulait pas entraîner. M. Pink surveille mon gilet de protection comme il se doit. Ensuite, nous quittons la voiture!

Il appelle M. Black pour vérifier que rien d'imprévu ne s'est produit. Mais c'était cool! Nous étions maintenant à l'extérieur de la cathédrale de Lund. C'était un endroit très approprié qu'ils ont choisi, j'ai pensé! L'endroit où j'ai rencontré les enfants n'était qu'à 100 mètres de cette église. Nous avons commencé à aller si peu sur place. Ma fréquence cardiaque était d'au moins 200 battements par minute! Et mon regard s'est éclairé sur de vastes zones. Je voulais sécuriser l'emplacement moi-même, mais aussi savoir si cela poserait un problème. Au bout d'une minute, je vois mes enfants plus loin. Ils étaient là avec M. Black, m y coeur sortait de mon corps comme il a frappé! J'étais heureux, triste, inquiet, violent et avec une paire de

jambes qui, en principe, avançaient d'elles-
mêmes. Je voulais juste courir vers mes enfants!
Mais M. Pink m'a retenu pour des raisons de
sécurité. Arrêtez de dire M. Pink! Qu'est-ce que
j'ai dis! Prêt à tout supprimer! Idiot de lui pour
juste dire rester sans prévenir! Puis il dit que M.
Black a donné des signes que nous devrions
attendre. Il y avait apparemment des
personnalités qui étaient considérées comme
honteuses et l'équipe extérieure vérifie
maintenant quels types étaient. Peut- être 2 - 3
minutes! Ressenti comme 2 heures et j'étais pas
une personne pour aller de l'avant et dire
bonjour à maintenant.

Qu'est-ce que j'ai demandé? Monsieur Pink,
attendez! Prends une clope! Vous avez une
cigarette? Qui diable pourrait fumer une clope
dans cette position?

Donc, w e aller à nouveau, il a dit ... Nous avons
commencé à aller de l' avant à nouveau!
Maintenant, les enfants me regardent! Et ils
veulent courir vers moi! Mais M. Black leur dit
de, rester. Quand je suis arrivé chez mes enfants!
Puis ils sont devenus fous de joie et ça déborde
de larmes, je n'ai pas pu retenir mes larmes. Les
enfants étaient si heureux qu'ils étaient tristes
avec eux. Ce furent des années joyeuses qui

valaient le mot. J'ai totalement perdu le contrôle
lorsque je pouvais embrasser mes enfants et
sentir leur proximité. Le simple fait de sentir leur
odeur et leurs corps poussés vers moi m'a fait
presque complètement trembler. Papa t'aime!
Papa t'aime! J'ai dit combien de fois. Mon petit
fils, Alexander, b e si heureux de voir son papa.
Un père qu'il pensait, était plus ou moins, mort
quand il ne pouvait pas me contacter. Papa, je ne
pensais pas que tu vivais papa! Et puis il était de
nouveau triste, d et où étais-tu? Je pensais que
tu étais mort! Il ne pouvait pas dire pensé mais a
dit (Todde) que j'étais sur le point de faire
irruption. Ça faisait tellement mal! J'étais la
première fois que ces policiers ont vu, une sorte
d'humanité, avec moi comme ils me percevaient
constamment comme un gangster et une
personne sans conscience et de sentiments. C'est
bien de montrer des sentiments, dit M. Pink.
Mon grand, fils Tobias était également triste,
mais il portait davantage le dos. Il a compris un
peu plus! Et qu'il y avait quelque chose qui
n'allait pas. Papa est venu avec la police et il
savait que je n'avais aucune idée de la police.

Il était vraiment bon de rencontrer son papa!
Mais avec une certaine retenue. Pas étonnant!
Ce n'était pas dans des conditions normales
lorsque nous nous sommes rencontrés. A cause

d'aller si vite, je n'avais rien acheté pour les enfants. Mais moi et les enfants avons pensé qu'il suffisait de se rencontrer.

Mes enfants avaient beaucoup de questions auxquelles ils allaient répondre. Par exemple, je vivais et ceux qui leur appartiennent des questions normales!

Papa s'absentera un moment pour améliorer les choses plus tard dans le futur. Ainsi, nous pouvons nous rencontrer comme avant. Pouvons - nous vous rencontrer papa se demanda-t-il tous les deux? Plus tard, M. Black a répondu pour m'aider avec cette question!

Chapitre 39

Nous sommes allés à un Cafè s o mes enfants pourraient avoir un soda et des gâteaux! Le simple fait de voir mes enfants m'a donné de l'espoir pour l'avenir. Mais l'idée que je n'avais que 2 heures pour passer du temps avec mes enfants avant de devoir nous quitter à nouveau m'écrasait émotionnellement. J'ai fait de mon mieux pour ne pas y penser. C'était comme si le temps avait disparu de nous. Bientôt l'heure était terminée, et nous avons dû laisser l'autre à nouveau. Mes enfants ont été totalement pris en charge, papa, papa! Où vas-tu? Ne nous quitte pas! Pappaaaaa! Je vais sous je pensais! Alors que je devais donner à mes enfants l'espoir pour notre avenir commun et garder ma propre paix! J'étais complètement satisfaite! Les enfants voulaient avoir leur père! Et la question de savoir si je les ai rendus plus malades en les rencontrant, rampait au fond de ma colonne vertébrale comme un éclat froid et glacé!

M. Black a essayé de calmer mes enfants, uelque chose qu'il fait très bien réussi! M. Pink a essayé de me ramener à la voiture, mais je ne voulais pas. J'ai combattu dans l'autre sens, contre mes enfants! M. Pink a compris à quel point cette rencontre était émotionnelle pour nous, ce qu'il

a montré en me disant que tout ira bien! Et que
je dois abandonner mon esprit! Je suis allé voir
mes enfants la dernière fois et je leur ai fait un
gros câlin et je leur ai dit que nous vous
reverrions! Mais je ne pourrais pas dire quand. Et
ce qu'ils tenteraient de se démarquer car il sera
être mieux! Tobias et Alexander étaient si tristes!
Donc, vous pouvez pas même dire qu'il, e ême
ces policiers ont été touché par elle! M. Black a
regardé à moi, h e a été porte ses lunettes de
soleil! Je peux garantir que lui même avait
déchiré les yeux.

Mais en raison de sa responsabilité, il ne pouvait
pas lâcher prise et montrer un côté plus doux. Il
se garder en vie et protéger mes enfants. Je vu
dans de Tobias les yeux qui il était inquiet au
sujet de son papa! Mais il a toujours été un peu
penseur. Alexander est la personnalité la plus
spontanée et dit immédiatement ce qu'il pense.
Alexander n'a pas penser qu'il était bon pour
papa de laisser les comme cela. Tobias vient de
dire bonjour, papa! Ces lignes sont si difficiles à
écrire! Bien qu'il a été si nombreuses années.
Mes yeux se déchirer en place immédiatement ...
berk!

Une fois l' action! Que je devrais maintenant être séparé de mes enfants était un fait! Une situation très douloureuse. Mais je devais de laisser les enfants. La police de renseignement département était responsable pour les coûts et pour toute la sécurité autour de moi et les enfants. Il était coûteux frais pour l' Etat d' assurer que lieu et que j'avais deux heures avec les enfants, je ne juste être heureux au sujet. Tobias et Alexander agitaient aussi longtemps que nous pouvions seulement voir l' autre et finalement ils ont été tout simplement disparu. Senti si sûrement que nous avions été ensemble pour deux heures, mais il se sentait comme vingt minutes au maximum. M. Black a conduit mes, garçons retour à Anna à nouveau et je est allé à la maison de nouveau, avec M. Pink!

Je n'ai rien dit dans la voiture! M. Pink n'a rien dit non plus! Il a réalisé que je ne voulais pas parler pour le moment. Il a dit spontanément! Que même lui pensait que c'était terrible de voir les enfants si tristes. Je viens de répondre avec un mm marmonnant! Nous étions de retour à la maison et M. Pink m'a suivi jusqu'à la porte!

Chapitre 40

J'ai demandé quand cela finirait et quand je pourrais avancer dans ma vie? Il a répondu que je déménagerai demain! Si mes papiers d'identité étaient prêts. Mais il ne voulait pas que je sois déçu à moins que le voyage n'ait lieu le matin. Tout était basé sur ces documents d'identité. D'accord! Ça sonne bien, lui ai-je répondu. Il voulait que j'emporte moins de biens que j'avais dans la maison si le voyage allait me débarrasser! Alors, j'avais fini au cas où ça!

Je n'ai pas dormi du tout cette nuit-là. Les enfants étaient dans ma tête et j'avais un téléphone portable. Mais je n'avais certainement pas besoin d'appeler, car cela pouvait me mettre en danger. La frustration avait un nouveau visage pour moi. Ne pas appeler, mais vous pourriez! Je ne voulais pas tout risquer! Simplement parce que je ne serais pas dérangé par ma frustration. Ensuite, je ne pense pas que les enfants se seraient sentis aussi bien parce que je les ai appelés le même jour, nous avons dû être séparés les uns des autres. Non! C'était juste pour souffrir cet enfer! Il n'y avait pas d'autres options que je pensais!

M. Black m'a appelé vers huit heures du matin et m'a dit qu'il allait bientôt arriver, mais il a également dit que mes, actions n'étaient pas encore prêtes. Ok, je viens de dire, t poule à bientôt, dit-il! Ok à vous! Lorsque M. Black est entré, dans la maison une demi-heure plus tard, je lui ai dit que je n'avais pas l'intention de répondre ou de participer à d'autres interrogatoires ou conversations. Tu n'en a pas besoin! Nous sommes ravis qu'il ait répondu! Cela s'est passé beaucoup plus facilement que je ne le pensais depuis le début! Mais il a sûrement une poche arrière surprise. Pour tel, il est comme une personne, ai-je pensé!

Bien! Que devons-nous faire maintenant je me suis demandé! Parce qu'il était venu à la maison et nous ne voulions pas parler de mes crimes. J'allais vous parler de la manière de se comporter en société et de l'importance de ne pas tuer des gens simplement parce qu'ils ne vous aiment pas. Mais aussi, pour vous protéger du crime maintenant plus. Vous avez une seconde chance dans la vie et ensuite il est important d'en prendre soin! Être un Smith n'est pas toujours aussi amusant! Et lorsque les factures doivent être payées, vous pouvez difficilement vous les permettre. Alors tu es un Smith, dit-il!

Vous ne pouvez pas abattre les gens et les voler ou d'autres illégalités, bonjour! Je comprends plus que je ne lui ai répondu.

Oui, je pense vraiment que vous faites! Mais nous devons vous dire, alors nous faisons notre part, dans la société! Ce que vous pensez être donné n'est pas également donné à un autre criminel.

Vous êtes quatre criminels qui retournent dans la société et il faut s'adapter. En particulier, ne violez pas les lois, même si vous êtes des professionnels. Comment pouvez-vous être sûr que vous avez choisi les bonnes personnes et que nous pourrons le faire? Me suis-je demandé? Nous avons discuté de toutes les personnes qui font partie de cette opération et analysé vos personnalités et comment vous avez fait. Nous ne pouvons jamais être sûrs que cela réussira! Mais vous quatre possédiez les meilleures conditions préalables de ces personnes que nous avons analysées et examinées, dit-il! Mais j'aimerais savoir qui deviendra mes contacts lorsque j'aurai atterri dans ma nouvelle vie? Exactement où ces gens sont, je vous trouver pendant le voyage vers le nouveau lieu où vous vivrez, il a répondu! J'ai commencé à comprendre que quelque chose n'allait pas! Ou c'était très secret, car pendant ces trois semaines que j'ai vécu dans cette maison, j'ai toujours évité ces questions noires. Pourquoi ne pourrait-il pas y répondre? Cela ne pouvait guère être un secret pour moi quand j'étais la personne qui serait placée dans la société. Pendant ce temps, comme M. Black était là ce jour-là, nous avons fait un long tour, dans les bois et là j'ai essayé dans la mesure où je ne pouvais pas rassembler de nouvelles forces. Je pensais qu'il y avait trop de points d'interrogation dans l'ensemble de la situation et que je ne savais évidemment pas! Pourquoi? Quel est le problème? J'y suis allé en pensant à ça, mais je n'ai jamais trouvé de réponse! Seules d'autres questions sont apparues! Alors, j'ai libéré ces pensées et apprécié la nature à la place.

Le moment a commencé à approcher le déjeuner et cela aurait été bon avec de la nourriture je pensais! Le téléphone de M. Black sonne, un petit coup de fil! Il dit que nous allons aujourd'hui, y nos documents d'identité sont venus afin que nous puissions revenir à la maison et transporter vos affaires dans la voiture, nous allons donc dire qu'il plus tard! Bien! Là, fumez ce déjeuner! Le pire cauchemar d' un Skåning pour se débarrasser d'un repas entier. Nous allons à la poste de police à Malmö a déclaré M. Black un e récupérer vos nouveaux documents d'identité! Ok, nouvelle vie je pensais! J'avais l'impression d'être une nouvelle personne, avec des possibilités de réintégrer la société, j'ai pensé! Après une heure était maintenant au poste de police. Il court et descend sous le poste de police dans leur garage. Où nous étions trois semaines plus tôt lorsque je devais être renvoyé. Restez dans la voiture, c'est rapide! Obtenez simplement vos actions. D'accord! Il quitte la voiture et franchit une porte en tôle. Ici ça sent les flics! Il y avait un certain nombre de voitures de police pendant que j'attendais. J'étais un peu intéressé par le nom que j'allais obtenir. Il y avait trois options sur le formulaire que j'ai rempli et que M. Black a soumis il y a quelques années aux autorités. Après seulement 5 minutes, il était de retour.

J'ai regardé quand il est sorti de la porte du drap. Il avait une grande enveloppe blanche. Il ouvre la porte et dit mon nouveau nom! Terriblement étrange, il avait l'impression d'être adressé par un autre nom. J'ai pris l'enveloppe avec le journal de la police dans un coin. J'ai regardé l'enveloppe et j'ai vu tous les documents d'identité! J'ai récupéré mon passeport pour l'ouvrir et voir ce que c'était pour un nouveau point que vous

seriez. Oh oui! Pourtant, tout était dans l'image
mais avec de nouvelles tâches dans le passeport.
Envie d'avoir ramassé un morceau de papier
dans un emballage Cornflake et trouvé une
nouvelle identité sur une autre personne.

Chapitre 41

Puis nous avons conduit il a dit! D'accord, nous le faisons, je vous l'ai dit! Avec une petite voix impatiente. M. Pink va sauter dans la voiture quand nous obtenons hors de la garage et vous pouvez vous asseoir en arrière et le sommeil si vous voulez de dire M. Black! Nous avons eu une très longue voyage en face de nous et j'ai été complètement fini comme un artiste de tout c'était arrivé au cours des dernières jours. Donc, pour le sommeil ressenti très naturel pour ma part. Comment nous avons emménagé dans ma nouvelle maison! Puis-je ne pas révéler pour des raisons de sécurité. Mais ce fut un très long voyage. Quand nous sommes arrivés le prochain jour à l' endroit où je voudrais commencer ma nouvelle vie! Venez le premier choc! Ils avaient pas arrangé tout logement pour moi! Mais ils se fixer ce pendant la journée! Je pensais que je serais avoir un cerveau fuite sur ces cops. J'ai volé dans la fosse avec M. Black alors il est devenu vraiment intimidé et prêt à me laisser sur la route! Notre douleur calmée quand M. Pink pense que nous devrions voir ce à partir du brillant côté. Et suggéré que nous allons à la locale journal qui était disponible à la station pour voir s'il y avait tout logement à louer. La police de renseignement département payé le premier loyer alors il était prévu que les sociaux autorités de la pays dans lequel nous étions situés serait être utile avec les autres loyers. Tout semblait à coup pendre lâche dans l' air et j'étais si sacrément pissé sur M. Black! Quand il toujours dit que c'est importante avec le contrôle! Est - il appeler ce contrôle? Non, je le pensais! Nous sommes arrivés à un journal local! M. Pink était chargé de récupérer les vieux journaux pendant une semaine entière. Dans le but de trouver une maison qui ils pourraient louer.

Nous avons trouvé une maison après de nombreuses recherches. Maintenant, ils voulaient me pour appeler et réserver cette maison. Le vieil homme qui a loué la maison! Je ne louerais que la moitié de la maison, ce qui aurait été si long! Nous pourrions ne pas obtenir le même jour, mais avait à attendre jusqu'à ce que le prochain jour pour regarder à la maison. Le propriétaire a été temporairement disparu et ne pas venir chez de la prochaine journée!

M. Black a dit, alors ce sera l'hôtel dans la nuit qui s'appliquera! M. Pink était d'accord! Je suis merde dans ce que j'ai dit, est tellement déçu de toi! Vous avez promis que tout serait être fixé, mais qui n'a pas été vrai! Ensuite, ils ont admis

que leur avaient promis il, mais que leur contact
avec à la maison avaient disparu à au le dernier
instant. Il n'osait pas avoir un vieux méchant
dans sa maison, je ne sais pas? Bref! Donc, nous
devons maintenant aller à la sociales autorités.
Quand nous sommes arrivés là - bas, nous avait à
asseoir dans un couloir et d' attendre pour la
personne qui serait être ce que j'appelle mon
sociale secrétaire et qui me payer mes dépenses.
C'était une elle, cette personne est devenu très
nerveux quand nous sommes arrivés! Elle savait
il aurait être un homme d' un Mc un gang et que
la Suède la police renseignement département
serait venu avec moi! Elle a commencé à rouler
d' avant en arrière avec sa chaise de bureau dans
le bureau. Il était sans doute que elle était
inquiète! M. Noir a dit qu'il va sortir pour si
longtemps! Maintenant, elle d' abord voulu de
voir un des titres de compétence sur M. Pink afin
qu'elle puisse déterminer que il était cette
intelligence la police comme ils étaient en
attente pour! Il, prend jusqu'à son identification
si elle a été réglée. Puis elle se voir quelques
références sur moi! Quel est ton nom! Mon nom
est?!?! J'ai regardé M. Pink alors il a dû dire mon
nouveau nom. Il verrouillé jusqu'à! Alors je dis
deux noms à la même, le temps! Comme c'est
devenu étrange! Comme un conflit dans mon

esprit! Complètement Soudain, c'était juste le nouveau nom qui parlait!

Mais mon vrai nom était dans ma moelle épinière. Le secrétaire social a posé des questions sur le nom que M. Pink a déclaré intenté en justice? Oui, je lui ai répondu! Avez-vous des informations d'identification que vous pouvez prendre en charge? Oui, je l'ai! Et j'ai présenté mon nouveau passeport. Oui, vous y êtes, a déclaré le secrétaire social qui a regardé la photo dans le passeport. Ensuite, vous recevrez des cotisations sociales dit-elle! Oui, combien coûte l'allocation sociale, me suis-je demandé? De votre part! Ensuite, vous aurez environ 3,400kr après que tout soit payé! En couronnes suédoises compté.

J'ai pensé ainsi! Je vais habituellement pour un taxi pour des sommes plus importantes chaque semaine, comment ça va? Oui, ça ira, dit M. Pink, Sarcastique! Oui, je lui ai répondu! Elle a entré, mes tâches dans son ordinateur, puis elle a dit que maintenant c'est moi qui peux te voir, puisque tu as une identité protégée. Comme je l'ai dit, elle a voulu réserver un nouveau séjour avec moi, pour qu'elle puisse mieux comprendre ma situation! Puis nous y étions. Nous avons quitté l'administration sociale pour entrer dans la grande ville. Mr Black avait déjà aménagé une chambre d'hôtel! Ce à quoi nous devrions maintenant nous rendre. J'ai commencé à me sentir mal et à ressentir de quoi j'en avais marre! Ce que je suis aussi devenu! Vraiment malade! Tapez l' estomac grippe! Restez dans un hôtel et avez besoin de vomir une nuit entière! Quoi qu'il en soit, j'étais vraiment étourdi, dans la tête et j'avais mal au ventre. Toute la soirée et la nuit je ne toucherais même pas! J'avais une forte fièvre et je me sentais complètement guérie! M. Pink, c enant dans ma chambre d'hôtel à un moment donné, les gars vous! Pouvons-nous revoir ces croquis? J'ai des questions supplémentaires auxquelles je voudrais répondre?

Toi, je ne me sens pas maintenant! Eh bien, c'est juste une grippe intestinale que vous avez eue. Seulement j'ai dit, je suis complètement fini, mais je peux voir si c'est rapide, je lui ai répondu! Cela prend jusqu'à un quart, ok que voulez-vous savoir?

Il a commencé à montrer les croquis que j'ai dessinés dans la maison! Et a posé beaucoup de questions. J'ai répondu à ceux que je pouvais! Il semblait content Si maintenant un tel flic peut être satisfait! Après presque vingt minutes, nous étions prêts. Il me demande si je voulais quelque chose à manger. Je plaisantais juste de dire le mot nourriture. Non merci! D'accord, je répare un peu plus d' eau! Alors, vous rentrez dans votre fluide, c'est important dit-il! De quoi vous êtes-vous demandé? Êtes-vous devenu humain? Non, Comment, pouvez - vous croire! Je fais juste ça pour le bien de l'État! Et puis il rit! J'ai dû l'appeler fou! Il aimait entendre t - il Wors méchant perçu ces flics, plus ils sont devenus. La soirée est allée sur les signes des pies! Et je souhaitais juste qu'il disparaisse. Le lendemain vers onze heures Devrions-nous aller à la maison où je pourrais éventuellement vivre? Quand nous sommes arrivés, c'était une très grande maison. Donc, la moitié de cette maison se sentait bien! Eh bien à l'intérieur de cette maison! Ai-je rencontré le propriétaire! Il ne semblait pas sage dans sa tête. Type confus! Je suis si fatigué de e e la grippe, donc je ne pouvais pas la peine! Je voulais juste m'allonger et dormir! Les deux flics se tenaient à mes côtés! Oui! Que pensez-vous qu'ils m'ont demandé? Oui, ça va! Devriez-vous signer un contrat, s'est demandé M. Pink? Oui, j'ai dit, j'ai regardé ce propriétaire confus. Oui, ça va, dit le propriétaire de la maison! Dit et fait! J'ai eu ma première maison dans ma nouvelle vie comme Smith. Il était juste en train d'emménager, quand il a été

meublé et prêt. Le mobilier était inclus dans le
loyer. J'avais reçu le loyer de M. Pink avant
d'entrer dans la maison! Donc, il ne payait que le
propriétaire, pour le premier loyer. C'était
étrange de payer son loyer! J'aurais fait comme
vous le feriez avant. Personne n'osait passer si
vous ne payiez pas le loyer. Mais c'était quand
j'étais criminel! Maintenant j'étais à nouveau un
Smith! Le propriétaire nous laisse dans ma
nouvelle résidence et M. Pink et M. Black, avec la
maison ould vont à nouveau! Je me suis
demandé ce qu'ils pensaient que je ferais
maintenant. Vous devriez vous rendre chez votre
secrétaire sociale à l'heure réservée. Alors tu fais
juste ce qu'elle dit! Y a-t-il une autre personne de
contact à votre disposition lors de la première
fois? Est-ce que je me suis beaucoup demandé?
Il y a une personne dans notre département.
Mais elle t'appelle! Elle vous aidera avec les
choses que vous trouvez difficiles. Par exemple,
le gouvernement M. Pink a dit! Ils ne vous
aiment pas! Non, je ne! M. Black me dit que je
suis maintenant plus comme un Smith ordinaire
et que vous ne savez rien du crime, et surtout,
vous ne connaissez pas l'informatique. Souviens-
toi de ça! Absolument je lui ai répondu! Très
attentionné, Hm! Aucune compétence en
informatique, je pensais. Ces policiers repartent

maintenant pour la maison! Oui qu'est -ce qui m'arrive maintenant, ai - je pensé? Parlez d'un cours rapide de la vie de Smith. Ce n'est pas d'habitude que je pensais, je n'étais pas si fou, alors je suis allé dormir dans mon nouveau lit!

Épilogue

Vous avez maintenant lu l'histoire de ma vie et
vous êtes arrivé à la fin! Vous avez probablement
de nombreuses questions dans votre esprit.
Quelle est votre intention d'avoir, car je pense
personnellement que c'est complètement
malade! Que l'État m'ait donné une nouvelle vie,
je le considère comme une vérité modifiée.
Comment l'État a-t-il pensé lorsqu'ils m'ont laissé
ici? Je n'étais pas un Smith! J'ai eu un contact au
bureau social qui était mon lien avec la
communauté! Je suis très déçu de l'état! Ces
policiers qui m'ont mis ici, ont juste fait leur
travail. Mais l'État qui a payé l'appel devrait avoir
un filet de sécurité autour de nous d'une
manière bien meilleure. Au premier coup de fil
avec ces policiers qui m'ont laissé ici, semble-t-il
qu'une de nous quatre personnes ait participé à
l'opération elle-même! Avait été exécuté. Je
n'étais évidemment pas moins paranoïaque à
l'égard de ce message. Mais la police a dit que
c'était de sa faute quand il a continué ses affaires
dans l'ancienne Yougoslavie! Pour venir plus tard
en Suède dans un cercueil. L'autre personne a
été blessée. La troisième personne sur laquelle je
n'ai aucune information, et la quatrième
personne est moi-même, je n'ai pas eu une vie
décente aujourd'hui! Après quelques jours dans

ma nouvelle vie, j'ai contacté Swedish Criminal Care, où j'ai demandé de l' aide? Mais je ne pourrais pas obtenir d' aide sans papier! Nous n'avions pas de papier! Qu'est - ce que l' autorité que je même tourné à, a fait je reçois la même réponse! Où est votre papier pour que nous puissions vous aider! Quand j'appelé la police de nouveau, ils appelés me à la femme de contact à l' Intelligence Service. Elle a répondu à son tour! Ce son travail était d' aider avec les formes ou les autres. Ou si je me demandais comment à se comporter à une date! Oui, vous avez bien lu! Comment j'ai continué dans la société ordinaire! Ou comment at - il aller?

9 789198 654622